Per Sander

TODESWERK

Der erste Fall für
Knüppel und Arndt

Kriminalroman

Copyright: © Per Sander, Deutschland, 2015.

Coverfoto: Per Sander unter Verwendung eines Bildes von © andreiuc88 – fotolia.com

Korrektorat: Claudia Heinen – https://sks-heinen.de

Alle Rechte vorbehalten. Ein Nachdruck oder eine andere Verwertung ist nachdrücklich nur mit schriftlicher Genehmigung der Autorin gestattet.
Sämtliche Personen in diesem Text sind frei erfunden. Ähnlichkeiten mit lebenden oder verstorbenen Personen sind zufällig.

Sie erreichen den Autor unter
autor.persander@gmail.com
oder unter
www.persander.com

*Für Roland,
den Knüppelexperten.*

1

»Dieser Idiot hat schon wieder so eine potthässliche Skulptur aufstellen lassen, dieses Mal direkt auf dem Mittelstreifen! Spinnt der denn? Als ob es noch nicht schlimm genug wäre, dass unsere Aussicht durch diesen Schrott in seinem Garten verschandelt wird!« Reinhold Dürrschnabel starrte konzentriert aus dem Schlafzimmerfenster im ersten Stock in die Dunkelheit.

Viel konnte er nicht erkennen, es war drei Uhr in der Nacht und die Laternen brannten nur ganz schwach – dafür hatte Reinhold Dürrschnabel sich persönlich als Mitglied des Bürgervereins Bismarckviertel vor dem Stadtrat eingesetzt, immerhin brauchte man seine Nachtruhe und mit taghellen Lichtern vor dem Fenster war diese definitiv nicht gegeben.

Das Recht auf erholsamen Schlaf sei ein elementares Menschenrecht, so hatte er argumentiert, bis die notorisch langsamen Politiker Krefelds endlich reagiert hatten.

In diesem Moment allerdings wäre etwas mehr Beleuchtung durchaus wünschenswert gewesen – aber man konnte eben nicht alles haben.

»Wer hat was?« Die verschlafene Stimme gehörte Reinhold Dürrschnabels Frau Brigitte.

»Na, der Harmann hat wieder so ein hässliches Ding bekommen und das steht hier direkt vor unserer Tür! Der will uns doch provozieren! Immerhin ist das öffentlicher Grund!«

»Du immer mit dem Harmann.« Brigitte Dürrschnabel klang resigniert. »Komm wieder ins Bett, Reinhold. Es ist doch mitten in der Nacht.«

»Ich kann gerade nicht schlafen, die Blase«, erwiderte Reinhold Dürrschnabel, ohne die Augen vom Konstrukt vor seinem Fenster zu lassen. Seit einigen Jahren machte sich das fortgeschrittene Alter Reinhold Dürrschnabels dadurch bemerkbar, dass er nur noch selten ungestört von plötzlichem Harndrang schlafen konnte.

»Das heißt noch lange nicht, dass du mich um den Schlaf bringen musst, Reinhold!« Brigitte Dürrschnabel drehte sich demonstrativ laut auf der Matratze um.

»Jetzt bist du aber sowieso wach. Guck dir das an, Brigitte! Riesig ist dieses Teil!« Mit zusammengekniffenen Augen lehnte Reinhold Dürrschnabel sich so nah zum Fenster, dass sein Atem am Glas kondensierte. Wütend wischte er mit dem Ärmel seines Pyjamas ein Guckloch in die beschlagene Fläche. »Das sieht aus wie eine Harfe oder so etwas. Das kann nicht angehen, also wirklich nicht! Ich rufe gleich die Polizei! Und das auf einer öffentlichen Fläche! Wirklich jetzt, Brigitte, komm gucken!«

Langsam, mit schlaftrunkenen Bewegungen schob seine Ehefrau die Decke beiseite und stand auf. »Vorher gibst du doch eh keine Ruhe.«

»Findest du etwa, bei so einer Beleidigung für die Augen sollte ich Ruhe geben? In so einer Nachbarschaft wie unserer ist ein wenig Geschmack ja wohl nicht zu viel verlangt, sollte man meinen.« Reinhold Dürrschnabel begann, sich in Rage zu reden.

Brigitte Dürrschnabel wiederum war zu dieser Uhrzeit nicht wirklich danach, dass ihr Ehemann sich echauffierte. Während sie mit kleinen Schritten um das Bett schlurfte, musste sie ihren Mann nur einmal direkt ansehen und ihre Hand heben, damit er sofort verstummte.

»Du weißt doch nicht einmal, ob es überhaupt Harmann war, der wasauchimmer da hingestellt hat. Manchmal glaube ich, du willst einfach einen Feind haben, weil das ein bisschen Pep in dein Leben bringt.« Im Vorbeigehen tätschelte sie liebevoll Reinhold Dürrschnabels Wange.

Dann sah sie selbst aus dem Fenster.

Überraschenderweise hatte ihr Mann recht. Was es auch immer war, das dort draußen auf dem begrünten Mittelstreifen stand, der die beiden schmalen Fahrspuren voneinander abgrenzte, es sah in der Tat aus wie eine Harfe.

Allerdings wirkte es für eine Harfe etwas zu massiv, denn irgendetwas Großes befand sich in der Mitte des

Rahmens, den Brigitte Dürrschnabel trotz der schummrigen Lichtverhältnisse erkennen konnte.

»Wirklich komisch«, murmelte sie eher bei sich. »Das stand doch auch gestern Abend noch nicht da, oder?«

»Natürlich stand das gestern Abend noch nicht da, Brigitte, sonst hätten wir es ja wohl sofort gesehen! Ich geh da jetzt rüber und klingel bei diesem verkopften Affen, und dann, wenn er sich gerade wieder schlafen gelegt hat, rufe ich die Polizei. Das fällt bestimmt unter Ruhestörung oder Hausfriedensbruch oder Erregung öffentlichen Ärgernisses. Irgendwie kriegen die den schon dran.«

Brigitte Dürrschnabels Blick wurde kritischer, allerdings ausnahmsweise nicht aufgrund ihres Mannes.

»Hast du nicht irgendwo hier diesen Klotz von Taschenlampe, den wir nie brauchen, den du aber unbedingt behalten willst?«

»Gute Idee!«, lobte Reinhold Dürrschnabel seine Frau. Mit großen Schritten eilte er zu dem mit aufwendigen Schnitzereien verzierten Kleiderschrank und kramte hinter seinen zusammengefalteten Hosen herum. Leise fluchte er vor sich hin, bis er schließlich die große Maglite in der Hand hielt. Nicht vollkommen ohne Stolz überreichte er seiner Frau die Taschenlampe.

Brigitte Dürrschnabel hatte indessen das Fenster geöffnet und lehnte mit den Unterarmen auf der schmalen Fensterbank, was leider nicht dazu führte, dass sie mehr erkennen konnte. Ohne ihren Mann anzusehen, griff sie die massive Taschenlampe, richtete sie nach draußen und drückte auf den gummierten Knopf. Es klickte, doch sonst tat sich nichts. Brigitte Dürrschnabel klickte einige Male mehr, aber es blieb dabei: kein Licht.

»Die Batterien sind leer, Reinhold. Kein Wunder eigentlich, so lang, wie das Ding schon im Schrank liegt.«

»Warte«, eiferte Reinhold Dürrschnabel sich, »ich hole von unten neue.«

»Dann können wir gleich draußen nachsehen, was das ist.« Schwer seufzte Brigitte Dürrschnabel. »So hatte ich mir meine Nacht wirklich nicht vorgestellt, Reinhold.«

Während ihr Mann in einen Morgenmantel schlüpfte, erwiderte er trotzig, aber leise: »Ich auch nicht.«

Wie üblich knarzten die Holzstufen, als das Ehepaar nach unten ging. Die grün reflektierenden Augen von Mimi leuchteten ihnen vom Fuß der Treppe entgegen, bevor sich die Katze erhob und missbilligend davonhumpelte.

»Das werde ich dem Harmann nie verzeihen!«, flüsterte Reinhold Dürrschnabel. »Der hat die Mimi absichtlich angefahren, das weiß ich genau.«

Brigitte Dürrschnabel verdrehte nur die Augen. Sie konnte kaum zählen, wie oft ihr Mann bereits diese Theorie vorgebracht hatte. »Warum flüsterst du, Reinhold?«

Als sie die Tür der Villa öffneten, bahnte sich sofort eine kalte Windböe den Weg hinein. Die schneidende Luft kündigte einen eisigen Winter an.

Reinhold Dürrschnabel zog den Gürtel seines Morgenmantels fester, dann trat er tapfer als Erster in die Dunkelheit und ging mit entschlossenen Schritten auf das Gebilde zu, das seinen sowieso schon sensiblen Schlaf dermaßen störte. Seine Frau blieb in der offenen Tür stehen und blickte ihm hinterher.

Je näher Reinhold Dürrschnabel kam, desto mehr erkannte er: Es war wirklich eine Harfe, die dort so unschön prominent platziert worden war – eine Konzertharfe, um genau zu sein –, und etwas Großes hing in der Mitte des Instruments.

Es war Heinz-Josef Harmann. Der nackte Heinz-Josef Harmann.

Allerdings sah er nicht so aus, wie Reinhold Dürrschnabel ihn in Erinnerung hatte, was nicht nur an der Ermangelung von Kleidung lag.

Das blassgelbe Laternenlicht zeichnete die Falten in Heinz-Josef Harmanns Gesicht weich und doch sah er älter aus, als er jemals ausgesehen hatte. Sein Mund war geöffnet und die Augen starrten leer an Reinhold Dürrschnabel vorbei.

Harmanns Körper hatte keinerlei Spannkraft mehr in sich. Schief und schlaff drückte er gegen die Saiten des Instruments. Eine Hand war am Kopf, die andere am

Hals der Harfe befestigt, was zusätzlich den Eindruck erzeugte, dass er dort nachlässig abgehangen worden war wie ein dreckiges Hemd.

Erst, als die nächste kalte Windböe durch den Stoff von Reinhold Dürrschnabels Morgenmantel stieß, merkte er, dass seine Frau nach ihm rief.

»Und, Reinhold? Was ist es?«

2

Noch war es zu früh für viele Geräusche. Zehn Menschen bewegten sich der Uhrzeit entsprechend langsam im Umkreis der Leiche an der Harfe, nur vereinzelt waren Schritte oder verhaltenes Husten zu hören. Es waren die stillen, betriebsamen Minuten, bevor plötzlich alle reden würden.

Für den 21. November war es bereits erstaunlich winterlich. Knüppels Atem kondensierte vor seinem Gesicht und für einen kurzen Moment verfolgte er, wie die kleinen Wolken in Richtung Himmel stiegen, der noch immer Tiefgrau gefärbt war. Er mochte diese Zeit. Vor Sonnenaufgang aufzustehen, war einfach für ihn, wenn die Möglichkeit darauf bestand, Igel zu beobachten. Es war nicht ungewöhnlich, dass die stacheligen Insektenfresser ihren Winterschlaf kurz unterbrachen.

Er zog die Hände aus der Bauchtasche seines olivgrünen Windbreaker-Pullovers, um die grobe Strickmütze mit dem Zopfmuster zu richten. Vermutlich lebten hier im Bismarckviertel einige Igel, die sich aus dem Stadtwald verirrt hatten – aber bestimmt hatten sie es in dieser Gegend etwas schwerer als bei ihm am Forstwald. Die Gärten waren einfach zu penibel gepflegt, da fühlte sich kaum ein Igel wohl, wenn er nicht musste. Wahrscheinlich musste alles zu den teuren Autos und noch teureren Häusern passen, sonst gab es bestimmt Ärger mit der Nachbarschaftsvereinigung.

Knüppel verschränkte die breiten Arme und nahm die Eindrücke auf, wie er es immer machte. Es roch nach Wald, holzigem Rauch und ein wenig nach Tod. Das lag vermutlich daran, dass die Leiche einem älteren Mann gehörte. Ältere Menschen waren oft umgeben von einem Hauch Tod, bevor sie überhaupt tot waren, während Leichen, die schon längere Zeit Leichen waren, erstens so aussahen und zweitens auch so rochen – Knüppel war relativ froh darüber, dass ihm ein Stinker heute erspart geblieben war. Was Geruch betraf, war er ausgesprochen sensibel, versuchte aber, sich das nicht anmerken zu lassen.

Ein schmaler, tiefroter Strich, der um die vordere Halshälfte des toten Mannes verlief, ließ vermuten, dass er mit etwas wie einem schmalen Draht erwürgt worden war. Mehr würde ihm gleich Agnes Stankowiak sagen können, also beschäftigte Knüppel sich vorerst nicht weiter mit Spekulationen.

Irgendwer hatte den Mann in einer Konzertharfe drapiert. Nackt. Mit einer Flöte im Hintern.

Das war merkwürdig. Aber es war oft so, dass der Tatort am Beginn einer Ermittlung noch nicht wirklich viel Sinn für Knüppel ergab, deswegen ließ er sich davon nicht verwirren. Es würde schon alles zusammenkommen.

Ein chemischer Geruch, der entfernt an Kaffee erinnerte, machte sich neben ihm breit. Alvin Bartelink von der Spurensicherung kaute auf etwas Zähem herum und presste eine weiße Tablette aus einem Blister. Mit leicht zittrigen Händen warf er sich die Tablette in den Mund und kaute weiter.

Geduldig wartete Knüppel und ignorierte den penetranten Mief. Bartelink fing an zu reden, wenn er bereit dazu war. Allerdings konnte das manchmal dauern – vor allem in den frühen Morgenstunden. Knüppel war das egal. Bartelink war bei der Arbeit schnell und effizient, da musste er nicht auch noch ein geborener Frühaufsteher sein.

Trotzdem hatte Knüppel grundsätzlich unbestimmtes Mitleid mit Alvin Bartelink. Erstens fand er, dass der arme Mann schon mit seinem Namen genug gestraft war, was er ihm jedoch nie sagen würde, und zweitens sah niemand dermaßen müde aus wie der Forensiker – die Tageszeit spielte dabei keine Rolle. Gerade passte es nur besser zu Bartelinks dunklen Schatten unter den Augen, dass sie um fünf Uhr morgens zum Tatort gerufen worden waren.

Bartelink wirkte grundsätzlich, als sei er erst gerade aufgestanden. Sein knittriges Hemd und die abgerissenen Bluejeans hatten schon bessere Tage gesehen. Gleiches galt für sein ausgezehrtes Gesicht, das wirkungsvoll von der Anstrengung zeugte, die ihm das Aufstehen jeden Tag abverlangte. Obwohl er mit 1,80 Meter etwas größer war als Knüppel, wirkte er kleiner, da er immerzu gebückt stand, als würde er etwas am Boden suchen. Der kalte Spätherbstwind wehte seine dünnen, straßenköterblonden Haare durcheinander.

»Keine Fingerabdrücke, keine auffälligen Partikel. Nichts auf dem Körper, nichts auf dem Instrument. Auch sonst in der näheren Umgebung nichts. Hätte eigentlich liegen bleiben können.« Zwar hatte sich Bartelinks nuscheliger Ton nicht verändert, aber Knüppel wusste, dass sein letzter Satz witzig gemeint sein sollte. Also lächelte er höflich und machte ein schnaubendes Geräusch, das einem Lachen nicht unähnlich war. Sofort wirkte Bartelink zufrieden.

»Ich glaube, wir können davon ausgehen, dass er nicht so gestorben ist, wie er da hängt.«

Bartelink schnaubte ebenfalls. »Können wir von ausgehen.«

»Sieht aus, als wäre er erwürgt worden«, sagte Knüppel und deutete auf den Hals des Toten.

»Sieht so aus«, bestätigte Alvin Bartelink.

Damit standen die beiden wieder schweigend nebeneinander. Knüppel ließ seinen Blick schweifen.

Agnes Stankowiak umzirkelte redend die Leiche und filmte dabei alles, was sie sah, mit ihrem Handy. Von hier aus konnte Knüppel nicht hören, was sie sagte, doch ihr heller, nasaler Tonfall kam an. Ihm persönlich waren die Videos der Rechtsmedizinerin keine Hilfe bei der Ermittlung, aber er wusste zu schätzen, dass sie eine Methode hatte, die ihre Beobachtungen festhielt.

Valerie Kiel und David Winterfeldt redeten gerade an der Absperrung mit den Nachbarn, die die Leiche gefunden und die Polizei verständigt hatten. Winterfeldt hatte die Schultern nach oben gezogen und bewegte sich von einem Fuß auf den anderen, Kiel sah konzentriert und ernst aus wie immer. Ihr machte die Kälte nichts.

Obwohl Winterfelds breite Schultern sich selbst durch seinen Dufflecoat abzeichneten und er Valerie Kiel um einen Kopf überragte, wirkte sie wesentlich robuster als der junge Polizist. Wie immer vollkommen schwarz gekleidet, in einem Wollmantel mit Lederärmeln und einen überlangen Schal um Hals und Schultern gelegt, sah sie eher aus wie eine Modestudie als eine Kriminalbeamtin.

Knüppel war zwar neugierig darauf, was die beiden zu berichten hatten, wenn sie fertig waren, doch versprach sich nicht allzu viel davon. Es wäre zu einfach gewesen. Aber vielleicht würden sie gleich einen Namen haben, das wäre schon einmal ein guter Anfang.

Malte Meyer-Landfried marschierte mit seiner nagetierartigen Emsigkeit an der improvisierten Absperrung entlang und versuchte, vereinzelte Passanten zu beruhigen, die schockiert stehen blieben, um die Leiche anzustarren.

Für so etwas war er immer perfekt, dachte Knüppel bei sich, denn obwohl er es wahrscheinlich nicht wusste, strahlte er durch seine schnurgerade Körperhaltung und seine etwas starre Mimik grundsätzlich etwas sehr Militärisches aus, das die meisten Menschen dazu brachte, auf Distanz zu gehen.

Schätzungsweise würde es noch maximal 15 Minuten dauern, bis die Presse auftauchen würde. Irgendjemand rief sie immer an.

Wenn Knüppel gerade auf eines keine Lust hatte, dann war es, Fragen zu beantworten, auf die er sowieso keine Antworten hatte, und möglicherweise Informationen veröffentlicht zu sehen, die den Verlauf der Ermittlung veränderten. Es war wichtig, dass sie so viel für sich behielten wie möglich, so lang es ging.

Zwar hatten sie sich Mühe gegeben, den großen weißen Van der Spurensicherung vor der Leiche zu parken und mit den anderen Wagen den Tatort abzuschotten, aber die Gegend war einfach zu sehr frequentiert, als dass Geheimhaltung eine Option gewesen wäre. Gleich würden die ersten Hundebesitzer zur morgendlichen Runde aufbrechen und damit würde sich alles verselbstständigen.

Erleichtert sah Knüppel, dass Agnes Stankowiak ihr Handy einsteckte und sich in seine Richtung bewegte. Ihr weißer Overall knisterte bei jedem Schritt. Hinter ihr humpelte eine gescheckte Katze über den Rasen und verschwand unter einem Busch auf der anderen Straßenseite.

Die Aussicht auf einen relativ reibungslosen Ablauf so früh im Ermittlungsverlauf motivierte Knüppel. Er hoffte, dass sie die Leiche im Anschluss an Stankowiaks erste Einschätzung einladen konnten.

Die dürre Rechtsmedizinerin blieb vor dem Kommissar und dem Spurensicherer stehen und stemmte die Hände in die Hüften. »Definitives weiß ich noch nicht.« Alles klang niedlich, wenn sie es mit ihrer Piepsstimme sagte, fand Knüppel. Irgendwie machte es das Arbeiten leichter.

»Schätzungsweise ist er durch Strangulation gestorben, wie man sich schon denken kann.« Sie deutete auf ihren eigenen Hals. »Aber das sehe ich natürlich mir noch einmal genauer an. Sonst ist bisher wenig auffällig – abgesehen einmal vom Blasinstrument im Anus, aber das ist euch wahrscheinlich auch schon aufgefallen. Kann man ja kaum übersehen.«

Knüppel und Bartelink nickten nur.

»Scheint eine Blockflöte zu sein. Aber auch hier: Genaueres erst später.« Mit routinierten Bewegungen zog Agnes Stankowiak die Gummihandschuhe aus – das Zeichen, dass sie vorerst fertig war.

»Kümmerst du dich darum, dass die Leiche eingeladen wird, Agnes?«, fragte Knüppel. »Ich will hier so schnell wie möglich verschwinden.«

»Da bin ich doch gern dabei«, antwortete Stankowiak und drehte sich auf dem Absatz um. Mit wenigen Gesten und Worten bedeutete sie Bartelinks Kollegen, dass sie aufbrechen wollten.

»Wenn Agnes fertig ist und irgendetwas Spannendes findet, melde ich mich«, sagte Bartelink. »Ich schicke dir sofort die Fotos, sobald ich am Computer sitze.« Wieder kramte er den Tablettenblister aus seiner Gesäßtasche und warf sich eine davon in den Mund.

Knüppel nickte, Bartelink nickte zurück. Gerade, als er sich in Bewegung setzen wollte, fragte Knüppel: »Was kaust du da eigentlich?«

»Koffeintabletten. Kaffeegeschmack.« Zum ersten Mal heute grinste Bartelink.

»Warum frage ich überhaupt?«

Immer noch grinsend zuckte Alvin Bartelink mit den Schultern, dann drehte er sich um und schloss seinen blassroten Toyota Corolla Kombi auf. Heute brauchte es nur zwei stotternde Versuche, bis der Motor ansprang.

Es sah so aus, als ob Kiel und Winterfeldt sich gerade von den Nachbarn des Toten verabschiedeten. Knüppel vergrub die Hände wieder in der großen Bauchtasche und ging den beiden entgegen.

»Heinz-Josef Harmann heißt er«, teilte David Winterfeldt dermaßen enthusiastisch mit, dass Knüppel sich ein Grinsen verkneifen musste.

Valerie Kiel hingegen gab sich nicht so viel Mühe. »Na, dann ist der Fall ja gelöst!«, zog sie den jungen Polizisten auf. Mit kratziger Stimme lachte sie.

Sofort fuhr sich Winterfeldt nervös durch die behutsam unordentlich gestylten Haare. »War das jetzt doof?«

»Val zieht dich nur auf«, beschwichtigte Knüppel ihn. »Schießt los.«

Immer noch sichtlich amüsiert bedeutete Kiel ihrem Schützling, zu reden.

»Also«, begann Winterfeldt mit einem Blick auf seinen Notizblock, »der Tote war Professor für Kunstgeschichte an der Heinrich-Heine-Universität in Düsseldorf, ist aber schon seit einigen Jahren in Rente. Seine Nachbarn, Brigitte und Reinhold Dürrschnabel, haben die Leiche heute gegen drei Uhr morgens entdeckt und uns direkt verständigt. Laut Reinhold Dürrschnabel stand alles exakt so, wie es jetzt ist. Er hat nichts angefasst, sagt er.«

»Warum waren die beiden denn um drei Uhr morgens mitten in der Woche wach?«, fragte Knüppel sofort.

Stolz machte sich Winterfeldt ein wenig größer. »Da mussten wir ein paar Mal nachbohren, aber wir haben's aus ihm rausgekitzelt. Reinhold Dürrschnabel hat Blasenschwäche und schläft wohl seit einiger Zeit nicht mehr durch.«

»Das lässt sich mit Sicherheit überprüfen«, sagte Knüppel.

Winterfeldt sah Valerie Kiel an. »Soll heißen, du machst das«, half sie ihm auf die Sprünge.

»Ach so! Klar, kein Problem.«

»Ich denke, Reinhold Dürrschnabel und Heinz-Josef Harmann mochten sich nicht sonderlich«, begann Valerie Kiel. Ihre grünen Augen verengten sich, die kleinen Falten in den Augenwinkeln verrieten ihr eigentliches Alter. »Allerdings haben die Dürrschnabels sich da sehr bedeckt gehalten und versucht, ganz besonders anständig zu wirken. Finde ich zwar merkwürdig, aber ich glaube nicht, dass da was ist.«

»Ich auch nicht.« Knüppel strich sich durch den Vollbart. »Wäre zu einfach. Ausschließen müssen wir das trotzdem.«

»Versteht sich von selbst«, bestätigte Valerie Kiel.

»Also, irgendwie werde ich da nicht ganz schlau draus.« David Winterfeldt deutete auf die Leiche, die die Kollegen von der Spurensicherung gerade vorsichtig von der Harfe nahmen. »Das ist ja wie in so Fernseh-Fällen. Oder passiert so was wirklich öfter?«

»Nee, meistens sind sie einfach nur tot«, antwortete Knüppel. »Dieses Drapieren ist zum Glück die Ausnahme. Kommt aber ab und zu mal vor.«

»Gut.« Winterfeldt nickte, als würde ihn diese Tatsache beruhigen. »Trotzdem komisch. Warum macht sich jemand so viel Mühe? Ergibt nicht wirklich viel Sinn für mich.«

»Du bist ja auch kein kalkulierender Mörder, der Aussagen durch Leichen kommuniziert. Hoffe ich zumindest, Winterfeldt.« Unbemerkt war Malte Meyer-Landfried neben ihnen aufgetaucht. Mit einer lässigen Bewegung schlug er den Kragen seiner streng geschnittenen Cabanjacke im Nacken nach oben.

Das verhieß nichts Gutes. Er machte sich bereit, einen Vortrag zu halten. Resignierend seufzte Knüppel.

»So etwas«, sagte Meyer-Landfried und deutete auf die Harfe, »so etwas macht niemand, der einfach nur jemanden töten will. Das da ist pure Bloßstellung. Tot und nackt an eine Harfe gebunden, eine Flöte im Arsch, bewusst prominent platziert im besten Stadtteil von Krefeld. Das Hässliche im Schönen, das Tote im Blühenden, das Störende direkt in der Ruhe. Ironisch, könnte man dazu sagen, wenn es nicht so tragisch wäre.«

Valerie Kiel verdrehte die Augen und zog eine Packung Kaugummis aus einer Tasche ihres langen schwarzen Mantels. Wortlos hielt sie Winterfeldt und Knüppel jeweils einen Streifen hin.

»Der Mörder hat lang geplant, bevor er gehandelt hat.« Meyer-Landfried hatte gerade erst angefangen. »Das verrät einen kühl agierenden, klar denkenden Geist – so klar denkend zumindest, wie man jemanden nennen kann, der einen nackten, toten Mann mit einer Flöte im Arsch an einer Harfe aufhängt. Aber Werten bringt da nichts, wir müssen uns in ihn hineindenken, müssen verstehen, was einen Menschen dazu bewegt, so etwas zu tun, und was er damit ausdrücken will. Er hat ihn definitiv selbst umgebracht, da bin ich mir sicher. Jemand, der sich so viele Gedanken macht, überlässt nichts dem Zufall.«

»Dass er ihn nicht zufällig frisch erwürgt gefunden hat und dann dachte: ›Ach, ziehe ich den mal aus und binde den an eine Konzertharfe‹, ist ja wohl klar«, knurrte Valerie Kiel. »Außerdem hast du gerade selbst gesagt, dass er lang geplant hat. Du wiederholst dich, Malte.«

Knüppel grinste. Seine Kollegin hatte weitaus weniger Geduld für Meyer-Landfrieds halb gare Profile als er. Ihm war es anfangs ähnlich gegangen, aber mittlerweile hatte er sich einfach daran gewöhnt, dass Meyer-Landfried ab und zu mit seinen drei Semestern Psychologie prahlte. Dass er das Studium nicht abgeschlossen hatte, ließ er dabei gern unerwähnt.

»Von mir aus«, sagte Meyer-Landfried, »aber ich denke grad auch bloß laut, das ist ja nur ein vorläufiges Profil. Jedenfalls können wir auf jeden Fall davon ausgehen, dass der Täter keine Reue für das hat, was er getan hat. Er denkt, dass seine Handlungen richtig sind, immerhin kann er sie begründen und hat sich schon vorher alles schön zurechtgelegt. Vermutlich hat das Opfer irgendwas mit Musik zu tun, nicht wahr?«

»Voll daneben«, erwiderte Kiel amüsiert. »Emeritierter Kunstgeschichte-Prof. Aber war einen Versuch wert.«

»Na ja.« Meyer-Landfried wirkte zerknirscht. »Wie gesagt, ich denke gerade auch nur laut.«

Freundlich schlug Knüppel ihm mit der flachen Hand auf die Schulter. »Dann denk jetzt erst mal leise weiter. Du kommst jetzt mit mir und wir sprechen mit Harmanns Frau.« Er wandte sich zu Kiel und Winterfeldt. »Klopft ihr noch mal bei den anderen Nachbarn. Fragt, ob sie irgendetwas mitbekommen haben – nicht nur gestern, vielleicht auch an den Tagen davor. Und horcht nach, wie sehr genau Harmann und sein Nachbar sich nicht ausstehen konnten.«

***

»Bitte, setzen Sie sich.« Elisabeth Harmann deutete auf das weinrote Chesterfield-Sofa, das mitten im Wohnzimmer stand.

Abgesehen davon war der Raum erstaunlich zurückhaltend eingerichtet, von einem kleinen Tisch vor der Couch und zwei zum Sofa passenden Sesseln einmal abgesehen. Es roch nach Leder und entfernt nach Tabak. Deckenhohe Bücherregale nahmen die Wand ein, an der sich die breite Doppelflügeltür befand, durch die sie gerade gekommen waren. Draußen konnte Knüppel eine dunkel gefliese Terrasse und einen gepflegten, gut eingewachsenen Garten erkennen. Igelfreundlich war dort allerdings nichts, das hatte er exakt richtig eingeschätzt. Auf dem gesamten Rasen verteilt standen Skulpturen, großteils höher als zwei Meter.

Über dem Kamin hing anstatt fröhlicher Familienbilder ein hochformatiges Gemälde, das eine enthusiastische Gruppe auf einem Schiff zeigte. Die Gruppe wirkte irgendwie dümmlich, fand Knüppel. Anstelle eines Mastes stand auf dem Schiff ein Baum, doch es war kein Segel gehisst. Eine der dargestellten Personen spielte Laute und schien mit einer zweiten zu singen, hinter ihnen kotzte ein Kerl über die Reling, über ihm hockte bucklig ein graubraunes Männchen mit Kapuze, im Vordergrund schwammen zwei Nackte herum, alle anderen waren mit Essen, Trinken oder Herumliegen beschäftigt. Niemand schien sich darum zu sorgen, dass das Schiff ziellos ins Nichts driftete. Knüppel runzelte die Stirn. Es war eines dieser Bilder, das ihm Kopfschmerzen bereitete.

Als Meyer-Landfried sich auf das Sofa zubewegte, knarzte das dunkelbraune Chevron-Parkett leicht.

Während Knüppel Platz nahm, musterte er unauffällig die Frau des Toten. Ihre vollkommen grauen Haare fielen auf die Schultern eines überlangen Strickpullovers, zu dem sie eine schmal geschnittene Stoffhose trug. Zwar zeigte ihr Gesicht einige kleine Fältchen, trotzdem wirkte sie, vor allem durch sehr wache Augen, wesentlich jünger, als sie vermutlich war.

Sie war umgeben von einer kultivierten Eleganz und war distanziert, ohne unhöflich zu sein. Sowohl an ihr als auch am Haus war offensichtlich, dass die Harmanns Geld hatten – Knüppel schätzte, dass mindestens einer von ihnen aus einer alteingesessenen Krefelder Familie stammte, denn selbst für zwei Akademiker war das Haus eine Spur zu groß und repräsentativ.

»Wollen Sie etwas trinken?«, fragte Elisabeth Harmann höflich, doch Knüppel und Meyer-Landfried winkten ab. Erst dann setzte sich die Frau des Toten.

Knüppel begann. »Wann haben Sie Ihren Mann das letzte Mal gesehen, Frau Harmann?«

Die frische Witwe sammelte sich – es war bloß ein winziger Augenblick, aber Knüppel entging er nicht. Scheinbar war sie emotional, wollte sich diese Tatsache aber nicht anmerken lassen.

Oft sprach so eine Reaktion für Unschuld und auch im Fall von Elisabeth Harmann war sich Knüppel relativ sicher, dass sie nichts mit dem Tod ihres Mannes zu tun hatte.

Jeden Zweifel ausräumen konnte man so früh allerdings nie.

»Gestern Abend. Ich bin schon zu Bett gegangen und Heinz-Josef wollte noch rauchen.«

»Rauchen?«, fragte Meyer-Landfried nach.

»Er war Pfeifenraucher«, erläuterte Elisabeth Harmann. »Aber ich wollte nicht, dass er es hier drin macht. Ich finde den Gestank ekelhaft. Wir haben uns schon vor einiger Zeit darauf geeinigt, dass er draußen rauchen kann, so viel er will, solange er nicht den kompletten Wohnraum damit verpestet.«

»Und das hat er öfter getan?«, fragte Knüppel.

»Fast jeden Abend und oft mehr als eine Pfeife. Meist habe ich schon geschlafen, als er schließlich zu Bett gekommen ist.«

Meyer-Landfried wirkte interessiert. »Also kannte die ganze Nachbarschaft einen Teil der Routine Ihres Mannes.« Aus der Innentasche seiner Cabanjacke zückte er ein schmales Notizheft und einen Kugelschreiber.

»Ich denke, davon kann man ausgehen«, antwortete Elisabeth Harmann und zog ein wenig die Stirn kraus. Schnell brachte sie ihre Mimik wieder unter Kontrolle. »Allerdings ist das hier eine sehr diskrete und ruhige Nachbarschaft, sicher bin ich mir da also nicht. Wenn es Sie interessiert, fragen Sie am besten die Nachbarn. Mir war es immer etwas unangenehm, wenn Heinz-Josef da draußen alles vollgeschmaucht hat wie ein Räuchermännchen. Wie ein alter Mann.«

»Hatte er eigentlich irgendetwas mit Musik zu tun?«, fragte Meyer-Landfried.

»Wegen der Harfe?«, erwiderte Elisabeth Harmann tonlos. »Ich habe mich auch schon gefragt, was das soll. Aber viel hat er sich nicht aus Musik gemacht – und wenn, dann eher Jazz. Hilft das?«

»Wir werden sehen.« Meyer-Landfrieds unnötig mysteriöse Antwort brachte ihm einen strafenden Blick von Knüppel ein, den er ignorierte, indem er pflichtbewusst auf seinem Notizblock herumkritzelte.

»Ihr Mann war Professor im Ruhestand, nicht wahr?«, fragte Knüppel.

Elisabeth Harmann nickte.

»Kunstgeschichte?« Knüppel zeigte mit dem Daumen auf die Bücherregale.

»Genau. Seine große Leidenschaft. So habe ich ihn schon kennengelernt.« Kurz zögerte die Frau, dann fuhr sie fort: »Kunst war für mich immer sehr hermetisch, sehr fremd, doch Heinz-Josef hatte eine Art an sich, die mich dafür begeistern konnte. Plötzlich konnte ich Dinge mit anderen Augen betrachten, die ich früher hässlich gefunden hätte.« Sie deutete auf das Bild über dem Kamin. »Allerdings, und da will ich ehrlich zu Ihnen sein, hat sich dieser anfängliche Enthusiasmus von Heinz-Josef nach einigen Jahren verwandelt. Er wurde immer unerträglicher, wenn es um Kunst ging, immer elitärer. Als habe er alle Weisheit der Welt entdeckt – nur er, sonst niemand. Über alles und jeden konnte er sich auf einmal in Rage reden. Minutenlang hat er dann vor sich hin argumentiert. Obwohl ich meist dabei war, hatte ich das Gefühl, er erzählt es einem leeren Raum.« Elisabeth Harmann lachte bitter. »Es mag merkwürdig sein, dass ich das als Professorin sage, aber am Ende fand ich diese spontanen Vorträge nur noch unerträglich.«

»Sie lehren immer noch?«, fragte Meyer-Landfried.

»Ja. Ich leite den Lehrstuhl der Chemie an der Heinrich-Heine-Universität in Düsseldorf.«

Knüppel strich sich durch den Bart. »Haben Sie sich da kennengelernt, wenn ich fragen darf?«

»Nein.« Elisabeth Harmanns Augen verklärten sich ein wenig. Sie sah an die Decke und schluckte. »Verzeihung.«

»Lassen Sie sich Zeit, Frau Harmann.«

Innerhalb von wenigen Sekunden hatte sich die Professorin wieder unter Kontrolle und sie sah den Kommissar fest an. »Es war reiner Zufall, dass wir uns überhaupt getroffen haben, immerhin kommen wir aus vollkommen unterschiedlichen Fachgebieten. Ich bin damals mit dem ICE zu einem Symposium nach Wien gefahren. Mir gegenüber saß Heinz-Josef, der zufällig ebenfalls dorthin musste – zu einer ganz anderen Tagung in einem ganz anderen Teil der Stadt. Er hat ein Gespräch initiiert und wir haben den Rest der Fahrt geredet. Ich denke, er hatte immer schon eine Schwäche für jüngere Frauen.«

Knüppel wurde hellhörig. »Jüngere Frauen?«

Lächelnd winkte Elisabeth Harmann ab. »Ja. Ich war damals noch Doktorin, Heinz-Josef schon Professor. Ich bin fast 20 Jahre jünger als er.« Sie schluckte. »War. War fast 20 Jahre jünger als er.«

Meyer-Landfried notierte sich etwas in seinem kleinen Heft. »Wie alt war Ihr Mann genau?«

»Geboren ist er am 05. Mai 1943. 72 also.«

»Wann hat er aufgehört, zu lehren?«

»Erst mit 67. Man musste ihn quasi in den Ruhestand zwingen, Heinz-Josef wollte nicht gehen. Wie gesagt: Kunstgeschichte war seine eine wahre Liebe. Vielleicht war es aber auch nur die Professur.«

Kurz schwiegen alle, nur das leise Kratzen von Meyer-Landfrieds Kugelschreiber auf dem Papier war zu hören.

Knüppel nahm sich vor, seinen Kollegen dafür zu loben, dass er die Hardfacts, die sie von Kiel und Winterfeldt hatten, noch einmal unauffällig überprüfte.

Schließlich fragte er: »Wir haben gerade schon mit Ihren Nachbarn gesprochen, den Dürrschnabels. Kann es sein, dass Reinhold Dürrschnabel und Ihr Mann sich nicht sonderlich gut leiden konnten?«

Wieder lachte Elisabeth Harmann bitter. »Das schätzen Sie exakt richtig ein. Die beiden haben sich gehasst.«

»Inwiefern?«

Sie strich sich eine Haarsträhne hinter das Ohr. »Reinhold Dürrschnabel hat sich einmal kritisch über eine von Heinz-Josefs Skulpturen im Garten geäußert – kritisch mit einem humorvollen Unterton. Diesbezüglich verstand Heinz-Josef aber eben überhaupt keinen Spaß, also hat er immer mehr von diesen riesigen Teilen im Garten aufstellen lassen und war mit jedem Mal zufriedener, dass Dürrschnabel sich aufgeregt hat. So hat das Ganze angefangen. Am Ende haben die beiden ihre kleine Fehde mit großer Leidenschaft verfolgt. Ich glaube, für sie war es einfach aufregend, einen Feind zu haben. Kindisch. Ich fand das immer schade, denn eigentlich ist Brigitte Dürrschnabel eine wirklich nette Frau. Aber durch diesen klischeehaften Nachbarschaftsstreit war es für uns ausgeschlossen, in Ruhe zu reden, ohne missgünstige Blicke von unseren Männern zu ernten. Also haben wir es gelassen.« Elisabeth Harmann seufzte. »Außerdem war da noch etwas, das die ganze Situation nicht unbedingt einfacher gemacht hat.«

»Nämlich?«, fragte Knüppel nach.

»Heinz-Josef hat vor einigen Jahren Mimi angefahren, die Katze der Dürrschnabels. Er hat – wie üblich – viel zu schnell rückwärts ausgeparkt, Mimi wollte vorbeihuschen, doch Heinz-Josef hat ihr Hinterbein erwischt. Natürlich war es sofort gebrochen, Mimi brauchte eine OP. Seitdem humpelt das arme Tier. Leider war Reinhold Dürrschnabel der Meinung, dass Heinz-Josef das mit Absicht getan hat – vermutlich sieht er es auch immer noch so. Dabei mochte Heinz-Josef die Katze selbst eigentlich sehr gern.«

»Na ja, das erklärt das Ganze zwischen den beiden wenigstens ein wenig. Die Katze hab ich vorhin draußen rumschleichen sehen. Humpelt in der Tat sehr stark.« Meyer-Landfried sah kaum noch auf, sondern schrieb und schrieb.

Knüppel wusste die Professionalität seines Kollegen zu schätzen, denn seine Notizen waren grundsätzlich sehr sauber und aufschlussreich.

So hatten sie bei der Ermittlung immer das Wichtigste schwarz auf weiß. Zwar brauchte Knüppel keine Notizen, um sich die relevanten Eckdaten merken zu können, aber er fand es beruhigend, dass er notfalls darauf zurückgreifen konnte.

»Gab es sonst noch Menschen, die Ihren Mann nicht mochten, Frau Harmann?«, fragte er dann.

Unvermittelt stand Elisabeth Harmann auf. »Warten Sie, ich komme sofort wieder.« Mit eiligen Schritten verließ sie den Raum.

»Jüngere Frauen also, hm?«, raunte Meyer-Landfried dem Kommissar zu, als ihre Schritte sich weiter entfernt hatten.

»Muss nichts heißen«, antwortete Knüppel leise.

»Kann aber was heißen«, sagte Meyer-Landfried.

»Hm.« Knüppel zog ungern voreilige Schlüsse, schon gar nicht so früh im Verlauf der Ermittlung. Da mögliche Affären aber etwas waren, das sie sich grundsätzlich ansahen, erlaubte er sich selbst und Meyer-Landfried dieses bisschen Spekulation.

Das leise knarzende Parkett kündigte Elisabeth Harmanns Rückkehr an. Sie trug drei große Aktenordner, die sie auf den Couchtisch vor die Polizisten legte.

»Das sind Hass- und Drohbriefe, die Heinz-Josef im Laufe seiner Karriere bekommen hat, allerdings nur ein Teil davon. Er hat es immer sein ›Best-of‹ genannt. Die seiner Meinung nach unterhaltsamsten hat er aufgehoben, aus irgendeinem Grund hat ihm das Spaß gemacht. Um also auf Ihre Frage zurückzukommen, Herr Kommissar: So gut wie niemand konnte meinen Mann ausstehen.«

Sofort spürte Knüppel, wie seine Laune schlechter wurde. Die Aktenordner waren dermaßen prall gefüllt, dass sie kaum schlossen. Bis jetzt hatte er eigentlich ein recht gutes Gefühl gehabt, was die Ermittlung betraf – bis jetzt.

Mit Mühe unterdrückte er seinen zerknirschten Tonfall, als er sagte: »Vielen Dank, Frau Harmann. Ich bin mir sicher, dass das sehr hilfreich für uns sein wird.«

3

Im stickigen Besprechungsraum der VHS roch es wie üblich nach abgestandenem Kaffee und alten Vorhängen. Arndt van Gruyter öffnete das Fenster und blickte aus dem dritten Stock auf den grau gepflasterten Vonder-Leyen-Platz hinunter. Mit geschlossenen Augen sog er einen tiefen Atemzug der kalten Luft ein und genoss die Ruhe.

Es war kurz vor 11 Uhr. Die Stadt war zwar schon seit einiger Zeit wach, viel zu merken war davon allerdings nicht. Abgesehen von gelegentlich vorbeirauschenden Autos war kaum jemand unterwegs. Arndt war jedes Mal erneut fasziniert von dieser merkwürdigen Stille zu so vielen Tageszeiten, die sogar unmittelbar in Nähe des Zentrums herrschte. Obwohl Krefeld laut Einwohnerzahl eine Großstadt war, fühlte sich alles hier an wie eine Kleinstadt.

Kurz liebäugelte er mit einer Tasse Kaffee, verwarf die Idee dann aber, als er sich an die steigerungsfähige Temperatur und den immer säuerlichen Geschmack des billigen Filterkaffees erinnerte.

Gemächlich schlüpfte er aus dem grauen Wolljackett und krempelte die Ärmel seines feinkarierten Hemds hoch. Heute hatte er auf Manschettenknöpfe verzichtet. Es wäre lächerlich gewesen, damit an einer Volkshochschule zu unterrichten. Mit der flachen Hand wischte er einige Krümel von der Tischplatte, faltete sein Jackett der Länge nach, indem er Schulter an Schulter legte, setzte sich und platzierte das Kleidungsstück behutsam auf dem Tisch vor sich.

Langsam lehnte er sich auf dem nicht sonderlich bequemen Holzstuhl zurück, verschränkte die Arme und lauschte in die Stille. Die Spätherbstluft wehte den abgestandenen Geruch aus dem Raum und klärte Arndts grundsätzlich etwas überaktiven Geist.

Der unangenehme Teil des Tages war also schon abgehakt. Nicht, dass es wirklich furchtbar war, an der

VHS zu unterrichten, es war bloß alles ein wenig trist, dachte Arndt. Wenigstens machten seine Kurse ihm so gut wie keine Arbeit – bei diesem Gedanken grinste Arndt, denn so hatten sich seine Eltern die Vereinbarung bestimmt nicht vorgestellt.

Gerade, als er sich wirklich zu entspannen begann, hörte er Schritte, die eindeutig in seine Richtung kamen, dazu mischten sich Gesprächsfetzen. Leider kannte er die Stimmen.

Es waren Manfred Tenhagen und Peter Dragov. Arndt konnte beide nicht unbedingt gut ausstehen, versuchte jedoch, das hinter professionell distanziertem Verhalten zu verbergen.

Dragov gab regelmäßig Kurse zum Bestehen des Einbürgerungstests und bildete sich darauf merkwürdig viel ein, während Tenhagen in diesem Semester Töpfern für Senioren unterrichtete. Obwohl die beiden sich fast nur stritten, schienen sie sich aus einem für Arndt nicht ersichtlichen Grund zu mögen und verbrachten freiwillig ihre Pausen zusammen.

Die Tür flog auf und sofort war Tenhagens etwas quengelige Stimme das Erste, was hereinkam. »Das ist doch Quatsch, Dragov! Die ideale Didaktik sollte den Lernenden erlauben, möglichst viel selbst zu schaffen. Du kannst doch nicht jeden an die Hand nehmen.«

Nebeneinander pressten sich die Männer durch die Tür und Arndt verkniff sich ein Grinsen. Mit dem weißen Haarkranz und dem breiten Schnurrbart sah Dragov in der Tat aus wie Waldorf aus der Muppet Show, während Tenhagen mit seinen zusammengewachsenen Augenbrauen und der kauzigen Nase an Statler erinnerte. Warum war ihm das denn nicht schon früher aufgefallen?

»Das mag bei dir und deinen Töpferomis ja stimmen, Tenhagen, aber bei Menschen, die kaum die relevante Primärsprache dieses Landes beherrschen, muss man da etwas mehr führen und geduldiger sein.«

»Töpferomis sagt er«, schnaubte Tenhagen. Mit gestrecktem Schritt eilte er zu dem Fenster, das Arndt gerade geöffnet hatte, und warf es mit einem lauten Krachen zu. »Ich hasse den Winter.«

In diesem Moment sah er, dass auch Arndt im Raum war. »Ach, Gruyter, auch hier? Für heute schon genug Flitzebögen gebastelt?«

Mit stoischem Lächeln nickte Arndt nur und grüßte im Anschluss auch Dragov so höflich, wie es ihm eben möglich war. Obwohl er grundsätzlich nicht darauf bestand, mit seinem vollen Namen angesprochen zu werden, ärgerte es ihn ein wenig, wenn ausgerechnet Tenhagen ihn verkürzte.

Dieser eiferte sich weiter: »Siehst du, Dragov, Gruyter ist auch ein Verfechter meiner Theorie. Der überlässt seine Schüler einfach sich selbst und wartet hier in Ruhe ab, bis die Zeit um ist.«

»Ich habe früher angefangen als ihr, Tenhagen. Meine Schüler sind schon eine Weile weg.« Sofort ärgerte sich Arndt darüber, dass er überhaupt den Drang hatte, sich zu rechtfertigen.

»Von mir aus«, sagte Tenhagen. »Machst du trotzdem. Ist mir aber egal, denn das unterstützt gerade meinen Punkt.« Wieder wandte er sich Dragov zu. »Gerade bei deinen Legasthenikern ist es doch umso wichtiger, dass du sie dazu erziehst, selbstständig zu sein.«

»Legastheniker? Also wirklich, Tenhagen, das verbitte ich mir! Ich selbst bin auch ohne Deutschkenntnisse hierhin gekommen, nachdem meine Eltern ...«

Arndt beschloss, nicht mehr zuzuhören. An seltenen Tagen fand er die Diskussionen zwischen Tenhagen und Dragov unterhaltsam, heute zerrten sie an seinen Nerven.

Aus der Innentasche seines gefalteten Jacketts zog er sein Smartphone, das er eigentlich eher selten benutzte. Keine Anrufe, keine Nachrichten, aber acht neue E-Mails.

Dankbar über die Ablenkung öffnete er die Anwendung und las langsamer als nötig selbst drei der irrelevanten Werbemails, die sich wie von selbst in seinem Postfach zu vermehren schienen. Wenigstens musste er so nicht Waldorf und Statler zuhören, die gerade immer lauter wurden.

Offensichtlich ging es plötzlich um Immigrationspolitik.

Grundsätzlich war relativ wenig Relevantes in der digitalen Welt passiert – nur die aktuellste Mail war an Arndts VHS-Adresse gegangen.

Schon beim bloßen Anblick der Adresszeile überkam ihn Langeweile. Auf diesem Account passierte für gewöhnlich noch weniger als auf den anderen, vor allem im laufenden Halbjahr. Für einen Moment spielte er mit dem Gedanken, die Mail ungelesen zu löschen, doch dann überwog ein merkwürdiges Gefühl von Verpflichtung, das er sich nicht erklären konnte und nicht unbedingt mochte – zumal merkwürdig war, dass kein Betreff angegeben war. Außerdem wies die kleine Büroklammer in der Übersicht auf einen Anhang hin, der unter Umständen relevant sein konnte.

Also öffnete Arndt die Mail.

Sie hatte keinen Inhalt und die Absender-Adresse war eine Aneinanderreihung von Zahlen, Buchstaben und Symbolen. Kurz wollte er die Nachricht schon als Spam abtun, als ihm auffiel, dass der Anhang lediglich mit »1« benannt war.

Streng genommen war das zu kohärent und simpel für Spam, dachte Arndt, zumal es wirklich merkwürdig war, dass eine potenzielle Junkmail nichts mitzuteilen hatte. Allerdings wusste man ja nie so recht, was gerade Neues an Trojanern und Viren im Internet unterwegs war.

Für einen Augenblick zögerte Arndt, allerdings eher aus Sorge um sein Smartphone. Seine Neugier war geweckt, und wenn das einmal der Fall war, gab es kaum etwas, was ihn davon abhalten konnte, sie zu befriedigen.

Mit einem unbestimmten Gefühl, etwas Verbotenes zu tun, berührte den Anhang.

Es war ein Bild. Ein Bild eines Mannes, der nackt in einer Konzertharfe hing. Nackt und schlaff. Tot.

»Gruyter! Hey, Gruyter!«, hörte Arndt auf einmal Tenhagens Stimme. »Alles in Ordnung? Du bist irgendwie etwas blass.«

Offensichtlich sah Arndt wesentlich schockierter aus, als er aussehen wollte, was ihn für einen winzigen Augenblick ärgerte, denn er ließ sich nicht gern seine Gefühle an der Nasenspitze ablesen. Gleichzeitig legitimierte eine solche E-Mail wohl einen Moment des Schocks.

Eigentlich wollte er etwas sagen, damit Tenhagen nicht noch einmal nachfragte, doch es gelang ihm nicht. Sein Gehirn war zu sehr damit beschäftigt, was oder besser wer auf dem kleinen Bildschirm zu sehen war. Arndt kannte den Mann.

4

»Ganz ehrlich? Ich könnte kotzen!« Mit der flachen Hand schlug Valerie Kiel auf die drei Ordner, die Elisabeth Harmann ihnen mitgegeben hatte.
Es klatschte so laut, dass David Winterfeldt leicht zusammenzuckte. »Wir haben gerade erst angefangen und schon mehr Papierkram als in manchen Fällen nach zwei Wochen!«
Grinsend ließ Knüppel sich in seinem Schreibtischstuhl nach hinten sinken und verkreuzte die Arme. »Ist besser als nix.« Im Stillen gab er Valerie Kiel natürlich recht, aber gerade wollte er wenigstens einen zuversichtlichen Anschein erwecken – was natürlich zum jetzigen Zeitpunkt ziemlich optimistisch war, keine Frage. Doch das musste ja niemand wissen.
»Besser als nix«, äffte Valerie Kiel den Kriminalhauptkommissar nach. »Du musst diesen ganzen Quark ja auch nicht lesen, da hast du natürlich leicht reden.« Wütend riss sie den oberen Ordner auf und deutete auf den ersten Brief. »Hier, hör mal: ›*Sie sind nichts als ein pseudointellektueller alter Mann, der offensichtlich mehr von phallischen Symbolen versteht als vom eigenen Phallus. Ich hoffe, Sie entdecken nie, wie Ihr Schwanz funktioniert (wenn Sie denn überhaupt einen haben), denn ich bin mir sicher, dass Ihr bemitleidenswerter Sexualpartner (vermutlich also ein Schaf) sich nach vollendetem Koitus ähnlich unbegründeter Kritik aussetzen muss wie Ihre mindestens ebenso bemitleidenswerten Studenten!*‹ Und die sind mit Sicherheit alle so, Knüppel! Das ist doch scheiße! Absolute Oberscheiße! Absolute, riesengroße, dampfende, hochtrabende Klugscheißeroberscheiße!«
Schnell nahm Knüppel einen Schluck aus seiner Kaffeetasse mit dem ausgeblichenen Polizei-Logo, um sein Grinsen zu verbergen. Er hörte Valerie Kiel gern dabei zu, wenn sie sich aufregte. Ihr gelang es immer, ihre Rage in eine angenehme und unterhaltsame Form zu

bringen, die sie selbst dazu anstachelte, immer mehr auszuteilen, bis sie schließlich lachen musste.

Leider unterbrach Johannes Staden die Kriminaloberkommissarin, bevor sie an diesem Punkt angelangt war.»Heute ganz besonders poetisch, Kiel?«

»Heute ganz besonders kollegial, Staden?«, knurrte Knüppel.

Irgendetwas an Johannes Staden brachte in Knüppel eine Art hervor, die er sonst eigentlich sehr gut im Griff hatte. Für gewöhnlich fiel Knüppel Professionalität nicht schwer, aber die Gegenwart des blonden Pressesprechers machte ihn, wie die Kollegen sagen würden, unkooperativ.

Vielleicht war es das konsequent einen Knopf zu weit aufgeknöpfte Hemd, das wohl einen lässigen Anschein unter dem etwas zu schmal geschnittenen Jackett erwecken sollte. Vielleicht war es aber auch einfach nur der selbstgerechte Gesichtsausdruck und Stadens Art zu reden, als wisse er mehr als alle anderen – was er wahrscheinlich auch dachte.

Jedenfalls schaffte es Knüppel nur selten, sich selbst in Stadens Gegenwart zu zügeln, obwohl er sich die Blöße unüberlegter Äußerungen eigentlich nicht geben wollte, schon gar nicht vor seinem Team. Zwar ärgerte ihn dieser Umstand noch mehr als Stadens glatte Versicherungsvertreterart, aber gleichzeitig beruhigte es ihn, dass die kollegiale Antipathie auf Gegenseitigkeit beruhte. Außerdem war Staden auf ihn angewiesen, Knüppel aber nicht auf ihn.

Kurz zog der Pressesprecher des Präsidiums die Augenbraue hoch, dann fragte er: »Ich habe gehört, wir haben einen Mordfall?«

»Noch haben wir gar nichts«, antwortete Valerie Kiel, bevor Knüppel es konnte. Sie überbetonte das »wir« in ihrem Satz.

»Ein Toter in einer Harfe klingt mir aber nach wesentlich mehr als gar nichts«, erwiderte Staden.

»Was die Presse betrifft, haben wir sogar noch weniger als nichts, Staden«, sagte Knüppel. »Wir müssen den ganzen Kram hier erst einmal organisieren. Dann können wir anfangen, darüber nachzudenken, was passiert ist.« Er deutete auf die Aktenordner auf dem breiten Schreibtisch, den er sich mit Valerie Kiel teilte.

»Meint ihr nicht, dass es uns helfen würde, schon jetzt mit der Presse zusammenzuarbeiten?«

»Auf keinen Fall!«, blaffte Valerie Kiel. »Viel zu früh.«

»Aber denkt ihr nicht, dass ...«

»Nein.« Knüppel deutete ein zweites Mal auf die Ordner. »Wir müssen jetzt auch leider arbeiten, Staden, sonst gibt das nie was.« Mit erhobenen Händen und hochgezogenen Schultern legte er den Kopf schief – seine speziell für Stadens reservierte »Kann man nichts machen«-Geste.

Kurz starrte Staden in die Runde. Die Runde starrte zurück.

Dann stöhnte er bloß: »Von mir aus.« Damit stieß er die Tür zum Flur auf. Seine Lederschuhe klackten dumpf auf dem blauen PVC-Boden. Die Tür ließ er offen.

»Aber sagt Bescheid, wenn ihr was habt«, rief er durch den eierschalenfarben gestrichenen Flur, als er schon außer Sichtweite war. »Ihr wisst, dass das, was wir hier machen, relevant für die Bürger ist.«

»Aber natürlich, sehr gern«, flötete Knüppel ihm hinterher, während er aufstand und die Türe schloss. »Malte sollte gleich anrufen, da will ich Ruhe. Also: Wo sind wir?«

»Noch nicht wirklich weit«, antwortete Winterfeldt. »Reinhold Dürrschnabel, der Nachbar, hat in der Tat Blasenschwäche, hab ich vorhin freundlich bei seinem Arzt nachgefragt. Das Wort ›Mordermittlung‹ hat ihn sehr kooperativ werden lassen – fand ich gut. Also war Dürrschnabel wahrscheinlich wirklich deswegen mitten in der Nacht wach und hat die Leiche entdeckt. Die ganze Geschichte mit der Katze ist allerdings so eine Sache. Dürrschnabels Frau beteuert zwar, zu wissen, dass es ein Versehen war, dass Harmann das Tier angefahren hat, aber ich kaufe ihr nicht ab, dass ihr Mann damit kein Problem hat. Der wirkt allgemein immer sehr zerknirscht, wenn es um Harmann geht.«

»Sollten wir im Hinterkopf behalten«, warf Knüppel ein.

»Sollten wir«, sagte Valerie Kiel, »aber das wäre ein wirklich beschissenes Motiv. Andererseits, vielleicht war es ja nur der letzte Schubser, den Dürrschnabel gebraucht hat, um seinen unliebsamen Nachbarn um die Ecke zu bringen. Zwar langweilig, aber immerhin möglich.«

»Von den anderen Nachbarn irgendwas?«

»Nö«, antwortete Valerie Kiel. »Bis auf ihren Zwist miteinander scheinen Harmann und Dürrschnabel ruhig und zurückhaltend gewesen zu sein. Die meisten Nachbarn kannten nicht einmal ihre Namen.«

»Hat auch niemand irgendwas Auffälliges bemerkt vor Harmanns Tod«, warf Winterfeldt ein.

Knüppel seufzte. »Das heißt, bisher haben wir wirklich nur diese Ordner und kein vernünftiges Motiv.«

»Was meinst du denn, warum ich grad so schlechte Laune bekommen habe?«, fragte Valerie Kiel mit einem schiefen Grinsen.

In diesem Moment klingelte das Telefon.

»Wenigstens manche Sachen laufen nach Plan«, merkte Knüppel an, bevor er abnahm und auf Lautsprecher schaltete.

»Hört ihr mich?«, fragte Meyer-Landfried sofort.

»Natürlich hören wir dich. Das ist ein Telefon.« Valerie Kiel verdrehte die Augen.

»Ihr seid auf Lautsprecher«, sagte Knüppel.

»Halloooo«, flötete Agnes Stankowiak aus dem Hintergrund.

»Und?«, fragte Winterfeldt. »Ist es immer noch dieselbe Leiche wie heute Morgen?«

»Sehr witzig, Winterfeldt, wirklich sehr witzig«, ereiferte sich Meyer-Landfried mit seiner leicht nasalen Stimme. »Ich hab die Regeln nicht aufgestellt. Meinst du, ich habe Lust, in dieser asozialen Stadt hier rumzuhängen?«

»Hey!«, ermahnte ihn Stankowiak.

Ihre Piepsstimme klang durch ihre Entfernung zum Telefon etwas brüchig. »Viel asozialer als Krefeld ist Duisburg nun auch wieder nicht! Ein bisschen vielleicht. Vielleicht auch ein bisschen mehr. Aber egal. So wirklich habe ich auch nie verstanden, warum einer von euch die

Identität der Leiche bestätigen muss, wenn ich doch schon da bin.«

»Ist eben so.« Knüppel nahm einen weiteren Schluck Kaffee. »Was Neues bei euch?«

»Was denkst du denn, wie schnell ich bin, hm?«, fragte die Rechtsmedizinerin. »Sind doch gerade erst angekommen, aber ich habe Herrn Harmann schon hingelegt. Interessiert mich alles auch sehr, deswegen war ich so frei, ihn dazwischenzuschieben. Mache ich heute wohl Überstunden.«

»Viel wissen wir noch nicht«, warf Meyer-Landfried ein, »aber Agnes sagt, es ist wahrscheinlich, dass das Opfer erwürgt wurde.«

»Nach flüchtigem Hinsehen zu 99,9 %«, sagte Stankowiak. »Alles unter Vorbehalt. Auf jeden Fall bin ich mir sicher, dass Harmann schon tot war, bevor er an die Harfe gebunden wurde. Vielleicht hilft euch das ja.«

»Momentan hilft uns alles«, sagte Knüppel. »Wir haben bis jetzt noch sehr wenig. Man könnte auch nix sagen.«

»Das fängt ja gut an.« Meyer-Landfried klang müde.

Stampfende Schritte näherten sich dem Büro. Die drei Polizisten wussten sofort, was das bedeutete.

»Die Tietgen kommt«, sagte Valerie Kiel, da öffnete sich die Tür bereits ein wenig schneller als nötig.

Mit der Polizeidirektorin kam ein süßer und dominanter, aber nicht aufdringlicher Duft in den Raum.. Knüppel konnte sich nicht daran erinnern, dass sie jemals anders gerochen hatte als nach dieser komplexen Mischung aus Mandarine, Rose und Vanille. Wie an jedem Tag trug sie ein auf ihre Schuhe farblich abgestimmtes Kostüm mit Bleistiftrock – heute war es lila, dazu hatte sie eine weiße Bluse kombiniert.

»Sehr gute Arbeit!«, begrüßte Iris Tietgen die drei Beamten. »Wirklich sehr, sehr gute Arbeit! Schnelle Abwicklung und die Presse weiß nichts. So gefällt mir das!«

»Vielleicht sollten Sie das mal dem Staden vermitteln, Chef«, erwiderte Valerie Kiel, »der ist nämlich ganz heiß darauf, die Presse zu verständigen.«

»Jaja, der Staden eben.« Die Direktorin der Kriminalinspektion winkte ab.

»Eins nach dem anderen, sag ich immer, und das weiß er auch.«

»Hallo Iris!«, rief Agnes Stankowiak. »Wie geht's?«

Die Angesprochene wirkte kurz irritiert, bis sie das blinkende Telefon sah. »Ah, Lautsprecher. Habe ich irgendwie nicht mit gerechnet.« Mit zwei schnellen Handgriffen zog sie ihr Kostüm zurecht und fuhr sich durch ihren braunen Bob. »Hallo, Frau Stankowiak. Schön, Sie zu hören. Auf der Arbeit siezen wir uns immer noch, erinnern Sie sich?«

Ein leises Lachen kam durch die Leitung. »Überhaupt kein Problem, sehr verehrte Frau Direktorin Tietgen. Ich bitte vielmals um Entschuldigung, sehr verehrte Frau Direktorin Tietgen.«

Ein flüchtiges Lächeln huschte über Iris Tietgens Gesicht, bevor sie ihre wohltrainierte Contenance wiederfand. »Also: Wo sind wir?«

»Wir sammeln noch«, übernahm Knüppel das Wort. »Die Obduktion steht noch aus, aber wir können davon ausgehen, dass Heinz-Josef Harmann erst erwürgt und dann in die Konzertharfe gebunden worden ist, wie wir ihn gefunden haben.«

»Immer noch unter Vorbehalt«, warf Agnes Stankowiak ein. »Genaues erst später am Tag.«

Unbeirrt fuhr Knüppel fort. »Um die Indizienbeweise wie die Instrumente kümmern wir uns gerade, davon abgesehen etablieren wir Verdächtige. Da gibt es leider einige.«

Bestätigend klopfte Valerie Kiel mit stolzem Gesichtsausdruck auf die drei Aktenordner.

»Nun ja, das ist ja besser als nichts«, sagte Iris Tietgen. »Dass ich mir eine zügige Aufklärung wünsche, versteht sich von selbst. Aber ich weiß ja, dass Sie das schon machen. Halten Sie mich auf dem Laufenden, Knüppel. Gute Arbeit bisher.« Damit straffte sie wieder ihre Körperhaltung. »Telefonieren wir heute Abend, Frau Stankowiak?«

Wieder kicherte die Rechtsmedizinerin. »Immer gern, werte Frau Direktorin Tietgen. Denken Sie allerdings bitte daran, dass ich mich heute bis in die späten Abendstunden aufgrund vermehrten Arbeitsaufwands in der Gerichtsmedizin befinden werde. Rufen Sie mich also bitte dort an, teure Frau Direktorin Tietgen?«

Knüppel sah, dass seine direkte Vorgesetzte sich umdrehte, um ein Schmunzeln zu verbergen. »Wird gemacht, werte Frau Doktor Stankowiak«, sagte sie noch, dann stapfte sie aus dem Büro.

Wieder stand Knüppel auf und schloss die Türe, die offen geblieben war.

»Warum will die Tietgen eigentlich, dass ihr euch siezt, Agnes?«, fragte David Winterfeldt irritiert. »Ist doch bescheuert, wenn ihr sowieso befreundet seid, zumal du ja nicht einmal so richtig zur Polizei gehörst. Nicht böse gemeint.«

»Wieso sollte das böse gemeint sein? Ist doch so.« Agnes Stankowiak kicherte. »Iris findet das professioneller, sagt sie. Aber ich bin mir sicher, sie befürchtet, dass sich einer von euch benachteiligt fühlen könnte. Ihr habt doch alle so sensible Gemüter.«

»Rührend«, erwiderte Knüppel. »Wie sieht's eigentlich mit der Harfe aus?«

»Keine Ahnung«, antwortete Meyer-Landfried. »Ich bin kein Experte für so was.«

»Dabei weißt du doch sonst immer alles«, warf Valerie Kiel ein. »Ich bin enttäuscht, Malte.«

Als Kiel und Winterfeldt ihre Hände für einen High five hoben, warf Knüppel ihnen einen grimmigen Blick zu.

Meyer-Landfried schnaubte nur. »Sieht auf jeden Fall alt aus, das Ding, würde ich sagen. Also ist es wahrscheinlich auch alt.«

»Hm«, erwiderte Knüppel bloß und strich sich über seinen kahl rasierten Bowlingkugelschädel. Er dachte nach.

»Was heißt ›Hm‹?«, fragte Meyer-Landfried.

»Nichts heißt ›Hm‹. ›Hm‹ heißt eben ›Hm‹.«

Kurz herrschte Schweigen.

Dann machte Meyer-Landfried: »Hm.«

Winterfeldt stieß ein leises Geräusch aus, das wohl einmal ein Lachen hatte werden sollen. Knüppel schüttelte grinsend den Kopf.

»Kommst du zurück jetzt, Malte?«, fragte Valerie

Kiel. »Wir können hier jeden gebrauchen, um die ganzen Drohbriefe zu lesen. Ich sag nur: Sex mit Schafen.«

»Das klingt doch eigentlich ganz spannend für Papierarbeit. Ich mache mich auf den Weg. Bis gleich!«

»Ich rufe an, wenn ich fertig bin«, sagte die Rechtsmedizinerin noch. »Wird aber, wie gesagt, noch ein wenig dauern.«

»Alles klar«, antwortete Knüppel, dann legte er auf. Zu Valerie Kiel sagte er: »Hast du Meyer-Landfried aber gut neugierig gemacht.«

»Man muss nur wissen, wie.« Stolz nickte die Kommissarin.

Wieder öffnete sich die Tür. Es war Martin Schneider vom Empfang im Erdgeschoss.

»Wenn du schon nicht klopfst, Martin, kannst du gleich wenigstens die Tür zumachen, wenn du gehst?«, fragte Knüppel resignierend.

Der etwas rundliche Polizist war für einen Augenblick verwirrt. »Klar, Knüppel. Gar kein Problem.«

»Was ist denn?«, fragte Kiel strenger, als Knüppel es getan hätte.

»Ich hätte angerufen, aber es war besetzt«, begann Schneider. »Ich wollte nicht stören.«

»Du störst nicht, Martin. Wir sind hier grad nur ein wenig genervt vom neuen Fall.«

Sofort hellte sich Martin Schneiders Miene auf. »Na, dann ist es ja gut, dass ich da bin. Hier ist jemand für euch. Könnte interessant sein.«

Er trat einen Schritt zurück und ein großer, schlaksig wirkender Mann kam durch die Tür. Er trug ein fein kariertes Hemd unter einem grauen Wolljackett. Obwohl er vollkommen graue, zur Seite gescheitelte Haare hatte, war Knüppel sich sofort sicher, dass er die 45 noch nicht überschritten hatte, denn sein schmales Gesicht mit der langen Nase und dem kleinen Mund sah wesentlich jünger aus, als seine Haarfarbe vermuten ließ. Trotzdem war es unmöglich, sein exaktes Alter zu schätzen.

Nervös nestelte er mit seinen dünnen Fingern an den Knöpfen seines Hemds herum, bevor er den Blick hob und Knüppel direkt ansah. Mit einer erstaunlich dunklen Stimme, die so gar nicht zu seiner ungelenken Art passen wollte, stellte er sich vor: »Hallo zusammen. Mein Name ist Arndt van Gruyter.«

»Hallo, Arndt van Gruyter«, erwiderte Valerie Kiel. »Was gibt's?«

Kurz wirkte der große Mann, als müsse er sich überwinden. Dann sagte er: »Ich habe eine E-Mail bekommen, kein Inhalt, nur ein Bild im Anhang. Es zeigt eine Leiche in einer Harfe.«

Sofort wurde es still im Raum und alle Blicke richteten sich auf Arndt van Gruyter.

»Ich kenne den Mann. Und ich denke, ich weiß, woher der Mörder seine Inspiration genommen hat.«

5

Knüppel und Arndt saßen sich gegenüber, zwischen ihnen der schmale Tisch, der beinahe den gesamten Verhörraum einnahm. Die Neonröhren an der Decke surrten leise. Auf der hellbraunen, verkratzten Tischplatte standen zwei Tassen, aus denen Dampf aufstieg.

Es war heute schon Knüppels fünfter Kaffee, dabei war es noch immer relativ früh. Aber das war in Ordnung – vor allem, wenn gerade die Ermittlungen für einen neuen Mordfall begonnen hatten.

Kurz ärgerte er sich darüber, dass der Verhörraum roch wie eine Sportumkleide. Immer wieder bat er seine Kollegen darum, die Tür offen stehen zu lassen, doch meist fand er sie geschlossen vor, und da es hier kein Fenster gab, hing der abgestandene Gestank hartnäckig in den Wänden.

Bevor er den letzten, großen Schluck hinunterstürzte, atmete er einmal tief in seine Kaffeetasse: Schokolade, Rauch und ein wenig heißer Kleber – der Kaffee im Präsidium war nicht der beste, doch Knüppel fand, dass er beruhigend schmeckte. Außerdem machte er wach, also erfüllte er seinen Zweck.

Arndt beobachtete den Kommissar verstohlen dabei, wie er in seine Tasse schnüffelte, und zog die Stirn kraus. Die ganze Situation war ungewohnt für ihn. Er fühlte sich angestarrt, also wurde er mit Sicherheit gerade angestarrt. Hinter der verspiegelten Scheibe, in der er sein Gesicht und den glänzenden Hinterkopf des Kommissars sehen konnte, standen garantiert die Polizisten aus dem Büro, in das man ihn gebracht hatte. Zwar hatte Arndt kein Problem damit, vor Publikum zu sprechen, aber dass das Publikum unsichtbar war, fand er ausgesprochen merkwürdig.

Mit dem Zeigefinger fuhr er den Rand der Kaffeetasse nach. Er hatte einen Schluck genommen und war sich sicher, dass der Kaffee hier noch ein wenig schlechter schmeckte als in der VHS: Aggressiv, leicht verbrannt und sauer. Er hoffte, dass es nicht unhöflich wirkte, wenn er ihn einfach stehen ließ.

Den Kommissar schien der Geschmack des Kaffees hingegen nicht sonderlich zu stören, er wirkte für einen kurzen Moment sogar relativ verträumt, als er die Tasse in einem großen Schluck leerte. Es war die erste deutliche Regung, die Arndt in seinem Gesicht hatte erkennen können, das sonst sehr kontrolliert und unaufgeregt war.

Überhaupt sah der Kriminalkommissar anders aus, als Arndt sich einen Kriminalkommissar vorgestellt hatte. Zwar hatte er nur eine ausgesprochen vage Idee gehabt, wie ein Polizist in dieser Position aussehen könnte, doch selbst dieser vagen Idee entsprach der Mann vor ihm nicht ansatzweise.

Die Kombination von Glatze und tiefen Falten um die Augen verlieh ihm etwas Derbes – wie ein Schiffskapitän, dachte Arndt. Der gepflegte Vollbart versteckte seine Mimik zusätzlich. Kurz glaubte Arndt, einen amüsierten Zug um die grauen Augen des Kommissars erkennen zu können, doch im selben Moment war er sich nicht mehr sicher, ob er sich nicht getäuscht hatte. Allerdings war klar, dass er gerade nachdachte und absolut anwesend war, selbst wenn er bedächtig und zurückgezogen wirkte.

Die haarigen Unterarme, die aus den Ärmeln eines dunkelblauen Strickpullovers mit Brusttasche und Schulterbesatz ragten, waren ausgesprochen definiert und kräftig, aber nicht grobschlächtig. Mit seinen Fingern, die ebenso dicht behaart waren wie seine Unterarme, schob der Kommissar nun die leere Kaffeetasse ein Stück von sich weg und hob den Blick. Aus einem merkwürdigen Grund entspannte sich Arndt ein wenig. Endlich würde er nicht mehr in Stille ausharren müssen.

Knüppel musterte den Mann ihm gegenüber noch einmal etwas aufmerksamer, als er es gerade im Büro getan hatte. Er schien etwas fahrig, aber angesichts von seinen schmalen Gliedmaßen war Knüppel sich sicher, dass eine gewisse Nervosität sein Standardmodus war und er nichts zu verbergen hatte. Natürlich würde er das trotzdem überprüfen, denn man wusste ja nie.

Was Knüppel immer noch faszinierte, war der Kontrast zwischen Arndt van Gruyters grau melierten Haaren und seinem schmalen, jungen Gesicht. Je näher man ihm war, desto schwieriger war es, sein genaues Alter zu schätzen. Ihn umgab eine distinguierte und intellektuelle Aura, die aber keinesfalls großkotzig zu sein schien – Knüppel schätzte, dass Arndt van Gruyter, ähnlich wie Elisabeth Harmann, Wurzeln in einer alten Krefelder Industriellenfamilie hatte.

Doch irgendetwas an Arndt van Gruyter schien anders. Da war kein Stolz auf seine Herkunft, nicht diese leichte abschätzige Art, der Knüppel schon so oft in gehobenen sozialen Kreisen begegnet war. Der schlaksige Mann wirkte eher, als wolle er allein gelassen werden, weil er sich am liebsten auf sich selbst verließ.

Noch war es für Knüppels Geschmack zu früh, um sich eine Meinung über Arndt van Gruyter bilden, doch dieser Eindruck war ihm sympathisch. Zwar war es nur eine Vermutung, aber sein Bauchgefühl war eigentlich immer ziemlich zuverlässig.

»Also, Herr van Gruyter«, sagte er schließlich. »Sie kannten das Opfer?«

Arndt räusperte sich kurz und schob unauffällig die noch volle Kaffeetasse etwas weiter auf die Mitte des Tisches zu. »Genau, Herr Kommissar. Sein Name war Heinz-Josef Harmann – Professor Heinz-Josef Harmann. Darauf hat er immer bestanden.«

»Ist uns auch schon zu Ohren gekommen.«

»Er hat sich eine Menge auf seinen akademischen Titel eingebildet – vielleicht etwas zu viel, aber es steht mir vermutlich nicht zu, darüber zu urteilen. Jedenfalls haben sich unsere Wege gekreuzt, als ich noch studiert habe. Damals stand ich kurz vor dem Magister-Abschluss an der Düsseldorfer Uni. Das ist jetzt allerdings schon ...« Arndt dachte kurz nach. »Über 13 Jahre her.«

Sofort ergriff Knüppel seine Chance. »Wie alt sind Sie jetzt, wenn ich fragen darf?«

»42«, antwortete Arndt.

Knüppel dachte mit verengten Augen nach.

Bevor er etwas sagen konnte, sagte Arndt zerknirscht: »Ja, ich war 29, als ich meinen Abschluss gemacht habe. Danach habe ich mir noch einmal drei Jahre genommen, bis ich meinen Doktor hatte. Ich habe mir für das Studium ein wenig mehr Zeit gelassen als die meisten Menschen, das kann ich leider nicht abstreiten.«

»Mir egal«, antwortete Knüppel sofort. »Ich war eher überrascht, dass Sie 42 sind. Ich finde es unmöglich, Ihr Alter zu schätzen. Passiert mir selten.«

Für einen Augenblick wirkte Arndt irritiert. »Danke, schätze ich?«

»Wenn Sie das als Kompliment sehen wollen: gern.« Knüppel schmunzelte. »Den Doktor, haben Sie den in Kunstgeschichte gemacht?«

»Genau.«

»Sind Sie noch aktiv in diesem Feld?«

»Gelegentlich, wenn mir danach ist.«

»Lehren Sie an der Universität?«, fragte Knüppel.

»Nein. Nur an der VHS hier in der Stadt.«

»Sie legen also im Gegensatz zu Professor Harmann keinen Wert darauf, dass ich Sie mit Ihrem akademischen Titel anspreche?«

»Absolut nicht. Das wäre doch affig, ich mache doch nichts, das ich nicht auch ohne Titel machen könnte.«

Knüppel nickte. »Wie haben Sie Professor Harmann damals denn empfunden?«

Arndt rutschte auf seinem Stuhl herum. »Wie ich schon sagte: Er war einer dieser typischen Professoren, die gern Professoren waren. Ist für manche Menschen wohl das ultimative Lebensziel, so eine Professur.« Er nestelte an seinen Hemdsärmeln herum.

»Sie müssen nicht versuchen, die nette Version der Antwort zu geben, Herr van Gruyter. Darum geht es hier nicht.«

Kurz starrte Arndt auf die Tischplatte, dann sah er Knüppel wieder an. »Na gut. Er war nicht unbedingt der beliebteste Dozent, ich hatte allerdings nie Probleme mit ihm. Vermutlich hatte ich aber nur Glück. Viele meiner Kommilitonen mussten Prüfungen wiederholen, weil er sie hat durchfallen lassen – was ich ihnen geglaubt habe, weil keiner von ihnen auf den Kopf gefallen war. Harmann hatte diesen Ruf, Studenten gnadenlos abzusägen, und offensichtlich gefiel ihm dieser Ruf. Jedenfalls war ich recht froh darum, dass er nichts mit meiner Dissertation zu tun hatte. Wir haben uns noch einmal während meines Rigorosums gesehen, bei dem er im Prüfungsausschuss saß, aber da hat er sich im Hintergrund gehalten und es gab keine Probleme. Wie gesagt, ich glaube, ich hatte einfach Glück mit ihm.«

»Rigorosum ist die mündliche Prüfung für den Doktortitel, nicht wahr?«, fragte Knüppel nach.

»Genau, die mündliche Prüfung«, erwiderte Arndt sofort und strich sich durchs Gesicht. »Verzeihung. Irgendwann werden diese ganzen aufgeblasenen Begriffe selbstverständlich, wenn man ständig davon umgeben ist.«

»Kein Grund, sich zu entschuldigen«, sagte Knüppel. Er begann, Arndt van Gruyter sehr umgänglich zu finden. »Aber zum Eigentlichen: Sie meinten, Sie hätten eine Idee, was diese ganze Geschichte mit Harfe und Flöte und so weiter zu bedeuten haben könnte?«

»Flöte?«, fragte Arndt.

Tonlos antwortete Knüppel: »Harmann steckte eine Flöte im Hintern.«

»Oh.« Arndt zwinkerte einige Male schnell hintereinander. Er dachte nach. Dann tippte er sich mit dem Daumen gegen die Unterlippe. Auf einmal wirkte er extrem aufgekratzt. »Eine Flöte war auf dem Bild, das ich bekommen habe, nicht erkennbar – vielleicht habe ich aber auch nicht genau genug hingesehen, weil es mich einfach etwas unerwartet getroffen hat, dass ich überhaupt ein Foto von einer Leiche bekommen habe. Wahrscheinlich sollte ich mir das Bild noch einmal genauer ansehen, vielleicht ist darauf noch mehr versteckt, was mir entgangen ist. Aber es unterstützt nur die These, die ich habe. Wirklich Sinn ergibt das alles zwar noch nicht, zumindest nicht im Kontext, aber das muss ja nichts heißen.«

Aufmerksam beobachtete Knüppel sein Gegenüber dabei, wie er eher laut dachte, als sich mitzuteilen.

»Das ist wirklich faszinierend«, fuhr Arndt fort. »Wenn man das so nennen kann, immerhin ist hier ja jemand tot und ich will ja nicht pietätlos wirken. Aber leider ist faszinierend wirklich das treffende Wort. Ich war mir immer noch etwas unsicher, als ich hierhin gekommen bin, ob es nicht zu früh ist, ob ich nicht vorzeitig irgendetwas lostrete, immerhin hatte ich nur eine begründete Vermutung, aber jetzt glaube ich, dass man es These nennen könnte.«

Bisher hatte Arndt den Kommissar immer noch nicht angesehen. Da Knüppel zu verstehen begann, dass er Arndt van Gruyter offensichtlich in seinem Gedankenfluss etwas steuern musste, schaltete er sich ein: »Was genau ist faszinierend, Herr van Gruyter?«

Sofort klärte sich Arndts Blick, als sei er gerade aufgewacht, und er sah Knüppel an. »Natürlich, ich bitte vielmals um Entschuldigung, das war sehr unhöflich von mir. Manchmal überholt mich mein eigenes Denken.«

»Macht gar nix«, beschwichtige Knüppel ihn. »Aber jetzt bin ich neugierig.«

»In Ordnung.« Arndt atmete tief durch. »Als ich Harmann da in der Harfe habe hängen sehen, war mein erster Eindruck sofort, dass jemand Elemente aus Gemälden von Hieronymus Bosch neu zusammensetzt. Alles in diesem Fall hat Bosch in seiner Version der Hölle im Triptychon ›Der Garten der Lüste‹ dargestellt.«

Langsam fuhr sich Knüppel durch den Bart, das leise Kratzen und das Surren der Neonröhren waren für einige Atemzüge die einzigen Geräusche im Raum. Dann sagte er: »Zugegeben ist das wesentlich spezifischer, als ich erwartet hatte. Machen Sie ruhig weiter, Herr van Gruyter. Ich höre zu.«

»In Ordnung.« Arndt straffte seinen Oberkörper. »Hieronymus Bosch ist einer der beeindruckendsten Maler der europäischen Renaissance. Er war lang vergessen, aber mittlerweile sind seine oft unglaublich komplexen Bilder Diskussionsthema in der Forschung, was wahrscheinlich auch daran liegt, dass Bosch selbst nichts Schriftliches dazu hinterlassen hat. Ich finde, obwohl knapp 600 Jahre zwischen uns und Bosch liegen, wirken seine Werke immer noch unglaublich frisch – allein, weil die Motivwelt so surreal ist, dass sie aus dem Dadaismus stammen könnte. Vieles von ihm, zum Beispiel eben ›Der Garten der Lüste‹, wirkt auf den ersten Blick chaotisch, wie ein Wimmelbild.«

Knüppel zog die Augenbrauen hoch. Auf einmal hatte er das Gefühl, gleich mehrere Schritte auf einmal mit

dem Fall nach vorn gekommen zu sein. Das gefiel ihm.
»Ich glaube, so ein Bild hing bei den Harmanns im Wohnzimmer. Da war ein Schiff drauf, ohne Mast, dafür mit einem Baum, und eine offensichtlich ziemlich betrunkene Gruppe hat eine Party gefeiert.«

Laut lachte Arndt. »Das ist wahrscheinlich die knackigste und treffendste Beschreibung vom ›Narrenschiff‹, die ich jemals gehört habe, wirklich!« Er räusperte sich, immer noch ein Lächeln auf den Lippen. Der Kommissar hatte eine trockene Art an sich, die er ausgesprochen erfrischend fand. »Aber es passt zu Harmann, dass er sich einen Bosch ins Wohnzimmer hängt.«

In diesem Moment musste Knüppel sich eingestehen, dass er beeindruckt war. Natürlich, Kunst war Arndt van Gruyters Spezialgebiet, aber dass er so problemlos das Bild hatte benennen können, das bei den Harmanns hing, war durchaus erstaunlich.

»Inwiefern passt das zu Harmann?«, fragte er.

»Na ja«, erwiderte Arndt, »die meisten Werke von Hieronymus sind jetzt nicht unbedingt das, was man allgemein als dekorativ bezeichnen würde. Ich würde sogar so weit gehen, zu behaupten, dass sie auf viele erst einmal abschreckend wirken.«

»Jupp«, warf Knüppel ein.

»Sehen Sie? ›Der Garten der Lüste‹ ist das beste Beispiel dafür. Es ist wahrscheinlich eins von Boschs bekanntesten Werken und besteht aus einer großen Mitte und zwei Flügeltüren – ein Triptychon, wie sie bis heute noch in Kirchen hängen. Auf der Innenseite des rechten Flügels hat Bosch eine Hölle voller merkwürdiger Gestalten, Monster und Gerätschaften mit nicht klar erkennbarem Zweck entworfen. Die ganze Szenerie ist apokalyptisch, aber gleichzeitig merkwürdig absurd: eine Schlacht im Hintergrund, riesige Messer, Ohren und Gesichter und Unmengen von gepeinigten Seelen. Am auffälligsten ist allerdings, dass es eine Hölle ist, in der Musikinstrumente als Folterwerkzeuge benutzt werden. Im unteren Drittel des Bildes ist zum Beispiel ein nackter Körper in einer Konzertharfe aufgehängt. Und wenn ich mich richtig erinnere, ist dort auch jemand dargestellt, dem eine Flöte im Anus steckt.«

Knüppels Wertschätzung für Arndt van Gruyters Einsichten wuchs sekündlich. Selbst, wenn es alles im Fall Harmann nur merkwürdige Übereinstimmungen mit den Werken eines mittelalterlichen Malers waren, hatten sie jetzt wenigstens Anhaltspunkte. Damit konnte man arbeiten.

»Und was soll das bedeuten? Das mit der Harfe und der Flöte?«, fragte Knüppel.

Arndt zog die Schultern nach oben. »Das ist die große Frage. Über solche Feinheiten diskutieren Kunsthistoriker seit Ewigkeiten. Ich habe mich auch eine Weile mit Bosch beschäftigt und bin immer noch nicht wirklich schlauer. Es gibt in der Kunstgeschichte relativ wenig, was als Tatsache akzeptiert wird – so ist das leider in den Geisteswissenschaften. Allerdings ist man sich relativ einig darüber, dass Hieronymus Bosch versucht hat, das Böse in jedem Menschen sichtbar zu machen. Man muss jetzt wahrscheinlich nicht unbedingt Sherlock Holmes sein, um da einen gewissen Bezug zwischen Harmann und jemandem zu vermuten, den er verärgert hat – allerdings bringt Sie das vermutlich in Anbetracht von Harmanns ...«, er zögerte kurz, »Beliebtheit nicht wesentlich weiter.«

»Wahrscheinlich wahr. Aber immerhin haben wir jetzt überhaupt einen Punkt, an dem wir anfangen können.«

»Hoffentlich«, sagte Arndt. »Jedenfalls wird bei Hieronymus Bosch alles in dem Moment schwierig, in dem man sich mit der möglichen Bedeutung der Motive auseinandersetzt, die er benutzt hat. Da er wie gesagt nichts hinterlassen hat, was überhaupt in Richtung einer Erklärung geht, können wir da nur vermuten.«

Knüppel brummte. »Kommt mir irgendwie bekannt vor.«

Anstelle einer Antwort nickte Arndt bloß, dann fuhr er fort: »Vieles von dem, was Hieronymus gemalt hat, ist einfach so bizarr, als würde es gar nicht in seine Zeit gehören. Zusätzlich gibt es da diese Elemente, die immer wieder bei ihm auftauchen: Kröten, Pfeile, Krüge, Trichter, Eulen, Dudelsäcke und so weiter. Und über die Bedeutung und den Kontext davon streiten sich dann die Kunsthistoriker.«

»Wissen Sie zufällig, ob Harmann einer dieser Kunsthistoriker war, die sich darüber gestritten haben?«

»Ja«, antwortete Arndt. »Harmann hat definitiv einige Texte zu Hieronymus veröffentlicht, Mittelalterkunst und Renaissance waren seine Schwerpunkte. Allerdings kann ich Ihnen gerade leider nicht sagen, welche Meinung er vertreten hat – oder ob ich es schlüssig fand, was er gedacht hat.«

»Und was ist mit Ihnen?«, fragte Knüppel nach. »Haben Sie sich mitgestritten?«

Arndt lachte leise. »So könnte man das nennen, allerdings ist es schon eine Weile her. Meine Dissertation habe ich über den Einfluss von Bestiarien auf Hieronymus Bosch geschrieben, danach habe ich hier und da noch vereinzelte Artikel in wissenschaftlichen Zeitschriften veröffentlicht.«

»Ich frage mich nämlich, warum ausgerechnet Sie ein Foto vom toten Heinz-Josef Harmann bekommen haben.«

»Nicht nur Sie, Herr Kommissar. Aber mir fällt beim besten Willen nicht ein, was ich damit zu tun haben soll – und das sage ich jetzt nicht nur, damit ich möglichst unschuldig wirke. Ich weiß es wirklich nicht. Sonderlich einflussreich waren meine Arbeiten zu Bosch nicht, dafür ist das Feld viel zu groß – und ich war nicht aktiv genug, um mich durchzusetzen.«

»Wollten Sie nicht oder konnten Sie nicht?«

Der Kommissar hatte die Fähigkeit, unbequeme Fragen zu stellen, ohne barsch zu klingen. Arndt war beeindruckt. »Wahrscheinlich eine Mischung aus beidem, wenn ich ehrlich bin. Ich dachte kurzzeitig, ich hätte etwas gefunden, das mich lang fesseln kann, aber da habe ich mich leider geirrt.« Er fuhr mit den Fingern das Revers seines Jacketts entlang. »Ich langweile mich wohl ziemlich schnell.«

»Hm.« Aus irgendeinem Grund glaubte Knüppel ihm. Es war ein Gefühl wie ein Echo: etwas undeutlich, aber da. Er lehnte sich nach vorn und stützte die Ellbogen auf den Tisch. »Was bedeuten denn die Harfe und Flöte ihrer Meinung nach?«

Wieder blinzelte Arndt einige Male. »Das ist schwierig. Natürlich sind es wissenschaftlich fundierte Theorien, die ich habe, aber es sind und bleiben eben Theorien – wirklich vergleichbar mit kunsthistorischer Forschung ist das Ganze natürlich auch nicht, Herr Kommissar, immerhin gibt es hier einen Toten. Wenn Kunsthistoriker sich etwas ansehen, dann tun sie das aus einer gewissen Distanz heraus, und die haben wir hier ja leider nicht.«

Knüppel winkte ab. »Tun Sie einfach mal so, als hätten Sie die Distanz – als wäre der Tatort ein Werk von Bosch.«

»Ein bisschen morbide, finden Sie nicht?«, fragte Arndt, doch Knüppel zuckte nur mit den Schultern.

»Also gut. Mein erster Eindruck wäre, dass hier die Flöte im Anus die Bedeutung einnimmt, die bei Hieronymus oft Pfeile in dieser Körperöffnung für sich beanspruchen: Verdorbenheit, meist sexuelle Verdorbenheit. Die Harfe ist da allerdings ein wenig komplexer.« Er seufzte. »Die Harfe ist bei Bosch oft ein himmlisches Instrument, dementsprechend liegt die Vermutung nahe, dass es eine Anspielung auf die Kreuzigung Jesu sein könnte. So habe ich das zumindest im ›Garten der Lüste‹ immer gesehen. Allerdings ist Harmann nicht ansatzweise so streng in der Haltung eines Gekreuzigten fixiert wie die Figur in besagtem Gemälde. Deswegen würde ich in eine andere Richtung gehen. Es mag vielleicht ein wenig simpel klingen, aber ich denke, es könnte Bloßstellung für Arroganz darstellen. Wenn ich es ganz symbolisch angehen wollen würde, könnte ich argumentieren, dass die Saiten des Instruments Harmanns vermessene Gedanken oder vielleicht sogar unüberlegte Handlungen sind, in denen er sich verfangen hat wie in einem Spinnennetz. Aber das geht vermutlich schon zu weit, denn dafür habe ich keine konkreten Hinweise, außerdem klingt es doof.«

Knüppel legte den Kopf schräg und nuschelte bei sich: »Hatte Meyer-Landfried also doch recht.«

»Wie bitte?«, fragte Arndt irritiert.

»Nichts, nichts.« Knüppel stand auf. »Vielen Dank, dass Sie sich die Zeit genommen haben, Herr van Gruyter. Ich denke, Sie haben uns sehr geholfen. Falls Ihnen noch etwas einfällt ...« Er drückte dem schlanken, großen Mann auf der anderen Seite des Tisches seine Visitenkarte in die Hand.

Auch Arndt erhob sich. »Ich sehe mir das Foto gleich direkt noch einmal an.«

Knüppel zog eine Grimasse. »Wahrscheinlich eine gute Idee, könnte aber zumindest mit Ihrem Handy schwierig werden.«

»Beweismittel?«, fragte Arndt sofort.

»Genau. Aber vor allem sehen wir uns an, ob wir ermitteln können, wer Ihnen diese Mail geschickt hat.«

»Wäre schön, aber ist vermutlich unwahrscheinlich, nicht wahr?«

Knüppel nickte und ging zur Tür des Verhörraums, um sie zu öffnen. »Vermutlich. Aber man weiß ja nie, überprüfen muss man immer. Verzeihung, falls das mit Ihrem Handy irgendwelche Umstände machen sollte.«

»Ach, das macht nichts, ich mag das Ding sowieso nicht.« Arndt winkte ab. »Diese kontinuierliche Verfügbarkeit finde ich sehr anstrengend. Wenn es wirklich wichtig ist, geht es immer auch anders.«

Lachend hielt Knüppel ihm seine Hand zur Verabschiedung hin. Er musste ein wenig nach oben blicken, um seinem Gegenüber in die Augen sehen zu können. »Wem sagen Sie das.«

Sofort ergriff Arndt die Kommissarenpranke. Kräftiger Händedruck, dachte Knüppel, ein gutes Zeichen.

»Darf ich Sie vielleicht noch etwas fragen, das möglicherweise auf der Grenze zum Persönlichen ist, Herr Kommissar?«, fragte Arndt schließlich. »Sie müssen mir auch nicht antworten, wenn Sie nicht wollen.«

»Ich werd's überleben. Schießen Sie los.«

»Ihr Kollege hat Sie vorhin ›Knüppel‹ genannt. Ist das ein Spitzname?«

Knüppel grinste breit. »Nee, ich heiße wirklich so.«

Kritisch musterte Arndt den Kommissar. »Sie nehmen mich doch auf den Arm, oder?«

»Nein, ehrlich nicht. Einfach Knüppel. Sagt jeder. Eigentlich mag ich die ganze Sache mit dem Siezen auch überhaupt nicht, aber ich kann ja nicht jedem gleich das Du anbieten, gehört leider zum Job.«

Kurz dachte Arndt intensiv nach, als könne er so den Wahrheitsgehalt von Knüppels Aussage überprüfen. Dann streckte er dem Kriminalbeamten noch einmal die Hand entgegen. »Arndt. Von mir aus können wir uns gern duzen.«

Für einen Augenblick zögerte Knüppel. Eigentlich war es für so etwas noch viel zu früh. Am Anfang seiner Karriere wäre ihm das egal gewesen, aber jetzt stand er nun einmal etwas höher auf der Hierarchieleiter. Und selbst, wenn sein Bauchgefühl da anderer Meinung war: Wer wusste schon, ob sich Arndt van Gruyter nicht doch noch als Verdächtiger herausstellte? Andererseits hätte er in diesem Fall vielleicht einen kleinen Vertrauensvorsprung durch das Du – so gesehen war es die professionellere Entscheidung, auf das Angebot einzugehen.

Also packte der Kommissar die Arndt van Gruyters Hand zum zweiten Mal. »Knüppel. Kannst auch ruhig du sagen.«

»Freut mich«, erwiderte Arndt mit seiner wohlerzogenen Art.

Letztendlich war es Knüppel, der den Händedruck beendete. Während er Arndt zum Aufzug begleitete, sagte er: »Könnte auch sein, dass wir anrufen, falls wir noch Fragen haben.« Als er den Knopf für den Aufzug drückte, knirschten die Edelstahltüren ratternd auseinander. »Bei dir.«

»In Ordnung. Falls mir noch etwas einfallen sollte, das vielleicht hilft, sage ich ebenfalls Bescheid.« Arndt trat in den Aufzug. »Knüppel.«

Knüppel nickte bloß und hob zur Verabschiedung die Hand, Arndt tat dasselbe. Dann schlossen sich die Aufzugtüren und die weiße Lampe knapp unter der Decke, auf der »UG 2« geleuchtet hatte, erlosch.

Er schien in Ordnung zu sein, dieser Arndt van Gruyter. Für einen dieser Bekloppten, die sich aus freien Stücken selbst in die Ermittlung einbrachten, um mehr von den Auswirkungen ihrer Tat zu sehen, wirkte er nicht selbsteingenommen genug. Ihm fehlte die Kälte eines berechnenden Mörders, er war zu ungefiltert – was in Knüppels Augen etwas Gutes war.

Schlendernd ging Knüppel zurück zum Verhörraum, öffnete allerdings die Tür direkt daneben.

»Winterfeldt?«

Der junge Polizist hob den Blick vom Computer, der gerade die einzige Lichtquelle im Beobachtungsraum bildete. Neben ihm saß Valerie Kiel, die ihre Füße auf den Schreibtisch gelegt hatte. Hinter der Scheibe, die die komplette Längswand auf der rechten Seite einnahm, standen zwei leere Stühle und ein Tisch mit zwei Kaffeetassen in kühlem Neonlicht.

»Ich hätte gern einen umfassenden Background-Check für Arndt van Gruyter.«

6

Gegen die Handleiste gelehnt wartete Arndt darauf, dass der Aufzug endlich im Erdgeschoss ankam. Hätte er die Treppe genommen, wäre er wahrscheinlich jetzt schon zu Hause.

Langsam schüttelte er den Kopf und raunte: »Knüppel.«

»Was ist mit Knüppel?«, fragte plötzlich eine laute, klare Frauenstimme.

Arndt zuckte leicht zusammen und hob den Blick. Die Aufzugtüren waren auseinandergeglitten und vor ihm stand eine attraktive Frau mit braunem Bob, etwas älter als er, obwohl sie diese Tatsache gut verbergen konnte. Sie trug ein veilchenfarbenes Kostüm mit einer weißen Bluse und war umgeben von einem süßlichen Duft, der Arndt ein wenig an frisch gebackene Kekse neben einem Obstkorb erinnerte.

Schnell war Arndt sich sicher, die Frau schon einmal gesehen zu haben.

»Komischer Name, Knüppel«, antwortete er, während er an der Frau vorbeiging.

Die Frau lachte kräftig und ehrlich. »Das stimmt. Aber so heißt er nun einmal.« Sie musterte Arndt, dann stellte sie sich direkt in die Lichtschranke. »Herr van Gruyter? Arndt van Gruyter?«

Eine Armlänge von ihr entfernt blieb Arndt stehen. Also hatte ihn sein erster Eindruck nicht getrogen. Leider konnte er sich beim besten Willen nicht daran erinnern, wann und wo er der Frau begegnet war – geschweige denn, wer sie überhaupt war.

Da war der blasse Hauch einer Ahnung, mehr nicht. So etwas passierte für seinen Geschmack eindeutig zu oft.

Mit einem Anflug von spontanem Mut ließ er es darauf ankommen. »Ja, genau, Arndt. Hallo!« Er versuchte sich an einem freundlichen Grinsen, das sich anders anfühlte, als es sich anfühlen sollte.

Kurz schwieg die Frau, dann verengten sich ihre Augen und ein Schmunzeln zeigte sich auf ihren Lippen. »Sie haben keine Ahnung, wer ich bin, habe ich recht?«

Für einen kurzen Moment wägte Arndt zwei Möglichkeiten ab: Weglaufen gegen Ausreden erfinden. Nach zwei unsicheren Sekunden entschied er sich allerdings für die seiner Meinung erwachsene Variante. »Leider nicht. Tut mir wirklich leid.«

Die Frau lachte bloß. »Das macht gar nichts. Ich erinnere mich auch eher selten an Menschen, die mir erst ein paar Mal begegnet sind – allerdings kann ich das wesentlich besser überspielen als Sie.« Auf einmal sah Arndt sich mit einer ausgestreckten Hand konfrontiert. »Iris Tietgen. Ihre Eltern und ich treffen uns jedes Jahr wieder auf dem Benefizball der Stadt und unterhalten uns dann nett. Ich bin mir sicher, Sie auch dort schon einmal gesehen zu haben.«

Endlich streckte auch Arndt seine Hand aus. »Wie ich heiße, wissen Sie ja schon.« Dass Iris Tietgen seine Eltern von einer Wohltätigkeitsveranstaltung kannte, bedeutete, dass sie eine sozial relevante Position innehatte. Nach einem weiteren flüchtigen Blick auf ihre Kleidung vermutete Arndt, dass sie die Direktorin des Präsidiums war.

»Wenn ich mich richtig erinnere, waren Sie in weiblicher Begleitung dort.«

Unter ihren aufmerksamen Augen fühlte Arndt sich auf einmal zu irgendeiner Art von Rechtfertigung verpflichtet. Sie war gut.

Als sie noch aktiv Fälle ermittelt hatte, musste es ihr leichtgefallen sein, Vernehmungen zu führen und Geständnisse zu bekommen – ihre Art war merkwürdig durchdringend und unnachgiebig.

Er fühlte sich jetzt schon, als habe er auffällig lang geschwiegen.

Er fragte sich, warum Iris Tietgen offenbar so lebhaft ein Abend in Erinnerung geblieben war, den er bis gerade vergessen hatte – und warum sie so viele Details dazu kannte, während ihm nicht einmal der Name seiner angeblichen Begleitung einfallen wollte. So etwas passierte ihm wirklich viel zu häufig.

War es nur die jahrelange Übung, sich Namen zu merken, oder stand Iris Tietgen in irgendeiner engeren Verbindung zu seinen Eltern? Aufgrund dieser Möglichkeit würde er vorsichtig sein müssen, denn seine Eltern hatten ihre Fühler überall. Es wäre nicht das erste Mal, dass er sich irrtümlich in Sicherheit gewogen hätte.

»Kann gut sein«, sagte er also. »Meine Eltern müssen es irgendwie geschafft haben, mich zu überreden. Für gewöhnlich sind solche Veranstaltungen eigentlich nichts für mich.«

Er hoffte, dass Iris Tietgen diese Antwort genügte. Wenn er gerade auf eines keine Lust hatte, war es Small Talk über seine Familie oder flüchtige Bekanntschaften. »Tut mir wirklich sehr leid, dass ich mich nicht erinnere, Frau Tietgen.«

»Wie gesagt: Ich bin Ihnen nicht böse, Herr van Gruyter. Obwohl es natürlich ein bisschen schade ist. Wenn Sie mich allerdings einfach nur Iris nennen und nicht Frau Tietgen, ist alles vergeben und vergessen.«

Arndt musste lachen. »Das lässt sich einrichten, Iris. Bitte, sagen Sie Arndt.«

»Du. Nicht Sie.«

»Auch in Ordnung.«

Kurz herrschte eine merkwürdige Stille zwischen ihnen. Aus dem Augenwinkel nahm Arndt wahr, dass zwei Polizisten in Uniform schnaufend die Treppe aus dem Untergeschoss nach oben kamen. Mit grimmigem Blick starrten beide zum immer noch blockierten Aufzug. Als sie Iris Tietgen dort in der Lichtschranke stehen sahen, grüßten sie nur höflich und gingen weiter in Richtung Ausgang.

»Was machst du eigentlich hier, Arndt?«

»Ich denke, ich bin momentan der Hauptverdächtige im Harmann-Fall.«

Iris Tietgen legte den Kopf schräg. »Habe ich dir das Du vielleicht doch zu früh angeboten?« Die Aufzugtür wollte zugleiten, doch die Polizeichefin stieß kräftig mit der Hüfte dagegen und stotternd ratterte die Tür zurück in die Ausgangsposition.

»Möglicherweise«, scherzte Arndt.

»Und? Warst du's?«

»Nicht, dass ich wüsste.« Arndt lachte. »Ich hoffe bloß, dass deine Leute das genauso sehen.«

»Ich auch – obwohl es praktisch wäre, den Fall so schnell abzuschließen. Aber wenn Knüppel denken würde, dass du Harmann getötet hast, säßest du gerade schon in U-Haft.«

Für einen kurzen Augenblick beglückwünschte Arndt sich selbst. Er hatte Iris Tietgen exakt richtig eingeordnet, die Erwähnung »ihrer Leute« hatte sie nicht einmal wirklich zur Kenntnis genommen – es war definitiv sie, die hier alles leitete.

»Ja, ich habe auch den Eindruck, dass er relativ effizient ist. Und irgendwie ein netter Kerl.«

»Lustig, dass du das sagst. Viele finden ihn unhöflich, weil er oft so kurz angebunden ist. Ich finde das allerdings sehr angenehm – die meisten Menschen reden sowieso zu viel, ohne etwas zu sagen zu haben. Unerträglich.« Sie musterte Arndt. »Dann erzähl mal: Warum bist du so interessant im Harmann-Fall?«

»Jemand hat mir ein Foto der Leiche geschickt. Leider habe ich keine Ahnung, warum. Allerdings habe ich eine These, die ich gerade schon mit Kommissar Knüppel diskutiert habe. Ich denke, jemand stellt Hieronymus Bosch nach.«

Kurz veränderte sich Iris Tietgens Mimik und sie starrte ins Leere an Arndt vorbei. Auf ihrer Stirn zeigte sich eine tiefe Falte, als sie die Augenbrauen zusammenzog. »Interessant«, sagte sie schließlich. »Ich weiß nicht, ob ich diese Möglichkeit in Betracht gezogen hätte. Für mich klingt so etwas immer etwas weit hergeholt.«

»Wenn ich es nicht selbst gesehen hätte, wäre ich genau deiner Meinung. Es klingt in der Tat extrem unwahrscheinlich.«

»Aber du kannst vermutlich belegen, was du behauptest?«

»Ja. Ist alles in Boschs Bildern nachweisbar.«

»Warum weißt du das überhaupt?«

»Ich habe Kunstgeschichte studiert.«

Wieder dachte Iris Tietgen für einen Augenblick nach. »Du musst zugeben, dass es trotzdem etwas merkwürdig wirkt, dass ausgerechnet du das Bild der Leiche bekommen hast, und dann noch ganz zufällig freiwillig hier aufschlägst, um uns davon zu erzählen.«

Arndt grinste gequält. »Der Kommissar hat etwas in dieser Richtung auch angedeutet.«

Wieder versuchte die Aufzugstür, sich zu schließen, und wieder brauchte es nur Iris Tietgens routinierten Hüftschwung, damit sie offen blieb.

»Hast du heute noch irgendetwas Dringendes vor, Arndt?« Sie sah auf ihre Armbanduhr.

Arndt tat, als müsste er nachdenken, obwohl er die Antwort sowieso schon kannte, um nicht allzu unprofessionell zu erscheinen. »Nicht, dass ich wüsste. Wieso?«

»Mir würde ein Kaffee nicht schaden, dir vielleicht auch nicht. Keine Sorge, außerhalb vom Präsidium, nicht diese furchtbare Plörre. Ein paar Hundert Meter von hier ist ein gutes Café.«

Iris Tietgens Entgegenkommen irritierte Arndt etwas, doch gleichzeitig machte es ihn neugierig. Sie klang, als hätte sie eine Idee, die sie noch zurückhielt – eine Tatsache, die ungemein seine Neugier schürte.

»Warum nicht?«, antwortete er also.

»Gut.« Kurz ließ Iris Tietgen ihre knappe Antwort einfach so stehen.

Gerade, als Arndt davon überzeugt war, dass sie ihn weichkochen wollte – warum auch immer –, wirkte sie allerdings so zerstreut, als müsste sie sich ins Gedächtnis zurückrufen, was sie eigentlich hatte machen wollen. »Dann gebe ich wohl mal den Aufzug frei, nicht wahr? Wahrscheinlich wartet in den anderen Stockwerken verteilt schon das halbe Präsidium und wundert sich, warum nichts passiert.«

Sie trat aus der Lichtschranke und die Türen glitten zu.

»Vielleicht ist es bisher auch niemandem aufgefallen«, sagte Arndt, »so langsam, wie dieses Ding ist.«

Iris lachte. »Das stimmt wohl.« Sie senkte die Stimme. »Ehrlich gesagt nehme ich den Lift auch nur deswegen. Wenn man die Taste zum Schließen der Tür und die für das Stockwerk gedrückt hält, fährt er direkt durch, ohne anzuhalten. Manchmal tut es gut, einfach ein wenig ungestört durchatmen zu können. Im Idealfall fällt niemandem auf, dass ich überhaupt weg bin.«

Die beiden schlenderten langsam auf den Ausgang zu. Schließlich rang Arndt sich durch, zu fragen, was ihn beschäftigte. »Willst du wirklich nur einen Kaffee trinken? Nicht, dass ich etwas dagegen hätte. Doch irgendwie sagt mir mein Bauchgefühl, dass du irgendetwas vorhast.«

»Gute Beobachtungsgabe, der Herr.« Iris Tietgen lächelte. »Unter Umständen ist der Kaffee nicht vollkommen egoistisch.«

Dieses Mal gab Arndt sich Mühe, zu warten, bis sie von selbst weitersprach. Es fiel ihm schwer, die paar wortlosen Schritte bis draußen zu ertragen. Doch wenn Iris Tietgen etwas von ihm wollte, würde sie es von sich aus sagen.

Er hatte recht.

Einige Meter vom Eingang zum Präsidium entfernt blieb die Polizeidirektorin stehen. »Ich glaube, ich wäre sehr dafür, dass wir deine Expertise in diesem Fall für unsere Zwecke verwenden, Arndt. Wahrscheinlich ist das für Knüppel auch gar nicht schlecht. Der werte Herr Kommissar neigt nämlich dazu, sich abzuschotten und zu viel allein zu machen. Einerseits ist das eine seiner Stärken, andererseits gleichzeitig auch eine Schwäche – das würde ich ihm aber natürlich nie so direkt sagen, versteht sich von selbst. Seit Meyer-Landfried hatte er jedenfalls keinen direkten Kollegen mehr, tut ihm wahrscheinlich zur Abwechslung mal wieder gut.«

Fragend hob Arndt die Augenbrauen. »Meyer-Landfried?«

»Ach ja, er ist in der Duisburger Rechtsmedizin, deswegen hast du ihn noch nicht kennengelernt«, sagte Iris. »Knüppel hat ihn vor einigen Jahren in die aktive Todesermittlung eingewiesen. Damals hieß er noch Landfried und war noch nicht so merkwürdig stolz auf seinen Doppelnamen.«

Da Arndt nicht so recht wusste, was er mit dieser Information anfangen sollte, antwortete er nur: »Ach so.«

»Wie dem auch sei, ich rede mit Knüppel. Falls da etwas dran sein sollte mit Hieronymus Bosch, will ich mich darauf verlassen können, dass wir einen fähigen Berater haben.« Sie sah Arndt vielsagend an. »Nur, wenn du willst, natürlich.«

Es schmeichelte Arndt auf merkwürdige Weise, dass Iris ihn als fähig bezeichnete, obwohl sie weder ihn noch seine Arbeit wirklich kannte. Viel interessanter war jedoch, dass sie in Betracht zog, ihn als externen Berater in einem Mordfall einzusetzen. Der Gedanke daran machte Arndt ungewohnt kribbelig. Konnte er sich vorstellen, mit der Polizei zusammenzuarbeiten? Der Mord an Harmann interessierte ihn sowieso, das konnte er nicht leugnen, immerhin kannte er den Professor. Außerdem fragte er sich immer noch, warum ausgerechnet er ein Bild der Leiche bekommen und was das alles eigentlich mit Hieronymus Bosch zu tun hatte. Als Berater käme er direkt an neue Details – vielleicht würde der ganze Fall mehr Sinn ergeben, wenn er an der Ermittlung beteiligt war. Es würde wirklich um etwas gehen. Zum ersten Mal hätte seine Meinung einen ernsthaften Einfluss, der über bloße Fachstreitereien und intellektuelle Profilierung hinausging. Durchaus eine spannende Vorstellung. Warum also eigentlich nicht?

Er sagte: »Nicht, dass der Kommissar sich unter Druck gesetzt oder belästigt fühlt.«

»Das lass mal meine Sorge sein.« Iris lächelte zufrieden. »Und sag doch einfach Knüppel. Macht jeder. Wirklich.«

»Ich werde es versuchen.«

»Gut. Über die Details reden wir noch.«

***

Das Hämmern sorgte zusammen mit dem Windrauschen in den Baumwipfeln für einen merkwürdig hypnotischen Rhythmus. Gleichzeitig machte es wieder einmal deutlich, wie extrem ruhig diese Nachbarschaft in Verberg war, dachte Arndt. Kurz legte er den Hammer zur Seite und lehnte sich gegen den dicken Ast hinter sich. Mit geschlossenen Augen konnte er sich immer gut vorstellen, völlig allein in einem Wald zu sein. Warum er diesen Gedanken so beruhigend fand, wusste er nicht, aber es war ihm auch egal. Hier im Schatten unter den dicken Ästen der Eiche war bereits zu erahnen, dass der Winter kalt werden würde, doch in der direkten Mittagssonne war es immer noch sehr angenehm.

»Bitte sagen Sie mir, dass Sie gesichert sind, Arndt.« Martha Messmers weiche, kräftige Stimme hatte einen vorwurfsvollen Unterton.

Grinsend blinzelte er Martha an. Sie stand auf der Terrasse im ersten Stock, eine Hand am Geländer, die andere in die Taille gestemmt – wäre sie nicht so klein gewesen, hätten sie sich direkt in die Augen sehen können. Um ihren schmalen Mund hatten sich krause Fältchen gebildet. Arndt kannte diese Mimik nur zu gut: Sie war milde empört.

»Natürlich nicht«, seufzte sie nur. »Warum überhaupt ein Baumhaus? Und dann auch noch so kurz vor dem Winter? Sie sitzen doch schon kaum hier.« Sie deutete auf die Sitzgruppe zu ihrer Linken.

Arndt zuckte mit den Schultern. »Warum nicht?«

»Warum nicht«, wiederholte Martha Messmer leise und schüttelte den Kopf. Dann zog sie mehrere Briefe hervor und wedelte damit in Arndts Richtung. »Ich habe heute beim Putzen die Rechnungen für die Gartengestaltung gefunden – sie waren in der Besteckschublade. Es mag sein, dass ich falsch liege, aber ich habe sie nicht dorthin gelegt.«

Wie üblich machte sie die vorwurfsvolle Pause, die sie schon so oft gemacht hatte. »Da Sie offenbar nur Unsinn mit der Eiche anstellen wollen, hätte ich mich wahrscheinlich besser entschließen sollen, die Rechnungen einfach noch eine Weile zu übersehen. Vielleicht wären die netten Männer vom Landschaftsbau dann ja noch einmal gekommen und hätten den Baum wieder mitgenommen.«

»Sie sind ein Schatz, meine Liebe«, antwortete Arndt bloß. »Warum setzen Sie sich nicht ein wenig und plaudern mit mir? Ich bin mir sicher, dass Sie heute schon genug gearbeitet haben.«

Kurz wirkte Martha Messmer unentschlossen. »Eine Pause könnte ich durchaus gebrauchen, allerdings gibt es immer noch eine Menge zu tun ...«

»Ach, Martha«, unterbrach Arndt sie. »Wenn es nach mir ginge, sollten Sie sowieso weniger tun. Ich weiß zu schätzen, dass Sie das alltägliche Leben von mir fernhalten, wirklich – das heißt aber lang noch nicht, dass Sie dieselben überzogenen Maßstäbe an Ordnung und Sauberkeit anlegen müssen wie meine Eltern. Erstens lebe immerhin ich hier und nicht meine Eltern und zweitens werde ich mich hüten, jemals irgendetwas Negatives über Sie zu sagen. Denn wie gesagt, Sie sind ein Schatz. Setzen Sie sich, das Wetter ist schön.«

Etwas unentschlossen zog die schmale, kleine Frau einen Stuhl zum Geländer und knöpfte ihren Zopfstrick-Cardigan zu, bevor sie sich setzte. Der Knoten grauer Haare an ihrem Hinterkopf löste sich, mit einer eleganten Bewegung schlang sie ihn erneut. Dann ließ sie sich seufzend in das Polster sinken und überkreuzte die Waden. »Ich weiß nicht, wie Ihre Eltern es finden würden, wenn Sie wüssten, dass Sie mich fürs Nichtstun bezahlen.«

»Wir müssen es ihnen ja nicht sagen.«

Schmunzelnd legte Martha den Kopf schräg.

»Wenn Sie mir versprechen, dass Sie meinen Eltern nicht weitergeben, was ich Ihnen jetzt erzähle.«

Schnell verschwand der weiche Ausdruck aus Martha Messmers Gesicht und machte einer gewissen Besorgnis Platz. »Stecken Sie in Schwierigkeiten, Arndt?«

»Ich bin gerade mit ziemlich hoher Wahrscheinlichkeit Hauptverdächtiger in einem Mordfall«, sagte Arndt mit einem breiten Lächeln auf den Lippen. »Wenn Sie das als Schwierigkeiten definieren, stecke ich wohl gerade in Schwierigkeiten.«

»Es ist nicht nett, dass Sie versuchen, eine alte Frau zu schockieren«, rügte Martha ihn. »Dass Sie lächeln, verrät mir nämlich, dass die ganze Situation gar nicht so schlimm sein kann, wie Sie sie gerade klingen lassen.«

»Wer weiß, wer weiß?«

»Jetzt lassen Sie sich nicht jedes Detail aus der Nase ziehen. Ganz offensichtlich wollen Sie doch darüber reden.«

»Das stimmt wohl.« Arndt räusperte sich. »Heute Morgen, als ich noch in der VHS war, habe ich eine E-

Mail bekommen – mit dem Bild eines toten Mannes, sonst nichts. Ich kenne den Mann und ich hatte sofort eine Theorie dazu, warum besagter Mann so, nun ja, befestigt war, wie er eben befestigt war.«

»Befestigt?«, fragte Martha Messmer mit krauser Stirn.

»Nackt an eine Konzertharfe gebunden mit einer Flöte im ...« Arndt deutete auf seine Hinterseite.

Sofort winkte Martha Messmer ab, offenbar eine Geste, dass er sich weitere Details sparen konnte und weitererzählen sollte.

»Jedenfalls war ich mit meiner Theorie sofort bei der Polizei. Dort habe ich einige Zeit mit einem erstaunlich sympathischen Kriminalhauptkommissar geredet und danach zufällig die Direktorin des Präsidiums getroffen. Wir hatten Kaffee und sie zieht in Betracht, mich als externen Berater im Fall einzusetzen.«

»Und Sie sind natürlich begeistert von der Idee.«
»Ich überlege noch.«
»Sie sind begeistert von der Idee.«
»Möglicherweise.«

Kurz kehrte Stille ein. Martha Messmer dachte nach. Dann fragte sie: »Darf ich ehrlich sein?«

»Immer. Das wissen Sie doch.«

»Ich mache mir aus mehreren Gründen Sorgen darum. Erstens finde ich es bedenklich, dass jemand Ihnen das Bild eines Toten geschickt hat, weil das bedeutet, dass Sie für den Mörder oder jemanden, der mit dem Mörder etwas zu tun hat, in irgendeiner Weise interessant sein müssen. Zweitens weiß ich nicht, ob Sie sich damit nicht zu viel aufhalsen – Ihren unsteten, freiheitsliebenden Geist kann ich mir nur schwer bei einer so ernsten Arbeit vorstellen.«

»Ich merke, dass da noch ein ›Drittens‹ fehlt.«

Martha Messmer seufzte schwer. »Drittens weiß ich nicht, ob Ihre Eltern so begeistert davon wären, dass Sie sich in eine aktive Mordermittlung einbringen.«

»Durchaus legitime Punkte, meine Gute.« Arndt nickte. »Aber gehen wir einmal davon aus, dass Sie damit recht haben, dass ich für den Mörder möglicherweise interessant bin. Glauben Sie wirklich, dass sich daran etwas ändert, wenn ich bloß zu Hause sitze und warte, dass die Polizei ihn findet? Zumal er ja scheinbar will, dass ich in irgendeiner Weise involviert bin.«

Martha Messmer schwieg mit einem etwas knittrigen Gesichtsausdruck, also fuhr Arndt fort: »Was ihr zweites Argument betrifft: Das war auch ein Gedanke, der mir gekommen ist, und natürlich kann ich das nicht ausschließen. Allerdings habe ich ein flattriges Gefühl im Magen, wenn ich an den Fall denke – dieses Gefühl, dass da irgendetwas ist, das ich herausfinden kann und will, eine gewisse Aufregung, die ich schon lange nicht mehr gespürt habe. Möglicherweise klingt es grenzwertig, aber ich kann nichts dagegen machen und auf merkwürdige Weise gefällt es mir. Es fühlt sich sinnvoll an.«

»Bleiben trotzdem noch Ihre Eltern.«

»Zum einen müssen wir ihnen es ja nicht erzählen. Zum anderen werden sie es natürlich nicht mögen, wenn sie es herausfinden – was sich wohl kaum vermeiden lässt.« Arndt grinste breit. »Aber gerade da fängt der Spaß doch an.«

Martha Messmer stand auf. »Manchmal kann ich kaum glauben, dass Sie angeblich schon volljährig sein sollen.«

Arndt lachte. »Da sind Sie nicht allein.«

Martha Messmer deutete ins Innere des Hauses. »Ich muss wieder, ich habe Hummeln im Hintern – aber immerhin keine Flöte.« Dann zögerte sie. »Versprechen Sie mir eins, Arndt? Passen Sie bitte auf sich auf.«

Arndt winkte bloß ab. »Natürlich, meine Gute.«

»Wenigstens gibt man Ihnen keine Waffe. Der Gedanke, dass Sie unter Umständen auf jemanden schießen müssten, macht mich nämlich mehr als nervös.«

»Dafür gibt es keinen Grund. Sie wissen doch, dass ich mit Schusswaffen umgehen kann«, sagte Arndt und griff wieder nach dem Hammer.

»Genau das macht mich daran doch so nervös.«

Damit überließ sie Arndt van Gruyter wieder einem seiner vielen Projekte. Sein Lachen über dem Hämmern hörte sie selbst noch, als sie die große Schiebetür aus Glas hinter sich geschlossen hatte.

7

Als Agnes Stankowiak das Büro betrat, saßen Valerie Kiel, David Winterfeld, Malte Meyer-Landfried und Knüppel zusammengepfercht an Knüppels großem Schreibtisch. Alle vier hatten dunkle Ringe unter den Augen. Vor ihnen waren hohe Papierberge aufgetürmt, dazwischen konnte die Rechtsmedizinerin eine halb volle Glaskanne Kaffee erkennen. Es war warm und stickig, die Jalousien vor den Fenstern waren heruntergelassen.

»Und ich dachte, ich wäre zu früh«, begrüßte sie die Gruppe im Vorbeigehen, dann zog sie die Jalousien hoch und öffnete die zwei breiten Fenster. Keiner hob den Blick.

»Riecht's sehr schlimm hier drin?«, fragte Knüppel.

»Es geht«, log Agnes Stankowiak.

»Wir haben hier geschlafen, da bleibt das nicht aus.« Valerie Kiels Stimme klang noch rauer als sonst.

Agnes Stankowiak zog sich einen Stuhl von einem der anderen Schreibtische heran und setzte sich den Ermittlern gegenüber. »Habt ihr gar nicht.«

Sofort brauste Valerie Kiel auf: »Natürlich haben wir!«

Abwehrend hob die Rechtsmedizinerin die Hände. »Geschlafen, meinte ich.«

Kurz verengten sich Valerie Kiels Augen, als müsste sie nachdenken. Dann wurde ihre Mimik weicher. »Noch mal Glück gehabt.«

»Kaffee?«, fragte Knüppel und zog die Schublade seines Aktenschranks unter dem Schreibtisch auf, in dem er immer frische Tassen aufbewahrte. Ohne auf eine Antwort zu warten, stellte er eine davon vor Stankowiak und füllte sie mit der tiefschwarzen Flüssigkeit.

»Frisch?«

»Maximal fünf oder sechs Stunden alt, würde ich sagen«, beantwortete Malte Meyer-Landfried ihre Frage.

Stankowiak zuckte mit den Schultern. »Könnte schlimmer sein.«

»Hast du eigentlich nichts anderes zu tun, als vor der Arbeit hier rumzukommen?«, fragte Meyer-Landfried. »Nicht böse gemeint. Ernsthaftes Interesse.«

»Keine Sorge, Boss, ich gehe gleich schon noch arbeiten. Aber mich interessiert, was ihr hier so getrieben habt, wenn die Autopsie schon so ereignislos war. Der Fall ist komisch.«

»Der Fall ist total komisch!«, warf David Winterfeldt plötzlich so laut ein, dass alle zusammenzuckten. Entschuldigend hob er die Hand. »Sorry. Ich drehe immer auf, wenn ich müde bin. Trotzdem ist der Fall komisch.«

»Irgendwas Neues bisher?«, fragte Agnes Stankowiak. Sie nahm vorsichtig einen Schluck Kaffee, verzog das Gesicht und stellte die Tasse zur Seite.

»So viel Neues, dass es fast nichts ist«, sagte Knüppel. »Aber immerhin ist es überhaupt etwas. Ohne diesen Arndt van Gruyter hätten wir nicht einmal gewusst, wie wir bei den ganzen Verdächtigen überhaupt durchblicken sollen. Und selbst jetzt sind es noch viel zu viele.«

Stankowiak legte den Kopf schief und fragte mit ihrer hellen Stimme: »Ohne wen?«

»Arndt van Gruyter«, begann David Winterfeldt sofort automatisiert, »der jüngste von drei Söhnen von Charlotte und Karl-Phillipp van Gruyter. Die van Gruyters sind eine der ältesten Krefelder Familien – damals waren sie Seidenweber, dann haben sie ihr Vermögen mit Kaffeeröstereien und Immobilien immer mehr vergrößert. Sie haben großen Einfluss auf die Politik und Wirtschaft der Stadt. Heute müsste keiner mehr von ihnen arbeiten, aber das gehört sich wahrscheinlich im alten Geldadel nicht. Maximilian, der älteste Sohn der van Gruyters, ist Anwalt für Steuerrecht und Johannes, der mittlere, hat eine chirurgische Praxis für Sportmedizin. Arndt van Gruyter fällt aus der ganzen Familie allerdings irgendwie vollkommen raus: Er ist der Nachzügler, sieben Jahre nach Johannes geboren, er hat etwas Schöngeistiges studiert und einen Doktor in Kunstgeschichte, und es scheint, als hätte er nie einen Job länger als zwei oder drei Jahre behalten. Er verdient so gut wie nichts, scheint aber immer irgendetwas zu machen. Was für ein

Glück allerdings, dass seine Eltern ihm monatlich schlappe 10.000 Euro überweisen – von irgendetwas muss der arme Junge ja schließlich leben, nicht wahr? Und sind wir mal ehrlich: Mit vierstelligen Monatsbeträgen gibt sich doch nur der Pöbel zufrieden.«

Auffordernd sah er sich um. Malte Meyer-Landfried grinste und schnaubte leise, Agnes Stankowiak hob fragend die Hand. Winterfeldt fuhr fort: »Davon abgesehen scheint er aber in Ordnung zu sein – zumindest, was die erste Überprüfung betrifft. Warum ausgerechnet er das Bild der Harmann-Leiche bekommen hat, ergibt bisher nicht wirklich Sinn. Er hat zwar irgendwann einmal ein paar Arbeiten über Hieronymus Bosch geschrieben, aber erstens ist er da bei Weitem nicht der Einzige und zweitens hat er auch über andere Künstler einiges veröffentlicht. Ist aber alles schon ein paar Jahre her. Wir sollten also zwar immer noch ein wenig vorsichtig sein, können aber grundsätzlich davon ausgesehen, dass dieser van Gruyter okay sein sollte.«

Fassungslos deutete Stankowiak auf Winterfeldt. »Was?«

Knüppel sagte bloß: »Er hat gestern seinen ersten Background-Check gemacht. Er war sehr gründlich.«

»Gut, ne?« Valerie Kiel klopfte ihrem Schützling stolz auf den Rücken und sofort wuchs David Winterfeldts Brustumfang wie von selbst um einige Zentimeter.

»Wer zur Hölle ist Arndt van Gruyter?«

Knüppel musste lachen, weil es so niedlich klang, wie Agnes böse Wörter sagte. Heimlich wünschte er sich, dass sie mehr fluchen würde – wie Valerie. Das wäre seiner allgemeinen Laune durchaus zuträglich. »Der lange Kerl ist gestern reingekommen und meinte, dass vermutlich irgendwer einen uralten Maler namens Hieronymus Bosch mit Harmann nachstellt. Er konnte das alles ziemlich gut erklären. Harfe, Flöte, Nacktheit, das gibt's wohl alles in den Gemälden.«

Agnes Stankowiak begann, sich die Schläfen zu massieren. »Für Polizisten seid ihr manchmal ganz schön umständlich. Könntet ihr vielleicht einfach so tun, als wäre ich gestern nicht hier gewesen, was übrigens auch der Wahrheit entspricht? War ich gestern vielleicht in der Gerichtsmedizin, als dieser van Gruyter gekommen ist, hm?«

Nachdenklich nuschelte Malte Meyer-Landfried: »Ist heute für uns vielleicht gestern, weil wir die Nacht wach geblieben sind?«

»Ihr solltet alle dringend schlafen gehen – egal, ob heute oder gestern ist.« Die Rechtsmedizinerin schüttelte den Kopf. »Wenigstens macht das jetzt endlich Sinn. Irgendwie, zumindest.«

»Was?«, fragte Knüppel. »Der Mord oder Arndt van Gruyter?«

»Den Unsinn, den ihr da von euch gegeben habt.«

»Dann kann's ja gar nicht so umständlich gewesen sein«, meinte Valerie Kiel und zwinkerte.

»Hat es sich wenigstens gelohnt, dass ihr alle langsam, aber sicher wahnsinnig werdet?«

»Wenigstens haben wir schon einmal ein paar Ansatzpunkte«, sagte Valerie Kiel. »Stimmt auch leider, was Knüppel gesagt hat: Ohne diese Idee mit Hieronymus Bosch wären wir jetzt trotz Durchmachen immer noch genauso schlau wie vorher.«

»Die erste Verdächtige«, sagte nun Malte Meyer-Landfried, »ist wieder einmal Lena Mangold.«

»Die Kunst- und Antiquitätenhändlerin?«, fragte Agnes. »Hatten wir das nicht schon mal?«

»Genau. Sie hat zwar nichts mit Hieronymus Bosch zu tun – zumindest nichts, was sich momentan nachweisen lässt –, dafür hat sie vor einigen Tagen eine antike Konzertharfe als gestohlen gemeldet. Ein sehr merkwürdiger Zufall, wenn du mich fragst.«

»Hm.« Knüppel klang unwillig.

»Das macht er die ganze Zeit, wenn wir darauf zu sprechen kommen. Hm. Hm. Sonst nichts. Ich glaube, er will uns damit sagen, dass er die Spur für zu offensichtlich hält, obwohl er genau weiß, dass es schon komisch ist. Wieder einmal ist ausgerechnet Mangold etwas gestohlen worden, das im Zusammenhang mit einem Mord gefunden wurde.«

»Hm«, wiederholte Knüppel. »Ich guck mir das schon an.«

Valerie Kiel strich sich die dunklen Haare zurück.

»Bleibt dir auch kaum was anderes übrig, ist immerhin eine gute Spur. Mein momentaner Liebling ist eine gewisse Hannah Burgdorfer, denn bei der Guten ist auffällig viel auffällig. Sie ist eine der vielen Leute, die Professor Harmann ihre immerwährende Liebe mit einem lieblichen Briefchen versichert haben.« Sie deutete auf die Aktenordner mit den Drohbriefen, die mittlerweile über und über mit bunten Post-its markiert waren. »Von denen haben wir übrigens immer noch viel zu viele, die infrage kommen.«

»Aber wir bauen langsam eine Liste mit den Punkten, die wir haben«, sagte Winterfeldt nicht vollkommen ohne Stolz in der Stimme. »Ehemalige Studenten von Harmann, eher schlechter Abschluss, Hieronymus Bosch als Schwerpunkt.«

»Allerdings ist Burgdorfer wesentlich interessanter als viele der sowieso anonymen Briefchenschreiber«, fuhr Valerie Kiel fort.

»Erstens hat sie einen sehr nüchternen Brief geschickt und mit vollem Namen unterschrieben – eigentlich passt der Ton gar nicht zu den sonstigen Briefen, die der Professor aufgehoben hat, denn die meisten davon sind anonym und viel härter formuliert. Burgdorfer wiederum klingt in ihrem sehr selbstbewusst, als wüsste sie irgendetwas, mit dem sie Harmann unter Druck setzen könnte. Leider benutzt sie nur vollkommen austauschbare Phrasen und nicht eine einzige offensichtliche Drohung, sondern erwähnt nur ein ›gemeinsames Geheimnis‹ – dumm ist sie also schon mal auf keinen Fall, was mir doppelt auf den Sack geht.«

»Du hast keinen«, merkte Meyer-Landfried schmunzelnd an.

»Was mir doppelt auf den imaginären Sack geht«, korrigierte Kiel mit einem grimmigen Blick zu ihrem Kollegen. »Allerdings ist es eben genau das, was ihren Brief zwischen den anderen so auffällig macht. Da war ich doch direkt neugierig und hab ein bisschen rumtelefoniert. Es ist immer wieder beeindruckend, wie kooperativ die meisten Menschen plötzlich werden, wenn sie das Wort ›Mordermittlung‹ hören.«

Knüppel grinste. »Find ich auch immer wieder gut.«

»Wie es der Zufall so will, war Harmann der Dozent, der Hannah Burgdorfers Magisterarbeit betreut hat – ihre Magisterarbeit über Hieronymus Bosch. Irgendwas mit christlichem Kram, was weiß ich, ist ja auch egal. Fand Harmann scheinbar auch, denn er hat für Burgdorfers Abschlussarbeit ein ›Befriedigend‹ durchgesetzt. Viele von denen, mit denen ich gesprochen habe, meinten, dass sie sich mit der Note das ganze Studium streng genommen hätte sparen können – vor allem, weil sie angeblich an der Uni Karriere machen wollte.«

Agnes Stankowiak verzog das Gesicht zu einer Grimasse. »In dem Fall ist das schon eher nicht so gut.«

»Deswegen heißt es ja auch ›befriedigend‹«, sagte Malte Meyer-Landfried grinsend.

»Du bist übernächtigt ja noch viel lustiger als sonst.« Die Rechtsmedizinerin verdrehte die Augen, Meyer-Landfried deutete eine Verbeugung an.

»Jedenfalls reizt mich irgendetwas an dieser Burgdorfer«, fuhr Valerie Kiel fort. »Wir sollten dringend mit ihr reden.«

»Werden wir machen«, antwortete Knüppel. »Aber vorher geht ihr nach Hause. Schlafen.«

Unmittelbar wachte David Winterfeldt wieder auf und löste seinen leeren Blick von dem unbestimmten Fleck hinter Agnes Stankowiak, den er die letzten Minuten angestarrt hatte. »Aber was ist denn mit den ersten 72 Stunden? Die sind doch so wichtig, sagen immer alle. Danach ändert sich doch alles, sagen immer alle. Wenn in den ersten 72 Stunden niemand gefasst wird, dann wird das meist nichts mehr, sagen alle. Und wenn ...«

Knüppel unterbrach ihn, indem er ihm sanft die Hand auf die Schulter legte. »Schlafen.«

»Knüppel hat recht«, sagte Valerie Kiel. »Wir können sowieso nicht 72 Stunden durcharbeiten. Ich hab das mal versucht. War nicht schön.«

Dann sah sie den glatzköpfigen Kriminalhauptkommissar neben sich direkt an.

»Außerdem, David: Ist dir aufgefallen, dass Knüppel meinte ›ihr‹? Nicht ›wir‹? Irgendwas sagt mir, dass er noch weitermacht. Aber vermutlich liege ich damit natürlich absolut falsch, nicht wahr, Chef?« Sie betonte das letzte Wort dermaßen über, dass niemandem im Raum die Ironie entgehen konnte.

Der Kommissar schmunzelte bloß und sah aus dem Fenster. »Schlaft aus. Wir treffen uns wieder hier, wenn ihr fit seid. Wir haben das schon alles unter Kontrolle. Die 72 Stunden sind auch morgen noch 72 Stunden.«

»Es gibt mehrere Studien, die nahelegen, dass Schlafentzug eine ähnliche Wirkung hat wie Alkohol«, sagte Agnes Stankowiak mit erhobenem Zeigefinger. »Ihr solltet gerade jetzt auf keinen Fall ein eingeschränktes Urteilsvermögen haben. Als Medizinerin kann ich euch ebenfalls nur empfehlen, schlafen zu gehen.«

David Winterfeldt schnaubte verächtlich: »Deine Patienten sind allesamt Dauerschläfer!«

Stankowiak blickte den Polizisten grimmig an. »Du solltest aufhören, Widerworte zu geben, wenn du nicht einer meiner Patienten werden willst.« Um ihr Argument zu unterstützen, schlug sie mit ihrer kleinen Faust in die offene Hand.

Knüppel lachte leise. »Hört auf die kluge Frau.« Er schlenderte zur Tür und deutete freundlich nach draußen. »Nehmt bitte ein Taxi.«

Nach und nach packten die Ermittler ihre Habseligkeiten zusammen und verließen das Büro, nur Agnes Stankowiak blieb noch sitzen.

Valerie Kiel war die letzte, die Knüppels Aufforderung nachkam. Im Vorbeigehen sagte sie: »Mach keinen Quatsch.«

Als ihre Schritte sich ein wenig entfernt hatten, schloss Knüppel wieder die Tür, ließ sich in den erstbesten Chefsessel fallen und rollte zu Agnes Stankowiak. »Wirklich toll finde ich unsere Auswahl immer noch nicht. Immer noch viel zu unübersichtlich und unklar. Aber besser als nix.«

»Hast du wenigstens das Gefühl, dass ihr in die richtige Richtung ermittelt?«

»Ich würde sagen, Ja. Aber mich macht nervös, dass das Bild, das Arndt van Gruyter bekommen hat, mit ›1‹ benannt war.«

»Weil der Mörder gerade erst angefangen hat, zu zählen?«

»Ich hoffe nicht.«

Kurz schwiegen die beiden und ließen sich die kühle Morgenluft ins Gesicht wehen.

Dann sagte die Rechtsmedizinerin: »Ihr meint doch immer, dass keine Abwehrverletzungen darauf hindeuten, dass sich Opfer und Täter kannten. Hilft das vielleicht irgendwie?«

»Grundsätzlich schon«, sagte Knüppel, »aber sind nicht alle ehemaligen Studenten streng genommen Bekannte?«

»Auch was dran. Tut mir leid, dass ich nicht mehr für euch habe. Ich habe ja wenigstens darauf gehofft, dass die Todesursache etwas anderes als Strangulation war, muss ich zugeben.«

»Kannst doch nix für. Bartelink hat auch nichts gefunden. War wohl ein vorsichtiger Täter.«

Agnes Stankowiak nickte bloß. Nach einer weiteren schweigsamen Minute stand sie auf. »Ich muss leider, Knüppel, sonst komme ich noch zu spät. Versprichst du mir was?«

»Kommt drauf an«, sagte der Kommissar.

»Gehst du auch schlafen?«

Für einen Augenblick haderte Knüppel mit sich. Er war müde, keine Frage, aber leider hatte Winterfeldt in dem Punkt, was die ersten 72 Stunden einer Ermittlung betraf, recht – und da gab es noch immer etwas, das ihm keine Ruhe ließ.

»Später. Erst muss ich noch etwas erledigen.«

***

Die Türklingel spielte den langen Auszug aus Brahms dritter Sinfonie, die er mittlerweile auswendig kannte. Vorher hatte er sich nie etwas aus klassischer Musik gemacht, mittlerweile mochte er zumindest dieses Stück.

Lena Mangold öffnete, mit ihr wehte ein Hauch von Vanille nach draußen.

Sie trug ein so gut wie transparentes Negligé, unter dem Knüppel deutlich schwarze Spitzenunterwäsche erkennen konnte. Die roten Haare fielen luftig auf ihre schmalen Schultern.

»Herr Kommissar. Ich habe mich schon gefragt, wann Sie endlich kommen.«

Wie immer sorgte der tief-rauchige Singsang in ihrer Stimme dafür, dass Knüppel nervös wurde und sich nur noch mit Mühe an das erinnern konnte, was er eigentlich hatte sagen wollen. »Du sollst mich nicht so nennen. Das ist komisch.«

Ihre vollen Lippen umspielte ein Lächeln. »Wie Sie wollen, Herr Kommissar.« Sie sah aus wie eine Filmschönheit aus den 1950ern, wenn sie so lächelte.

Mit Mühe sammelte Knüppel sich. »Ich muss dir Fragen zu deiner gestohlenen Harfe stellen. Mordfall.«

Unbeirrt sah Lena Mangold den Kommissar an. Ihre grünen Augen schimmerten. So lange sie nichts sagte, würde es wohl nicht schaden, wenn er einfach studierte, wie grün sie genau waren, dachte Knüppel.

Dann zog Lena Mangold ihn mit sanftem Nachdruck ins Haus und schloss die Tür. »Können wir darüber nicht ein anderes Mal reden?«

8

Es war Zeit für ein Bier. Obwohl Knüppel die Müdigkeit in den Knochen steckte, fiel es ihm schwer, seinen Kopf dazu zu überreden, nicht mehr von einem Punkt zum anderen zu springen. Das war es wohl, was man aufgekratzt nannte.

Grundsätzlich hätte er diese Stimmung für mehr Arbeit in dieser kritischen Ermittlungsphase genutzt, allerdings hatte Iris Tietgen vor nicht einmal fünf Minuten angerufen und ihm höflich, aber bestimmt verboten, vor morgen noch einmal ins Präsidium zu kommen. Das Team habe alles unter Kontrolle, hatte sie gesagt. Morgen sei auch noch ein Tag, hatte sie gesagt.

Vermutlich hatte sie recht. Mittlerweile war er seit knapp 33 Stunden auf den Beinen. Zwar war es nicht das erste Mal, dass er die Nacht einfach ignoriert hatte, doch Schlafentzug war ein sehr launischer Zeitgenosse. Dass er früher nach wesentlich längerer Zeit immer noch effektiv sein konnte, hieß nicht zwangsläufig, dass es heute immer noch so war. Er war nicht mehr 25.

Knüppel nahm einen tiefen Schluck Pils und rülpste lautstark in seinen Garten. Die Sonne war fast schon untergegangen, der Großteil der Rasenfläche lag bereits im Schatten. Dann stellte er die Flasche vor sich auf den Tisch zwischen die wenigen Unterlagen, die er zum Harmann-Fall hatte: Fotos des Tatorts, die lange Liste mit den Studenten des Professors, die schlechter als gewöhnlich abgeschlossen hatten, Details zu Hannah Burgdorfer und der Diebstahl-Report zu Lena Mangolds Harfe, die sich leider als die Harfe herausgestellt hatte, an der sie Harmann gefunden hatten.

Er hatte gehofft, dass es ihn weiterbringen würde, einfach in Gegenwart der Dokumente zu warten – oft half es ihm, das Hirn unbewusst arbeiten zu lassen, nicht zu verkrampfen, Geduld zu haben. Doch bisher war die große Erleuchtung ausgeblieben. Da konnte man nichts machen.

In diesem Moment klopfte es am Gartentor. Automatisiert griff Knüppel dorthin, wo sich normalerweise seine Waffe befand. Doch seine Dienstpistole lag drinnen in der Kommode, seine anderen Waffen waren im Keller. Außer einem Victorinox-Taschenmesser hatte er nichts dabei.

Schon oft hatte er in Betracht gezogen, an einen der hohen Bäume an der Längsseite des Gartens einen unauffälligen Spiegel anzubringen, damit er das Gartentor von der Terrasse aus einsehen konnte. Dieses Mal nahm er sich vor, seinen Plan endlich umzusetzen. Vermutlich war er etwas paranoid, doch man konnte nicht vorsichtig genug sein. Er wohnte zwar bewusst abgelegen, das hieß aber noch lange nicht, dass sich genau die falschen Menschen trotzdem die Mühe machen würden, ihn hier zu finden. Und das Gartentor war eben einfach nur ein Gartentor: Eine höfliche Erinnerung daran, dass dahinter Privatbesitz lag, mehr aber auch nicht.

Vorsichtig schlich er über die rotbraunen Fliesen, darauf bedacht, seine Schritte so gut wie möglich abzufedern. Als er zackig, aber gefasst um die Ecke schnellte, hielt er sofort überrascht inne. Damit hatte er nicht gerechnet.

Freundlich hob Arndt von Gruyter die Hand. »Beeindruckender Rülpser. Deine Nachbarn denken bestimmt, dass hier irgendwo ein gefährliches Tier nur darauf wartet, ihren Müll zu fressen.«

Für einen Augenblick suchte Knüppel nach Worten, doch glücklicherweise griff sein Training schnell. »Woher hast du meine Adresse?«

»Von Iris.« Arndt stützte sich auf das Gartentor und lehnte sich neugierig darüber.

»Iris?« Knüppels Tonfall war weitaus fassungsloser, als er wollte.

»Iris Tietgen?«, wiederholte Arndt irritiert. »Sollte deine direkte Vorgesetzte sein, wenn ich mir das richtig zusammengereimt habe mit eurer sperrigen, undurchsichtigen Diensthierarchie.«

»Ich weiß, wer Iris ist«, brummte Knüppel.

»Warum dann so verwirrt?«

»Nichts, nichts.«

Kurz standen die beiden Männer wortlos voreinander, nur getrennt vom kleinen, verwitterten Holztor. Arndt tippte mit seinen langen Fingern auf dem Holz herum und sah unruhig aus.

Dann fragte Knüppel: »Willst du reinkommen?«

Als hätte Arndt nur auf dieses Angebot gewartet, schwang er seine langen Beine über das Törchen und ging gestreckten Schrittes am Kommissar vorbei in den Garten. Aufmerksam ließ er den Blick schweifen. »Du wohnst genauso, wie ich gedacht habe, dass du wohnst.«

Knüppel folgte ihm mit krauser Stirn. »Soll heißen?«

»Rustikal.«

»Hm.«

Mitten auf der Terrasse hielt Arndt inne und deutete auf den Laubhaufen gegenüber vom Gartenhaus. »Du solltest demnächst mal einen Gärtner kommen lassen. Nicht böse gemeint.«

Sofort blickte Knüppel ihn grimmig an. »Da wohnt Günther.«

Irritiert legte Arndt den Kopf schief. »Grundsätzlich bin ich ja ein überzeugter Vertreter des Humanismus, wirklich. Aber wenn du schon einem Obdachlosen Unterschlupf gewährst, kannst du ihm nicht besser die Laube da überlassen?«

In einer Mischung aus Fassungslosigkeit und Überraschung lachte Knüppel auf. »Günther ist ein Igel.«

Arndt wurde ein wenig rot. »Gut, das macht mehr Sinn.«

»Er kommt jetzt schon das dritte Jahr in Folge in meinen Garten zum Überwintern«, berichtete Knüppel. »Deswegen sieht hier alles so aus, wie es aussieht. Das ist ein igelfreundlicher Garten. Günther hat hier alles, was er braucht. Igel haben's heutzutage gar nicht mehr so einfach, wie man denkt. Jeder räumt sofort Laub oder Reisig weg, anstatt ein paar kleine Haufen einfach liegen zu lassen – Hauptsache, der Rasen ist schön vertikutiert und so voll mit Pestiziden und Insektiziden, dass er sogar im Dunkeln grün leuchtet. Alles immer ordentlich! Da fühlt sich doch kein Igel wohl. Dabei sind es sehr genügsame Tierchen, wenn man ihnen ein paar Rückzugsorte schafft, sie sich frei bewegen können und man sie in

Ruhe lässt. Und ich freue mich, wenn die sich hier wohlfühlen. Im Laubhaufen vom Günther ist zum Beispiel ein kleines Holzhäuschen versteckt. Findet der gut, glaube ich.«

Gebannt hörte Arndt zu. Es war vermutlich die längste Abfolge von Sätzen, die er den knorrigen Kommissar bisher hatte reden hören.

»Rustikales Bier gefällig?« Knüppel deutete auf die Gartenmöbel. »Wenn du ein bisschen Geduld hast, siehst du Günther vielleicht. Er geht gerade oft gegen Abend auf Futtersuche, hier gibt's genug Käfer und Würmer für ihn. Der richtig tiefe Winterschlaf kommt erst noch – aber selbst dann kommt er ab und zu mal raus.«

»Ist es nicht ein wenig zu kalt für uns, um draußen zu sitzen?« Demonstrativ zog Arndt den Reißverschluss seiner Steppjacke bis unters Kinn.

»Dann eben zwei Bier für dich.«

Arndt fügte sich in sein Schicksal und setzte sich, während Knüppel die Terrassentür aufzog und im Inneren des Hauses verschwand.

Auf merkwürdige Weise bewunderte Arndt den Kommissar dafür, dass er sich einfach über die vorherrschende Definition von Gartenästhetik hinwegsetzte. Der Rasen stand wadenhoch, und die Hecken, die das Grundstück umschlossen, wuchsen frei in alle Richtungen. So eine wilde Wiese fehlte bei ihm in Verberg, dachte Arndt. Wahrscheinlich würde es Martha nicht gefallen – von den Nachbarn ganz zu schweigen –, aber vielleicht sollte er es auch einmal versuchen, nicht alle zwei Wochen die Gärtner kommen zu lassen. Das, was Knüppel sagte, klang durchaus sinnvoll. Eigentlich war es wirklich schade, dass nützlichen Tieren wie Igeln das Leben unnötig erschwert wurde.

Noch einmal sah er sich um. Beinahe wäre sogar der stadtkundige Taxifahrer – trotz Schritttempo – an Knüppels eierschalenfarbenem Heim mit dem schwarzen Dach vorbeigefahren. Es war ein kleines, gedrungenes Häuschen, das ein wenig an die Zechenhäuser im ländlicheren Bereich erinnerte, und lag so versteckt am Ende einer Stichstraße, dass man es leicht übersehen konnte. Arndt vermutete, dass es aus den 1960er-Jahren stammte, maximal von Anfang 1970. Doch obwohl man der Immobilie ihr Alter ansah, war hier alles sehr gepflegt und in makellosem Zustand. Es war eben exakt so, wie Arndt gesagt hatte: rustikal. Der direkt an Knüppels Grundstück angrenzende Forstwald trug den Duft von Erde und Laub hinüber.

Dann kam Knüppel zurück mit drei geöffneten Flaschen Pils, zwei davon stellte er vor Arndt, eine zu seinem halb geleerten Bier. Ohne ein Wort ging er zur Garage, deren Seitentür direkt von der Terrasse zu erreichen war, und holte einen Heizpilz aus Edelstahl hervor, den er demonstrativ nah neben Arndt stellte, bevor er die Gasflamme entzündete.

Arndt hob die Hände. »Das ist wirklich nicht nötig, ich wollte …«

»Du wolltest Bier mit mir trinken«, unterbrach ihn Knüppel, »und dabei nicht über die Temperatur jammern.«

Für einen Moment lang war Arndt empört, dann sah er jedoch das Schmunzeln unter dem Bart des Kommissars. Also umfasste er nur den Hals einer Bierflasche und hielt Knüppel den Boden zum Anstoßen hin. Ein leises Klirren ertönte, dann nahmen die beiden Männer einen tiefen Schluck und starrten in die unbewegte Ruhe von Knüppels igelfreundlichem Garten.

»Dann wollen wir mal«, sagte Knüppel schließlich. »Warum bist du hier?«

Obwohl er natürlich gewusst hatte, dass der Kommissar diese Frage stellen würde, fühlte sich Arndt merkwürdig ertappt. Doch es war einfach zu offensichtlich, dass er nicht vollkommen ohne Hintergedanken in diesen Teil der Stadt gefahren war. »Iris findet, wir sollten am Harmann-Fall zusammenarbeiten.«

Knüppel sah ihn nicht an und schwieg. Gemächlich nahm er einen weiteren Schluck, anschließend noch einen. »Eigentlich hab ich's nicht so mit zusammenarbeiten.« Dann schwieg er wieder.

Was diesen Teil von Knüppels Persönlichkeit betraf, hatte Iris Arndt bereits vorgewarnt. Er sei teamfähig, hatte sie gesagt, aber nicht teamwillig. Offensichtlich war es eine sehr prägnante Einschätzung ihres leitenden

Mordermittlers. »Komisch in deiner Position«, sagte Arndt.

»Ich weiß«, erwiderte Knüppel bloß.

Vorerst beschloss Arndt, es als gutes Zeichen zu sehen, dass Knüppel nicht sofort aufgebracht abgelehnt hatte. Jetzt musste er einfach warten. Er dürfe den Kommissar auf keinen Fall zu irgendetwas drängen, hatte Iris gesagt, das würde nur das Gegenteil bewirken. Einfach ruhig bleiben, sei bei Knüppel das effektivste Mittel.

Aus dem Augenwinkel beobachtete Knüppel, wie Arndt ihn verstohlen musterte. Wenn der lange Mann mit der Chefin geredet hatte, war es wohl auch ihre Idee, Arndt van Gruyter zum Harmann-Fall hinzuzuziehen – und mit großer Wahrscheinlichkeit hatten sie auch über ihn geredet, den verschrobenen Kriminalhauptkommissar, der gern wenig sagte und viel für sich selbst nachdachte.

Er kannte seinen Ruf. Er mochte ihn.

Nachdem der Background-Check vielversprechend gewesen war, hatte Knüppel kurz selbst darüber nachgedacht, die Hilfe von Arndt in Anspruch zu nehmen. Grundsätzlich hatte er gegen die Idee, ihn offiziell zum Fall hinzuzuziehen, also nichts einzuwenden, zumal er Iris Tietgens Meinung schätzte und ihrem Instinkt vertrauen konnte. Er sah sich sogar bestätigt darin, dass sein erster Eindruck über Arndt richtig gewesen war. Allerdings würde er es weder ihm noch seinem Boss allzu einfach machen.

»Erzähl mal, warum überweisen dir deine Eltern eigentlich regelmäßig so viel Geld?« Die härteste Frage unverblümt direkt zu Beginn – so würde sich zeigen, aus welchem Holz Arndt van Gruyter geschnitzt war.

Sofort stellte Arndt die Gegenfrage, mit der Knüppel schon gerechnet hatte: »Woher weißt du das denn?« Seinen Tonfall empört zu nennen, wäre eine Untertreibung gewesen.

»Meinst du ernsthaft, ich mache meine Hausaufgaben nicht?«

»Du ... du Polizist«, konterte Arndt. Dann nahm er einen großen Schluck Bier. Offenbar wollte er Zeit schinden. »Ist eine lange Geschichte.«

Er hatte nicht unbedingt große Lust, darüber zu reden, das spürte Knüppel. Wäre Arndt ein Verdächtiger und das hier eine gewöhnliche Befragung, hätte er auf seinen Gesprächspartner Rücksicht genommen und wäre einfach zu einer anderen Frage übergegangen, um danach noch einmal auf das Thema zu sprechen zu kommen. Aber das hier war keine gewöhnliche Befragung.

»Ich habe Zeit.«

Schwer atmete Arndt aus. »Grundsätzlich rede ich nicht gern über meine Familie. Oder über mich.«

»Grundsätzlich bekomme ich nicht gern Überraschungsbesuch, den mein Boss auf mich angesetzt hat.«

»Von mir aus.« Mit gequältem Gesichtsausdruck hielt sich Arndt an seiner Bierflasche fest. »Wenn du deine Hausaufgaben gemacht hast, weißt du ja mittlerweile in etwa, wer die tolle, wichtige, einflussreiche Familie de Gruyter ist. Und in der tollen, wichtigen, einflussreichen Familie de Gruyter ist man eben ein toller, wichtiger, einflussreicher Mensch. Ich wusste allerdings als Kind schon, dass mir das alles nicht liegt: Arzt, Anwalt, Architekt ... Deswegen habe ich einfach das gemacht, was mir liegt – das, was ich machen wollte. Unvorstellbar in der Familie de Gruyter! Während des Studiums hatte ich kein hoch angesehenes Stipendium, weil ich nicht unbedingt ein überragender Schüler war, doch ich habe mich immer selbstständig mit Nebenjobs über Wasser gehalten. Wie normale Menschen das auch machen, habe ich gehört. Jedenfalls haben meine Eltern in dem Moment die Hoffnung verloren, in dem ich meinen Abschluss in Kunstgeschichte und Germanistik hatte und klar wurde, dass aus mir kein Galerist wird, was wahrscheinlich gerade eben so noch als akzeptable Beschäftigung durchgegangen wäre. Seitdem tun sie, als sei ich arbeitslos.«

»Hm«, machte Knüppel, »aber du musst das Geld doch nicht annehmen.«

»Dachte ich auch«, fuhr Arndt fort, »bis ich aus Protest mein Konto gewechselt habe, ohne ihnen die neuen Kontodaten zu geben. Es hat nur zwei Monate gedauert, bis sie es herausgefunden haben und das Geld wieder floss.« Er hielt inne und sah auf seine Schuhspitzen. »Also habe ich alles gemacht, um sie davon abzubringen, mich weiterhin finanziell zu unterstützen: Teure Autos, teure Kleidung, eine völlig überteuerte und für mich viel zu große Villa in Verberg, allgemein ein viel zu großspuriges Leben. Doch es war alles zwecklos, ihnen war das egal. Wahrscheinlich würden sie mir noch mehr überweisen, wenn sie wüssten, was ich im Monat für das Haus zahle.«

»Ich weiß nicht, ob ich wirklich Mitleid haben kann.«

»Es ist wahrscheinlich wirklich schwer nachzuvollziehen, warum ich herummäkele, das sehe ich ein. Aber ich will die Almosen meiner Eltern nicht, ich habe nie danach gefragt. Ich bin absolut in der Lage dazu, mich selbst zu versorgen – selbst wenn es mir schwerfallen sollte, längere Zeit an etwas interessiert zu bleiben. Das weißt du natürlich auch schon, nicht wahr?«

Knüppel nickte, Arndt seufzte.

»Ich bin der Einzige in meiner Familie, dem unter die Arme gegriffen wird. Aber ich bin über 40, Knüppel! Ich will mich nicht fühlen wie ein Kind.«

»Gut, das kann ich wiederum verstehen.«

Arndt nickte nur, während er Blickkontakt vermied.

»Das Schlimmste ist, dass die einzige Voraussetzung für das Geld ist, dass ich irgendetwas Sinnvolles mit meiner Zeit anfange, das einem Job gleichkommt – und das mache ich sowieso! Ich kann einfach nicht still sitzen, konnte ich noch nie. Also bin ich gefangen in einem merkwürdigen Limbo aus Verpflichtungen gegenüber meinen Eltern und mir selbst.«

»Trotzdem bist du ein Bonze.« Knüppel zwinkerte.

Griesgrämig verzog Arndt das Gesicht. »Ein bisschen habe ich mich im Laufe der Zeit schon daran gewöhnt, so viel Zeit und Geld zur Verfügung zu haben, das muss ich zugeben.«

Für einige Minuten schwiegen die Männer.

Arndt hoffte, dass er genügend Ruhe ausstrahlte, um den Kommissar nicht zu drängen, obwohl er gern die Zusage wollte, dass er am Fall mitarbeiten konnte. Gleichzeitig war er froh darüber, dass Knüppel für den Moment offenbar genug kritische Fragen zu seinem Hintergrund gestellt hatte. Er hoffte bloß, zufriedenstellende Antworten gegeben zu haben.

Knüppel wiederum war zwar klar, dass Arndt bewusst die Klappe hielt und nicht, weil er es mochte, doch er genoss trotz allem die Stille seines Gartens. Er fand es perfekt hier. Die Mischung aus Ruhe, Waldgeruch und Igelanwesenheit war etwas, von dem er nie genug bekommen konnte. Langsam breitete sich Entspannung in ihm aus, was in der Gegenwart von anderen Menschen eher ungewöhnlich für ihn war.

Schließlich war er es, der das Schweigen brach. »Dann leg doch mal los, Arndt. Was haben wir bisher noch nicht bei Harmann in Betracht gezogen? Ich lasse mich gern beeindrucken.«

Darauf hatte Arndt gewartet. Sofort drehte er auf. »Da ich ja bisher noch nicht die Details zu Verdächtigen kenne, habe ich mir wirklich viele Gedanken zu den ganzen Bosch-Anspielungen gemacht, zumal ich immer noch nicht weiß, wie die einzelnen Elemente im Harmann-Fall miteinander zusammenhängen. Ganz am Anfang war ich bei Vexierbildern, aber egal, wie ich das Foto drehe und mir alles vorstelle, sonst ist da nichts. Hätte mich aber auch überrascht. Dann war ich bei der Harfe als himmlisches Instrument und dachte, der Mörder will möglicherweise etwas Religiöses ausdrücken. Allerdings halte ich das mittlerweile für unwahrscheinlich. Erstens wäre das sehr um die Ecke gedacht, zweitens wüsste ich nicht, was es mit Harmann zu tun haben soll, und drittens wäre es doch wirklich sehr langweilig. Außerdem war Bosch meiner Meinung nach nicht ermahnend, was Religion betrifft, obwohl das lange Zeit die vorherrschende These von Wilhelm Fraenger war ...«

Knüppel unterbrach ihn: »Du fängst an, wie Meyer-Landfried zu klingen – und ich weiß wirklich nicht, ob mir das so gut gefällt.«

»Ich kenne Meyer-Landfried immer noch nicht«, sagte Arndt. »Aber ich schätze, das heißt, ich soll zum Punkt kommen?«

Anstatt einer Antwort leerte Knüppel in einem Zug seine zweite Flasche Bier, die beinahe voll gewesen war.

»Gut«, beantwortete Arndt seine eigene Frage, »ich neige wohl manchmal zum Faseln. Verzeihung. Wie dem auch sei: Ich denke, dass es sich lohnen würde, wenn wir die Möglichkeit in Betracht ziehen, dass Harmanns Blickrichtung eine Rolle spielt.« Mit zufriedenem Gesichtsausdruck faltete er die Hände in seinem Schoß.

Der Kommissar stellte mit einer ausgesprochen langsamen Bewegung seine leere Bierflasche auf den Tisch und sank dann ausgesprochen langsam zurück in das Polster seines Stuhls, ohne Arndt dabei aus den Augen zu lassen. »Das war's?«

»Im Prinzip, ja.«

Knüppel schloss die Augen und massierte seine Schläfen. »Wenn's wichtig ist, darfst du von mir aus drauflos faseln.«

»Wirklich?«

»Wirklich.«

Arndt straffte seinen Oberkörper. »Die Richtung, in die Boschs Figuren sehen, steht immer in irgendeinem relevanten Zusammenhang mit dem Bildgegenstand – aber das ist bei alten Gemälden oft der Fall. Auf der Außenseite vom ›Heuwagen‹-Triptychon zum Beispiel ist ein ärmlicher Wanderer abgebildet, ein Landstreicher vielleicht, hinter dem gerade ein Raub passiert. Ein Edelmann ist an einen Baum gebunden und mehrere Wegelagerer stehlen ihm sein Hab und Gut. Ganz im Hintergrund ist ein Galgen mit Menschenauflauf zu erkennen, und rechts hinter ihm tanzen zwei Menschen zur Musik eines Dudelsack-Spielers. Der Wanderer allerdings sieht all das nicht, vielleicht will er es auch nicht sehen. Aber auch den kleinen Hund mit Stachelhalsband im Vordergrund, der ihm – oder seinem Wanderstab – mit fletschenden Zähnen hinterherzubellen scheint, blickt er nicht direkt an, gleiches gilt für die Tierknochen und Raben direkt in der Nähe des Hundes. Der Blick des Wanderers ist all dem abgewandt.«

Knüppel blickte grimmig drein. »Und was sollen wir damit anfangen, dass dieser Wanderer offensichtlich extrem abgelenkt ist?«

»Es soll heißen, dass es unter Umständen einen Hinweis geben könnte, wohin Harmann blickt und das es ebenso wichtig ist, was sich hinter ihm befindet.«

Knüppel sagte: »Na großartig. Harmann war direkt zum Haus der Dürrschnabels ausgerichtet. Aber die

Dürrschnabels haben wir prinzipiell schon ausgeschlossen und die anderen Nachbarn sind überhaupt nicht interessant.«

»Wenn das der Fall ist, sollten wir uns vielleicht etwas mehr damit beschäftigen, was sich hinter Harmann befindet.«

Knüppel lehnte sich nach vorn und wühlte in den Unterlagen zum Fall herum. Dann zog er die Fotos aus einem Pappordner, auf denen Harmann und die Harfe aus den unterschiedlichsten Perspektiven zu sehen waren. Agnes und Bartelink hatten unabhängig voneinander Bilder gemacht und wie so oft war Knüppel froh darüber, dass die beiden Herangehensweisen hatten, deren eigentlicher Nutzen sich erst im Laufe der Ermittlung zeigte.

Mit einer beiläufigen Bewegung legte er sie vor Arndt. »Dann leg mal los.«

Etwas hektisch griff Arndt nach den Fotos und begann, sie mit fliegenden Augen durchzusehen. Immer wieder tippte er dabei mit dem Daumen seiner linken Hand gegen die Unterlippe. Nach kurzer Zeit deutete er auf ein Bild. »Hier.«

Er schob es Knüppel hin. Dieser suchte etwas Nennenswertes darauf, konnte aber beim besten Willen nichts finden. Es war ein völlig typisches Haus für die Gegend am Stadtwald, umrahmt von einem hohen, mit Goldspitzen verzierten Zaun aus geschwärztem Stahl. »Was ist damit?«

»Die Eule«, sagte Arndt nicht völlig ohne Stolz in seiner Stimme.

Für einen kurzen Augenblick glaubte Knüppel, Arndt würde ihn auf den Arm nehmen wollen, doch dann erkannte er die Eulenschnitzerei in der hölzernen Eingangstür. »Noch mal: Was ist damit?«

»Die Eule hat bei Hieronymus nicht die Bedeutung, die wir ihr heute beimessen. Anstatt als Symbol für Weisheit benutzt Bosch sie oft im Kontext mit dem Bösen, als Markierung für jemanden, der eine Sünde begangen hat, vielleicht sogar eine Todsünde. Es gibt ein anderes Bild mit einem Wanderer und direkt über seinem Kopf sitzt eine Eule im Wipfel eines Baums – und da er sich scheinbar von der Zivilisation zu seiner Linken entfernt und sich einer Kuh nähert, die mit ihren Hörnern natürlich sofort an den Teufel erinnert, habe ich die Eule bei Bosch immer als böses Omen verstanden, was auch in die Tradition der Zeit passt. Die beiden Wanderer sehen sich übrigens erstaunlich ähnlich, schauen in die gleiche Richtung, haben die gleiche Körperhaltung, halten einen Knotenstock und einen kleinen Hund mit Stachelhalsband gibt ebenfalls es auf beiden Bildern.«

Knüppel wischte sich mit der Rückseite seiner Pranken über die müden Augen. »Wie kannst du die ganzen Bilder überhaupt auseinanderhalten, wenn der Typ immer dasselbe gemalt und nur neu zusammengepuzzelt hat?«

Arndt zuckte nur mit den Schultern. »Natürlich ist die Frage, ob uns die Eule unbedingt in der Symbolik des Tatortes weiterbringt, immerhin sagt die Flöte schon etwas Ähnliches aus: Verdorbenheit, Sünde, irgendetwas in die Richtung. Aber vielleicht ist interessant, wer hinter der Eulentür wohnt.«

»Ich nehme, was ich kriegen kann.« Knüppel nickte. »Morgen frag ich mal die anderen, die haben bei allen Türen in der Nachbarschaft geklopft.«

»Ich bin gespannt. Aber nur noch einmal, um auszuschließen, dass ihr mich für einen Wahrsager haltet: Das ist alles unter Vorbehalt und bloß meine bescheidene, kunsthistorisch begründete Meinung.«

»Schon klar.«

»Gut.«

Wieder schwiegen die beiden. Knüppel hatte langsam das Gefühl, dass die Ermittlung die Geschwindigkeit aufnahm, die sie aufnehmen sollte, ohne andauernd ins Stocken zu geraten.

Diese Tatsache löste ein gewisses Gefühl der Zufriedenheit in ihm aus, was ihn wiederum daran erinnerte, wie lang er mittlerweile schon wach war. Langsam wurden seine Lider schwer.

»Wenn du morgen aufs Revier kommst, sprechen wir mit den ersten Verdächtigen. Dann kannst du auch wieder dein Handy mitnehmen. Die SpuSi ist durch damit, hat aber nichts gefunden. Die Mail an dich wurde wohl über mehrere Server geschickt und ist deswegen nicht nachzuverfolgen, haben die gesagt, was weiß ich.«

Arndt entging nicht, dass Knüppel zwischen den Zeilen hatten fallen lassen, dass seine Beteiligung am Fall offensichtlich gewünscht war. Da er lieber nichts riskieren wollte, freute er sich also im Stillen, während er nach außen hin versuchte, eine regungslose Fassade zu wahren.

»Dann bin ich morgen wohl da«, sagte er also.

»Sieht so aus«, sagte Knüppel.

»Das freut mich – also das mit dem Handy«, erwiderte Arndt.

»Dachte ich mir«, antwortete Knüppel.

»Allerdings kann ich erst am frühen Nachmittag, morgens gebe ich noch zwei Kurse an der VHS.«

»Ich weiß.«

Arndt seufzte. »Dachte ich mir.«

Plötzlich grinste Knüppel breit und deutete auf den Rasen vor der Terrasse.

Günther war aus seinem Versteck gekommen und hatte sich am Rand des Gartens entlang bis zur Terrasse vorgearbeitet. Hier stand er nun mit seinen Vorderfüßen auf den Fliesen und schnüffelte in Arndts Richtung. Seine lange Nase hob er dabei so hoch in die Luft, dass er die kleinen weißen Zähne in seinem Maul entblößte.

»Das ist er also, der berühmte Günther«, flüsterte Arndt.

Knüppel lachte. »Du kannst ruhig normal reden, stört ihn nicht. Allerdings glaube ich, er ist lieber der unbekannte Günther.«

»Gut, dann eben der unbekannte Günther aus dem Laubhaufen.«

Vorsichtig lehnte sich Arndt nach vorn und beobachtete den ovalen Insektenfresser, der schnell wieder das Interesse an den zwei Männern verlor und in aller Ruhe schnüffelnd durch das Gras streifte.

»Das war für ihn schon viel Interaktion«, sagte Knüppel. »Ich finde es sehr entspannend, dass es so selbstständige Tiere sind.«

Aus dem Augenwinkel sah Arndt den Kommissar an, der mit zufriedener Mimik Günther beobachtete. Die tiefen Ringe unter seinen Augen und seine etwas kraftlose Körperhaltung zeugten davon, wie lang er bereits wach war. Natürlich wusste er nicht, ob der Schlafentzug einen Teil dazu beigetragen hatte, dass sich Knüppel hatte so leicht davon überzeugen lassen, dass Arndt ein guter Kooperationspartner für den Fall war, doch trotzdem war er überrascht. Nach dem Gespräch mit Iris hatte er mit einem weitaus sperrigeren Kommissar gerechnet. Er beschloss, es als gutes Zeichen zu werten, dass alles so unkompliziert verlaufen war.

Knüppel wiederum dachte gerade darüber nach, dass er nun endlich würde schlafen können. Günther ging es gut und mit Arndt hatten sie eine wertvolle Quelle für Ideen in diesem unübersichtlichen Fall, der langsam übersichtlicher wurde.

Schließlich sagte Arndt: »Ich denke, ich fahre jetzt.«

»Jupp«, antwortete der Kommissar, ohne Anstalten zu machen, aufzustehen.

Immer wieder war Arndt von seiner unprätentiösen Art überrascht, doch er begann, sie sehr angenehm zu finden. Ohne übertriebene Höflichkeit war vieles einfacher.

»In Ordnung.« Er erhob sich und hielt Knüppel die Hand hin, doch dieser legte nur mit verengten Augen den Kopf schief, also vergrub Arndt seine Hände in den Hosentaschen. »Danke für das Bier. Dann bis morgen.«

»Bis morgen. Mach die Gartentür hinter dir zu, wenn du gehst.«

9

Noch ein Kaffee und er würde sich fühlen wie neu. Während das heiße Wasser durch den Filter brodelte, dachte Knüppel darüber nach, dass er nicht wusste, wann er das letzte Mal 12 Stunden geschlafen hatte. Doch anstatt sich durch die Mangel gedreht zu fühlen, war er wach und sogar auf merkwürdige Weise gut gelaunt. In weiser Voraussicht, dass er in der heißen Phase der Ermittlung vermutlich nicht mehr dazu kommen würde, hatte er sich heute Morgen noch einmal frisch die Glatze rasiert. Wahrscheinlich war es eine gute Idee gewesen, dass er gestern nicht mehr auf dem Revier gewesen war. Doch das würde er seiner Vorgesetzten natürlich niemals sagen.

Stampfende Schritte kündigten Iris Tietgen an. Sie hatte diese merkwürdige Gabe, in Momenten aufzutauchen, wenn Knüppel über sie nachdachte – als würde sie es hören.

Früher hatte es ihn irritiert, aber mittlerweile hatte er sich daran gewöhnt, ärgerte sich jedoch trotzdem jedes Mal über seine unvorsichtigen Gedanken.

Bewusst drehte er sich von der Tür weg und füllte in aller Ruhe das tiefschwarze Gebräu in eine Tasse.

»Knüppel!«, begrüßte sie ihn sofort mit ihrer lauten Stimme. Heute trug sie ein tiefgraues Kostüm mit einer reinweißen Bluse darunter, was darauf hindeutete, dass eine Pressekonferenz anstand. »Gut, dass ich Sie hier treffe.« Sie schloss die Küchentür hinter sich. Also wollte sie reden. Knüppel hatte schon eine Ahnung, was sie beschäftigte.

»Chef«, erwiderte er ruhig. »Auch Kaffee?«

»Nicht, wenn Sie ihn gemacht haben.«

Knüppel zuckte mit einem Anflug von Bedauern mit den Schultern, dann drehte er sich um. »Was ist denn so dringend, dass es nicht bis nach dem ersten Kaffee warten kann?«

»Arndt van Gruyter«, antwortete Iris Tietgen sofort.

Schnörkellos und effizient war sie ja, das musste man ihr lassen. Knüppel schätzte diesen Wesenszug an ihr. Trotzdem stellte er sich ahnungslos. »Wir haben seinen Hintergrund gecheckt. Scheint sauber zu sein. Allerdings ist es schon ein großer Zufall, dass er ausgerechnet Kunsthistoriker ist, finden Sie nicht? Also sollten wir wahrscheinlich vorsichtig sein. Man weiß ja nie.«

Knüppels Antwort schien Iris Tietgen zu verwirren und für einen kurzen Moment blickte sie so dezent desorientiert drein, wie sie es oft tat, wenn etwas Unerwartetes passierte. Knüppel versteckte sein Grinsen, indem er einen Schluck Kaffee nahm.

»Es gibt viele Kunsthistoriker, glaube ich«, sagte sie, dann hatte sie sich selbst wieder unter Kontrolle. »Aber darum geht es nicht. Ich würde es begrüßen, wenn Sie mit ihm im Harmann-Fall zusammenarbeiten, wenn wir ihn quasi als externen Berater einsetzen. Natürlich habe ich mir auch die Fakten zu Arndt van Gruyter angesehen, die Ihre Leute zusammengetragen haben. Wenn Sie mich fragen, können wir durch seine Expertise nur gewinnen.«

Knüppel hatte sich vorgenommen, ihr es nicht allzu einfach zu machen. Zwar war seine Entscheidung schon längst gefallen, aber das musste er ihr ja nicht sagen – zumal er immer noch nicht so recht wusste, wie er dazu stehen sollte, dass sie Arndt seine Privatanschrift gegeben hatte.

Also machte er nur: »Hm.«

»Ach, Knüppel, geben Sie sich einen Ruck. Außerdem: Die van Gruyters sind politisch sehr einflussreich in der Stadt. Unter Umständen helfen Sie damit nicht nur dem Fall, sondern auch dem Präsidium. Ist das nicht ein guter Anreiz?«

»Hm.« Noch ein wenig Spaß würde er sich ja wohl erlauben dürfen.

»Ich kann Ihre Bedenken ja durchaus verstehen, Knüppel.« Iris Tietgens Tonfall war weitaus süßer als gewöhnlich. »Außerdem weiß ich ja, dass Sie es eher nicht so mit direkter Zusammenarbeit haben – und wie Sie ja wissen, ist das völlig in Ordnung für mich, weil Sie mir Ergebnisse bringen. Wie Sie das genau machen, ist mir egal. Manchmal komme ich allerdings nicht umhin, mich zu fragen, wie das eine andere Direktion handhaben würde.« Sie pausierte und sah in aufmerksam an.

Nun versuchte sie es also mit einer Mischung aus Selbstschmeichelei und Schuld – eine Kombination, die Knüppel über alle Maßen unangenehm fand. Darauf würde er nicht reagieren. Also hielt er nur in aller Ruhe Iris Tietgens Blick stand und schlürfte genüsslich seinen Kaffee.

Schließlich seufzte Iris Tietgen. »Meinen Sie nicht, es würde ein wenig frischen Wind in den Betrieb hier bringen? Wenn wir so noch Vorteile für den Harmann-Fall bekommen, sollte doch eigentlich nichts dagegensprechen, oder?«

Zwar wusste Knüppel, dass er seine Vorgesetzte nicht überreizen durfte, doch noch einen kleinen Moment ließ er sie schmoren. Aus Prinzip. Dann sagte er: »Von mir aus.«

Sofort klatschte Iris Tietgen in die Hände. »Sehr gut! Dann kann ich ja darauf zählen, dass Sie noch schneller als gewohnt vorankommen und wir bald den Täter haben. Das gefällt mir!«

Diese Anmerkung ließ Knüppel bewusst unkommentiert. Was auch immer Iris Tietgen dabei half, sich zu fühlen, als sei die Ermittlung in jedem Detail kontrollierbar, konnte ihm nur das Leben angenehmer machen.

»Lassen Sie mich wissen, wie die Zusammenarbeit zwischen Ihnen und Herrn van Gruyter verläuft, Knüppel. Da bin ich doch gespannt.«

»Ich auch«, erwiderte Knüppel bloß.

»Sehr gut!«, wiederholte sie, bevor sie aus dem Raum rauschte.

Sie wirkte ernsthaft begeistert. Knüppel hatte eine Ahnung, woher diesbezüglich der Wind wehte, doch die würde er definitiv für sich behalten.

Noch einmal füllte er seine Kaffeetasse bis zum Rand, dann schritt er damit gemächlich zu seinem Platz. Nun war es also offiziell. Er hatte wieder jemanden, um den er sich kümmern musste – irgendwie. Für gewöhnlich hätte dieser Gedanke ein gewisses Maß an Unwohlsein in ihm ausgelöst, aber in Arndts Fall war es anders. Zu sagen, dass er sich auf die Zusammenarbeit freute, wäre vielleicht etwas übertrieben gewesen, aber er war neugierig. Bisher hatte sich der lange Mann als nützlich und umgänglich erwiesen – eine ausgesprochen seltene Paarung.

»Wo ist denn Winterfeldt?«, begrüßte er sein Team.

»Moin«, sagte Valerie Kiel. »Unten. Kommt sofort.« Genau wie Meyer-Landfried sah sie nicht einmal von ihrem Bildschirm auf.

Während Knüppel sich setzte, sagte er in ihre Richtung: »Wir besprechen sofort, wie wir weiter vorgehen. Ich muss nur vorher einmal kurz telefonieren.«

Meyer-Landfried nuschelte abwesend: »Alles klar.«

Für den Moment war es gut, dass sie anderweitig beschäftigt waren. Knüppel wählte die Nummer, die sich auf dem Tastenfeld mittlerweile so selbstverständlich anfühlte, und lehnte sich zurück. Dann, so unauffällig wie möglich, drehte er sich langsam von seinen Kollegen weg.

Wie immer erreichte er nur Lena Mangolds Mailbox. »Ich komme heute noch mal rum, wahrscheinlich vormittags. Dieses Mal müssen wir wirklich reden.« Dann legte er wieder auf.

Bei Gesprächen mit Lena Mangold und selbst bei Gesprächen mit Lena Mangolds Mailbox hatte es sich für ihn bewährt, möglichst knapp zu bleiben, denn aus irgendeinem Grund wollten die Worte nicht wie er, wenn ihre Stimme im Spiel war. Unfair war das.

Gerade, als Knüppel sein Team zu sich bestellen wollte, öffnete David Winterfeldt die Tür. Er war außer Atem und aufgeregt. »Jemand hat den Mord an Harmann gestanden! Er kam grad einfach rein und hat unten gemeint, er war's. Es ist niemand von denen, die wir überhaupt in Betracht gezogen haben!«

Dieses Mal sah Valerie Kiel auf und blickte Knüppel vielsagend an, Meyer-Landfried grinste verhalten. Um Knüppels Augen zeigte sich ein Schmunzeln, das Winterfeldt zu entgehen schien. »Na, worauf wartest du dann? Hoch mit ihm!«

»Hierhin?«, fragte Winterfeldt irritiert. »Ins Büro? Nicht in den Verhörraum?«

»Immer mal was anderes«, antwortete Knüppel.

»Okay, Chef!«, erwiderte Winterfeldt, dann eilte er davon.

Als er sicher außer Hörweite war, fragte Knüppel: »Ist es nicht etwas gemein, wenn wir ihn so auflaufen lassen?«

»Mussten wir alle mal durch«, sagte Valerie Kiel. »Hat noch keinem geschadet. Dem Kunzler am allerwenigsten.«

»Auch was dran.«

Kaum eine Minute später war Winterfeldt zurück. Dabei hatte er einen großen Mann in Handschellen, der eine blaue, dreckige Arbeitshose und ein Karohemd trug. Die Knöpfe im Bauchbereich spannten etwas.

Trotz seiner riesigen Pranken wirkte alles an ihm weich und freundlich, was auch an den weißen Haaren und dem überlangen weißen Dreitagebart lag, der sein rotwangiges Gesicht mit der knolligen Nase einrahmte. Er wirkte wie der bodenständige Bruder des Weihnachtsmanns.

»Er sagt, er heißt Harald Kunzler.« David Winterfeldts Stimme zitterte leicht, doch er bemühte sich um professionelles Auftreten und Ruhe nach außen, was Knüppel einerseits amüsierte und ihn andererseits beeindruckte.

»Na dann, werter Herr Kunzler, kommen Sie näher und setzen Sie sich«, begrüßte Knüppel ihn.

»Hallo Knüppel«, sagte Harald Kunzler mit einem milden Lächeln. »Hallo Valerie. Hallo Malte.«

Winterfeldt, der trotz seiner ebenfalls nicht geringen Körpergröße von knapp 1,90 Meter hinter Kunzlers breitem Kreuz in der Tat zerbrechlich wirkte, sah plötzlich sehr irritiert aus, führte ihn aber trotzdem zum Stuhl vor Knüppels Schreibtisch und wies ihn an, sich zu setzen.

Als Kunzler Platz genommen hatte, sagte Knüppel: »Mach den Mann los, David, und hol ihm ein paar Kekse, bitte.«

Der nun wirklich sehr verwirrte David Winterfeldt sah sich im Raum um, doch keiner seiner Kollegen ließ sich etwas anmerken, also öffnete er die Handschellen und ging in Richtung Küche.

»Kann einem ja fast leidtun«, sagte Meyer-Landfried mit breitem Grinsen. »Aber auch nur fast.«

Bevor Knüppel etwas sagen konnte, schaltete sich schon Valerie Kiel ein: »Keine Sorge, ich erklär's ihm gleich.«

»Gut. Danke«, sagte Knüppel, bevor er sich an Harald Kunzler wandte. »Also, Herr Kunzler, Sie waren es also, hm?«

Harald Kunzler kicherte bloß in einer Tonlage, die eher zu einem kleinen Mädchen als zu einem grobschlächtigen Kerl mit schaufelgroßen Händen passte.

»Dann erzählen Sie mir mal etwas über den Tathergang und Ihr Motiv, Herr Kunzler.«

»Es ist lustig, wenn du Herr Kunzler sagst, Knüppel«, giggelte der große Mann mit den weißen Haaren. »Keiner sagt Herr Kunzler zu mir.«

»Also waren Sie es doch nicht?«, fragte Knüppel mit tadelndem Tonfall.

Kunzler schüttelte bloß den Kopf, ohne dass das Schmunzeln auf seinen Lippen verschwand.

Knüppel schlug sich mit der flachen Hand auf den Oberschenkel. »Na so was, Herr Kunzler! Und ich dachte, wir hätten den Fall gelöst! Aber irgendetwas an Ihnen hat mir sowieso verraten, dass Sie kein Mörder sind, Herr Kunzler. Sie wirken mir einfach nicht kaltblütig genug.«

»'Tschuldigung, Knüppel«, sagte Harald Kunzler kichernd.

»Kann man nichts machen, was?«

»Kann man nichts machen.«

In diesem Moment kam David Winterfeldt zurück ins Büro, in der Hand eine Schale mit Keksen. Mit krausgezogener Stirn stellte er die Schale direkt vor den großen Mann.

Freundlich sah Kunzler den jungen Kommissar an. »Danke. Das ist sehr nett.«

»David«, sagte Knüppel, »in deiner Abwesenheit haben wir etabliert, dass Herr Kunzler doch nicht Harmanns Mörder ist. Manchmal entwickeln sich die Dinge aber wirklich immer anders, als man denkt, nicht wahr?«

Wieder sah sich David Winterfeldt Hilfe suchend im Raum um, wieder vermieden seine Kollegen Blickkontakt. »Scheint so«, sagte er also langsam.

»Trotzdem rede ich jetzt noch ein wenig mit Herrn Kunzler.«

»Kannst ruhig Harald sagen, Knüppel, weißt du doch. Aber es ist lustig, wenn du Herr Kunzler sagst.«

»Gut. Dann rede ich noch ein wenig mit Harald, um auch wirklich vollkommen auszuschließen, dass er keinen Unsinn gemacht hat.«

Wieder kicherte Harald Kunzler glockenhell.

»Jetzt aber mal ehrlich, Harald«, sagte Knüppel dann, »hast du irgendwas gesehen oder gehört, was uns helfen könnte? Wir sammeln nämlich immer noch. Ist ein großer Fall.«

»Ich weiß, Knüppel«, antwortete Kunzler. »Aber leider habe ich nichts für euch. Tut mir leid.«

»Na ja, macht ja nichts«, sagte Knüppel, »ein wenig plaudern zur Ablenkung ist immerhin auch was Feines.«

»Das stimmt.«

Während die beiden Männer über die alltäglichsten Dinge redeten, stand Valerie Kiel grinsend auf und näherte sich David Winterfeldt, der die ganze Szene kritisch betrachtete.

Er stand gegen den Türrahmen gelehnt, als wolle er möglichst viel Platz zwischen sich und Harald Kunzler bringen, den er offenbar nicht im Geringsten einordnen konnte.

»Warum habe ich grad nur das Gefühl, dass ich der Einzige bin, der nicht eingeweiht ist?«, fragte er und verschränkte die Arme.

»Weil du der Einzige bist, der nicht eingeweiht ist.« Valerie Kiel lehnte sich neben ihn und deutete dezent auf den breiten Mann gegenüber von Knüppel. »Der Kunzler gesteht jeden Mord. Immer.«

David Winterfeldts Mimik wurde noch grimmiger. »Wie weiß er denn davon? Bisher haben wir doch noch gar nichts öffentlich gemacht.«

»Er hat einen Polizeifunkscanner«, antwortete Kiel tonlos.

»Weiß er, dass das illegal ist?«

Valerie Kiel zuckte nur mit den Schultern. »Wenn es nach uns geht, sprechen wir oft sehr laut bei offenem Fenster. Was übrigens wohl manchmal wirklich der Fall ist, sagt der Kunzler.«

»Er belauscht uns und keinen stört's?«

»Erstens: Er ist harmlos – wenn ich gemein sein wollte, würde ich ›langsam‹ sagen. Zweitens: Er kümmert sich um die Grünflächen hier in der Umgebung und manchmal auch um unser Gebäude. Was sollen wir machen? Dem Mann die Arbeit verbieten?«

Für einen kurzen Augenblick wirkte David Winterfeldt ernsthaft betroffen. »Er arbeitet hier? Warum ist er mir denn noch nie aufgefallen?«

»Geht den meisten so. Scheint sein Ding zu sein, trotz seiner Statur nicht aufzufallen.«

»Und warum gesteht er jeden Mord?«

Valerie Kiel schnaubte. »Keine Ahnung. Ich denke, er ist einsam.«

»Und ich denke, er ist reine Zeitverschwendung.« Wie aus dem Nichts war Johannes Staden neben ihnen aufgetaucht, sofort verdrehte Valerie Kiel die Augen. »Ausgerechnet in dieser kritischen Ermittlungsphase können wir ja wohl keine Ablenkungen gebrauchen – und erst recht keine geltungssüchtigen, komischen Menschen. Für die Presse haben wir immer noch nichts Vorzeigbares. Lange dauern kann es nicht mehr, bis irgendwer davon Wind bekommt, dass ein Mord passiert ist. Die Stadt ist kleiner, als man denkt.«

»Das ist dann ja zum Glück dein Problem, Staden«, sagte Valerie Kiel, ohne den Pressesprecher anzusehen. David Winterfeldt, der in der Mitte stand, zog etwas den Kopf ein.

»Was mein Problem ist, kann schnell unser Problem werden, Frau Kiel«, sagte Staden. »Und dann ist es ganz schön unangenehm, wenn unsere Ermittlungen noch keine Ergebnisse gebracht haben.«

»Warum überlässt du das Ermitteln nicht einfach uns?«

»Bleibt mir denn etwas anderes übrig?«

»Nö.« Valerie Kiel verzog das Gesicht zu einem gezwungenen Lächeln. »Außerdem: Was stört dich denn der Kunzler? Tut doch nix – außerdem mag er Knüppel und Knüppel kann gut mit ihm reden. Eine halbe Stunde Gequatsche zerstört nicht die Arbeit. Wir sind immerhin auch noch da.«

Johannes Staden schüttelte nur den Kopf und beobachtete Knüppel und Kunzler. Dann knöpfte er den oberen Knopf seines Jacketts zu. Während er sich zum Gehen umdrehte, sagte er leise: »Da haben sich ja zwei Holzköpfe gefunden.« Dann war er wieder verschwunden.

»Der gibt sich auch gar keine Mühe, überhaupt sympathisch zu wirken, oder?«, fragte David Winterfeldt.

»Hat er noch nie«, antwortete Valerie Kiel. »Strapaziert meine Geduld.«

»Deine Geduld?« Winterfeldt grinste breit.

»Das, was davon übrig ist.« Fahrig nestelte die Kommissarin am Ärmel ihres weit geschnittenen Pullovers herum. »Ich glaub, ich gehe kurz frische Luft schnappen.«

»Mach das«, sagte Winterfeldt. »Holen wir uns gleich was zum Essen?«

Kiel stemmte die Hand in die Hüfte. »Welcher Tag ist heute, Winterfeldt?«

»Mittwoch.«

»Und wo gehen wir mittwochs immer hin?«

Stoisch sagte Winterfeldt: »Bonkers. Natürlich.«

Kiel zwinkerte ihm zu, während sie mit ausgestrecktem Zeigefinger auf ihn deutete, dann eilte sie noch einmal zu ihrem Platz. »Wie gesagt: Wenn einer fragt, ich bin draußen. Ich brauch kurz ein paar Minuten für mich.«

»Kein Problem, Val«, sagte Winterfeldt. Während er der schwarz gekleideten Frau hinterhersah, zog sie noch auf dem Gang eine Schachtel Zigaretten aus der Innentasche ihres Mantels. Amüsiert schüttelte er den Kopf.

»Geht sie wieder rauchen?«, fragte Meyer-Landfried.

Winterfeldt nickte. »Denkt sie wirklich, wir wüssten nichts davon?«

***

»Geht ruhig schon rein. Ich muss noch mal kurz telefonieren.«

Die vorbeiratternde Straßenbahn übertönte Knüppels Worte. Ohne auf ihn zu achten, schob sich das Team nach und nach durch die leicht empörten Menschen, die in einer langen Schlange vor Bonkers warteten.

Knüppel zog sein Handy hervor und entfernte sich einige Schritte von der Metzgerei. Wieder war es nur Lena Mangolds Mailbox, die er erreichte. »Ich weiß nicht mal, ob du die erste Nachricht gehört hast, aber egal. Hier dauert's noch etwas, ich komm später. Wahrscheinlich bringe ich einen neuen Kollegen mit. Obwohl er nicht wirklich ein Kollege ist ... eher ... Ach, egal. Nicht wundern jedenfalls, wenn ich nicht allein komme. Bis gleich. Vielleicht. Hoffentlich. Vielleicht.«

Ärgerlich legte Knüppel auf und massierte sich die Stirn. Wie ein pubertierender Junge hatte er geklungen und jetzt gab es nichts mehr, was er dagegen tun konnte. Er hasste es, sich zu verhaspeln. Warum rief er sie überhaupt an? Konnte er nicht einfach bei ihr aufschlagen, wie er es bei anderen Verdächtigen machte? Er musste sie doch nicht vorwarnen. Das würde sogar sie sagen – und wahrscheinlich war das genau das Problem.

Aber es war zwecklos, sich jetzt allzu viele Gedanken zu machen. Er brauchte seine Konzentration. Jetzt war es nun einmal so, wie es war, und daran würde sich nichts ändern, wenn er sich über sich selbst ärgerte.

Als er die Tür zu Bonkers öffnete, entspannte er bewusst sein Gesicht, um nicht allzu grimmig auszusehen. Vor allem Valerie war extrem aufmerksam, was seine Mimik und Körpersprache betraf, das wusste er – und vor allem Valerie war extrem neugierig. Auf bohrende Fragen von ihr hatte er gerade keine Lust.

»Knüppel!«, donnerte es hinter der Theke und Hänschen Bonkers hob seine fleischige Hand. »Et gibt Himmel un Ääd mit lecker Wurst und Speckzwiebeln!« Seine laute Stimme übertönte alle Gespräche im Raum mühelos.

»Hänschen!«, rief Knüppel zurück über das Gemurmel der vielen Gespräche im Raum. »Das hab ich schon draußen gerochen!«

In der Tat duftete es im ganzen, bis zum letzten Platz gefüllten Gastraum der Metzgerei nach Fett, Kartoffeln, süßen Äpfeln und dem unnachahmlichen Aroma von leicht angebratenen Zwiebeln. Bonkers Variante des traditionellen Gerichts bestand aus gekochten, gewürfelten, leicht angebratenen Kartoffeln, unter die er dann heißes, stückiges Apfelmus mischte, bevor er alles mit Speckzwiebeln garnierte und dazu zwei hausgemachte Würste legte.

Darüber, um welche Wurst es sich genau handelte, ließ Bonkers seine Kundschaft gern im Dunkeln, bis das Gericht letztendlich vor ihnen stand, denn er machte sich einen Spaß daraus, zu variieren. Zu besonders Ahnungslosen sagte er dann immer gern: »Siehste? Lecker. Hab ich doch jesacht.«

Jeden Mittwoch zur Mittagszeit gab es bei Bonkers traditionelle Gerichte, wie die meisten – so zum Beispiel Winterfeldt – sie nur noch von ihren Großeltern kannten und nicht mehr selber machten. Bonkers interpretierte die Klassiker immer auf seine ihm ganz eigene Art und bediente sich dabei nicht nur, aber hauptsächlich der rheinischen Küche. Und genau deswegen war es jeden Mittwoch zur Mittagszeit bei Bonkers vollkommen überfüllt.

Die Berufstätigen aus der Innenstadt, Schüler, Krefelder Geldadel und Gruppen von Omis und Opis drängten sich auf jeden Sitz- und Stehplatz, den die Metzgerei zur Verfügung hatte, und sorgten dafür, dass die großen Fensterscheiben mit der alten rot-weißen Aufschrift von innen so stark beschlugen, dass man von außen nicht mehr in den Laden sehen konnte. Das Team um Knüppel hatte hier schon seit Jahren einen Stammplatz auf der U-förmigen Bank hinten links in der Ecke.

Einerseits mochte es Knüppel zwar nicht, sich jeden Mittwoch wie ein eingebildeter Prominenter zu fühlen, wenn er sich an den ehrlich wartenden Menschen draußen vorbeischob, andererseits war Bonkers' Essen leider so gut, dass er dafür einen kurzen Moment von Peinlichkeit gern auf sich nahm.

Auf dem üblichen Platz saß schon das komplette Team, heute samt Alvin Bartelink, der sich trotz der Hitze hier drin die Kapuze seiner Jacke in die Stirn gezogen hatte. Sein Kopf lag auf dem Holzrahmen der Sitzgruppe. Er schlief.

Als Knüppels Kollegen sahen, dass er kam, rückten sie routiniert ein Stück auf und gaben einen Platz an der Außenkante frei. Knüppel setzte sich.

»Wie macht er das nur immer?«, fragte Knüppel und deutete auf Bartelink.

»Ich glaube, er schläft einfach nie«, sagte Winterfeldt.

»Ich glaube, er schläft einfach immer«, erwiderte Valerie Kiel. »Das menschgewordene Faultier.«

»Faultiere sind überhaupt nicht so faul, wie ihr Name vermuten lassen würde«, schaltete sich Meyer-Landfried ein. »Sie schlafen zwar oft, aber legen am Tag mit ihren langsamen Bewegungen durchaus mehrere Dutzend bis hundert Meter bei der Futtersuche zurück. Dass sie sich so wenig bewegen, liegt nur an ihrem verlangsamten Stoffwechsel.«

»Genau wie Bartelink also«, konterte Valerie Kiel und die Runde lachte. Freundlich knuffte sie Meyer-Landfried in den Oberarm. »Du Klugscheißer!«

Der plötzlich wesentlich grimmigere Malte Meyer-Landfried war leiser, als er sagte: »Außerdem hat der Mann fünf Töchter und einen kaputten, kleinen Hund. Lasst ihn doch in Ruhe schlafen. Ich weiß nicht, wie er überhaupt irgendetwas schafft.«

In diesem Moment hörten sie eine alte, zittrige Stimme über der Vielzahl von Gesprächen um sie herum. »Vorsicht bitte! Danke! Ich müsste da einmal durch, bitte! Danke! Vorsicht!« Kurze Zeit später schob sich der alte Bonkers in seinem Rollstuhl an ihren Tisch, auf seinem Schoß stand ein Tablett mit fünf Tellern.

»Heut gibbet jebratene Leberwurst dazu. Passt, ham wir uns so jedacht«, sagte er stolz und reichte Knüppel die Teller.

Der alte Bonkers hatte mindestens 90 Jahre auf seinem nicht nur metaphorisch vorhandenen Buckel – wie alt er genau war, traute sich niemand, zu fragen.

Klar war nur, dass er vor Hänschen die Metzgerei geführt hatte, die er wiederum von seinem Vater und dessen Vater übernommen hatte. Und trotz seines Alters war er immer noch in der Metzgerei. Er gehörte dazu wie die handbeschriebene Tafel mit den Wurstspezialitäten über der Theke, die sowieso jeder auswendig kannte, der regelmäßig bei Bonkers einkaufte.

Knüppel verteilte die Teller. Als der das Gericht vor Bartelink abstellte, wachte dieser mit einem kleinen Schnarchen auf und nuschelte: »Oh! Gebratene Leberwurst! Super!« Dann begann er sofort, gierig das Essen in sich hineinzustopfen.

»Ich würd jern mit euch schnacken, ihr Lieben«, sagte der alte Bonkers, während er sich schon wieder umdrehte, »aber ihr seht ja, wat hier los is, ne? Aber wir seh'n uns ja eh. Aufjeschoben is nich aufjehoben.«

»Dann bis demnächst, Bonkers«, rief ihm Knüppel hinterher. »Und danke fürs Essen!«

Während er durch die Menge rollte, hob der alte Mann nur die Hand.

Einige Gabeln lang herrschte Stille, dann sagte Knüppel: »Ich muss euch was sagen.«

Sofort hörten die anderen auf, zu kauen.

»Ist nix Schlimmes.« Beschwichtigend hob er die Hand. »Wir arbeiten im Harmann-Fall mit einem externen Berater zusammen. Will die Chefin so.«

»So weit ist es schon gekommen?«, brauste Meyer-Landfried sofort auf. »Als ob wir das nicht selber schaffen! Haben wir bisher ja wohl immer, egal, wie groß und unübersichtlich der Fall auch war! Mehr Zivilisten sorgen nur für die erhöhte Gefahr, dass irgendwas den Weg an die Öffentlichkeit findet, was da nicht hin soll!«

»Es ist Arndt van Gruyter«, sagte Knüppel noch schnell, bevor er sich eine Gabel voller Kartoffeln, Apfelmus und Speckzwiebeln in den Mund schob.

»Bitte was?«, fragte Valerie Kiel.

»Bitte wer?«, fragte Meyer-Landfried.

»Der war doch gestern noch ein Verdächtiger!«, merkte Winterfeldt an.

Alvin Bartelink aß in aller Ruhe weiter, ohne sich von dem für ihn sowieso unerheblichen Gespräch ablenken zu lassen.

»Bis gestern eben, genau«, sagte Knüppel bloß.

»Das auch noch?«, grummelte Meyer-Landfried. »Was für Qualifikationen hat er denn?«

»Er ist Kunsthistoriker«, antwortete Valerie Kiel. »Macht wohl Sinn für den Harmann-Fall, denke ich.«

»Wenn die Chefin das will, will die Chefin das«, sagte Winterfeldt.

Knüppel wusste zwar nicht, ob Winterfeldt Tietgen oder Valerie Kiel damit meinte, aber immerhin wusste er, dass zumindest für die beiden damit die Diskussion beendet war. Das war gut. Nun musste er nur noch Meyer-Landfried ein ansatzweise gutes Gefühl vermitteln – mehr war da sowieso nicht zu holen.

»Ihr habt nur wenig mit ihm zu tun. Tietgen möchte, dass ich mich im Verlauf der Ermittlung um ihn kümmere.«

»Das wird ja immer besser!«, brauste Meyer-Landfried auf. »Soll ich vielleicht direkt kündigen?«

»Jetzt übertreib mal nicht.« Im Stillen ärgerte Knüppel sich, dass er keine andere Herangehensweise gewählt hatte. Er hätte wissen sollen, dass Meyer-Landfried nicht gut darauf zu sprechen war, dass er wieder direkt mit jemandem zusammenarbeitete.

»Ist doch so!« Meyer-Landfried verschränkte die Arme und seine Augenbrauen zeigten beeindruckend steil hinunter zum Nasenrücken. »Val und David sind fast immer zusammen unterwegs und angesichts des Vier-Augen-Prinzips bleibt da nur noch eine Kombination übrig, Knüppel: du und ich! Mach ich dann jetzt nur noch Papierkram und geh Kaffee holen oder was?«

Kiel und Winterfeldt beschäftigten sich plötzlich auffällig intensiv mit dem Essen auf ihren Tellern.

Knüppel hob die Hände. »Ein externer Berater kann mit Sicherheit nicht den geschulten Blick eines routinierten Kommissars ersetzen, Malte, da brauchst du dir keine Sorgen zu machen.« Schon besser. Hoffentlich würde das Meyer-Landfried fürs Erste genügen. »Er wird übrigens heute schon dabei sein«, fügte Knüppel noch schnell hinzu.

Meyer-Landfrieds Augenbrauen wanderten nach oben und er legte den Kopf schräg. »Und warum ist er dann noch nicht hier, stellt sich schon mal selbst vor und tut wenigstens so, als wäre er richtig an der Ermittlung beteiligt?«

»Er macht noch andere Sachen.« Wenn sich dieses Gespräch noch länger hinzog, würde Knüppel noch der Appetit vergehen und das wäre wirklich mehr als schade.

»Nämlich?«, bohrte Meyer-Landfried.

»Er gibt VHS-Kurse.«

»Worin?«

Knüppel stopfte sich den Mund mit Wurst voll und murmelte: »Bogenschießen- und bauen, Kunstanalyse, alles Mögliche.«

Meyer-Landfried schüttelte nur den Kopf. Das war ebenfalls gut, dachte Knüppel, denn meistens bedeutete das, dass er erst einmal schwieg.

Als er geschluckt hatte, sagte Knüppel: »Wir sollten unsere Vorgehensweise abklären. Die Vorbereitungen haben ja lang genug gedauert, langsam müssen wir mal aus dem Quark kommen.«

»Ich denke, die Wichtigsten für den Anfang sind die Kunsthändlerin und Hannah Burgdorfer, diese ehemalige Studentin von Harmann. Von da aus können wir weitersehen, irgendwas wird sich da bestimmt ergeben.«

»Ich kümmere mich um beide«, sagte Knüppel schnell.

»Und was machen wir?«, fragte Winterfeldt mit einem gewissen Maß der Empörung.

»Arndt – also van Gruyter – meint, auf den Bildern von Bosch ist auch immer wichtig, was im Hintergrund passiert. Und auf dem Foto vom Tatort ist hinter Harmann ein Haus mit Eulenschnitzerei an der Tür. Die Eule ist ein Symbol für irgendwas Böses, hat er gemeint. Jedenfalls könnte es darauf hindeuten, dass da eine Verbindung zum Professor besteht, die wir bisher noch nicht gesehen haben.«

»Wir haben mit allen Anwohnern gesprochen«, sagte Valerie Kiel. »Alles langweilig, da war nichts.«

»Vielleicht haben sie es sich mittlerweile anders überlegt.«

»Also sollen wir noch mal alles abklappern?«, fragte Kiel.

»Nur die Leute mit der Eulentür.«

Mit einem etwas kritischen Gesichtsausdruck nickte Valerie Kiel. »Dann wollen wir mal hoffen, dass unser neuer Experte nicht nur dafür sorgt, dass wir unsere Zeit verschwenden.«

Knüppel schwieg.

»Und ich?«, fragte Meyer-Landfried.

»Du telefonierst noch mal die anderen Verdächtigen auf der Liste ab und fragst unverbindlich nach, wie sie zu Harmann standen, ob sie Hieronymus Bosch kennen, ob sie Harfenmusik mögen, was weiß ich. Das eben, was man so fragt. Und dann kannst du dir noch mal unsere vorläufige Liste ansehen und dein Bauchgefühl die Arbeit machen lassen.«

»Papierkram und Telefon? Es fängt also schon an. Bald bin ich auf dem Abstellgleis.« Meyer-Landfried wirkte wieder zerknirscht.

»Ach komm!«, sagte Knüppel laut. »Das hast du immer schon gern gemacht!«

»Mag sein. Aber jetzt fühlt es sich direkt ganz anders an.«

10

»Bist du nervös?« Knüppel verkniff sich ein Grinsen. Überhaupt hatte er gerade gute Laune. Er liebte diesen Teil seiner Arbeit – wenn die Ermittlungen so richtig in Fahrt kamen und sich Termine an Termine reihten, hatte er das Gefühl, dass er jede Minute sinnvoll nutzte.

»Nein«, antwortete Arndt nach etwas zu langer Zeit.

»Erzähl doch keinen Quark! Ich seh doch sogar aus dem Augenwinkel, dass du angespannt bist.«

»Ein wenig vielleicht.« Arndt rutschte auf dem Beifahrersitz herum. »Tut mir leid, dass ich nicht dieselbe routinierte Herangehensweise habe wie Sie, Herr Kommissar.«

»Wir sprechen nur mit einer Verdächtigen. Sie ist allein – hoffentlich – und wir sind zu zweit. Ich habe Handschellen. Und ein Baton. Und ein Messer. Und eine Pistole. Es ist unwahrscheinlich, dass wir in eine Falle der russischen Mafia laufen. Das steht erst heute Nachmittag auf dem Plan.«

Arndt schnaufte und sah dabei zu, wie die Stadt am Fenster vorbeizog. »Als ob du ganz am Anfang nicht nervös warst. Damals, als du noch ein kleiner Streifenpolizist warst und nur davon träumen konntest, irgendwann mal der stoische Kommissar Knüppel zu sein, der alle in die Knie schweigt.«

Knüppel lachte. »Nö.«

»Als ob!« Arndt war empört.

»Echt nicht. Das letzte Mal, als ich wirklich nervös war, war ich 12 Jahre alt.« Von Lena Mangold musste er Arndt ja nicht unbedingt erzählen – außerdem war das eine ganz andere Art der Nervosität, zählte also nicht.

»Das ist wirklich merkwürdig spezifisch. So spezifisch, dass ich sagen würde, es ist gelogen, damit dein Ruf auch ja nicht angekratzt wird.«

»Stimmt aber wirklich. Mein Vater war Stahlarbeiter, ein derber, lauter, gutherziger Kerl, und wir haben in einer Siedlung gewohnt, in der fast nur andere Stahlarbeiter gewohnt haben. Da gab es eine Trinkhalle, die dem Eckenschorsch gehörte. Alle Kinder hatten Angst vor dem Eckenschorsch. Er war ein grober Mann mit roten Augen und roter Knollnase. Wenn ein Ball in Richtung seiner Bude flog, kam er rausgerannt und trat ihn wild fluchend irgendwo hin. Und im Gegensatz zu allen anderen Buden in der Umgebung hatte der Eckenschorsch keine Süßigkeiten, Eis oder Limonaden, weil er nichts an Kinder verkaufen wollte. Beim Eckenschorsch haben nur die Erwachsenen was gekauft, da gab's fast nur Bier und Schnaps.«

»Das denkst du dir doch aus! Eckenschorsch, also wirklich.« Arndt zog die Stirn kraus.

»Man merkt, dass du nicht im Pott groß geworden bist. Von mir aus kann ich auch einfach nix erzählen, wenn du nur dazwischenquatschen willst.«

»Ich bin ja ruhig.« Trotz allem wirkte Arndt immer noch nicht sonderlich überzeugt.

Für einen Augenblick löste Knüppel den Blick von der Straße, um Arndt einen grimmigen Blick zuzuwerfen, dann erzählte er weiter: »Jedenfalls war es Sommer und fast alle Kinder aus der Siedlung haben auf dem Bolzplatz Fußball gespielt. Auf einmal drückt mein Vater mir Geld in die Hand und meint: ›Holste mir ein Bier vom Schorsch?‹ Natürlich konnte ich jetzt nicht einfach Nein sagen, schon gar nicht vor meiner halben Klasse. Alle haben mich fassungslos angeguckt, also hab ich nur so selbstverständlich wie möglich gesagt: ›Klar.‹ Dann bin ich gegangen. Schon auf dem Weg zum Büdchen haben meine Hände gezittert, so lang wie an diesem Tag kamen mir die paar Hundert Meter noch nie vor. Die anderen haben mir nur aus sicherer Entfernung nachgestarrt. Jeder wusste, dass der Eckenschorsch nicht mal Brot an Kinder verkauft – und erst recht keinen Alkohol. Trotzdem habe ich mich zusammengerissen und auf die Klingel neben dem Schiebefenster gedrückt. Das Fenster geht auf und der Eckenschorsch guckt mich nur mit seinen wilden Augen an, die fettigen grauen Haare überall auf seinen Schultern verteilt. ›Wat willste?‹, fragt er, aber ich kriege kein Wort raus und halte ihm nur das Kleingeld hin. Dann dreht er sich um. Ich denke, er will rausstürmen und mich verdreschen. Auf einmal taucht der Schorsch wieder auf, nimmt mir das Geld ab, drückt mir eine Flasche Pils in die Hand und sagt nur, bevor er das Fenster zumacht: ›Grüß mir deinen Vadder.‹.«

»Wie jetzt?«, fragte Arndt nach.

»Ich hab auch erst gar nix verstanden und war einfach froh, dass ich noch am Leben war. Als ich zurückgegangen bin, haben alle meine Freunde gejubelt und ich kam mir vor wie ein Held. Erst ein paar Tage später habe ich mich getraut, meinen Vater zu fragen, woher der Eckenschorsch wusste, dass das Bier für ihn war. Er hat nur gelacht. ›Alter Schulkollege. Netter Kerl. Außerdem bist du jetzt 12 und kein Kind mehr.‹ Die ganzen Jahre kannte mein Vater den Eckenschorsch von früher und hat nix gesagt. Die ganzen Jahre hat sich jeder Erwachsene einen Spaß daraus gemacht, dass der Eckenschorsch für die Kinder der gruseligste Mensch in der ganzen Siedlung war – und der Eckenschorsch wahrscheinlich gleich mit. Da hatten sie dann wohl ihre Ruhe vor den Blagen.«

Kurz schwieg Arndt. Für ihn wirkte Knüppels Geschichte immer noch etwas zu ausgedacht, andererseits war der Kommissar nicht der Typ für elaborierte Lügengeschichten, weil er sowieso nicht der Typ für jegliche Art von elaborierten Geschichten war.

»Und das war wirklich das letzte Mal, dass du so richtig Angst hattest?«, fragte Arndt schließlich. »Es gab keinen spektakulären Einsatz, bei dem du um dein Leben fürchten musstest, weil du nach einer ewigen Schießerei nur noch eine Kugel hattest, die dir letztendlich das Leben gerettet hat?«

»Nö«, antwortete Knüppel bloß. »Bringt doch nix. Ich kann schießen, ich kann kämpfen, warum soll ich mir also Sorgen machen? Wenn ich eine Kugel abbekomme, ändert es nix daran, ob ich mir vorher ins Hemd gemacht hab. Wenn's passiert, passiert's. Ist mir zum Glück bis jetzt aber erspart geblieben.«

Einen Augenblick lang zögerte Arndt, doch dann überwog seine Neugier.

»Klingt so, als hättest du eine gute Beziehung zu deinen Eltern.«

»Die beiden wollten nicht, dass ich Polizist werde.« Knüppel klopfte mit der flachen Hand auf das Lenkrad. »Trotzdem hat mein Vater mir den ollen Astra Variant hier damals geschenkt, als ich Kommissaranwärter war – damals gab's noch Mittleren Dienst. Fast 20 Jahre ist das jetzt her und das hässliche Ding fährt immer noch.«

Schön war er wirklich nicht, der kastige dunkelblaue Opel, dachte Arndt. Bevor er eine weitere Frage zum Privatleben des heute erstaunlich offenen Kommissars stellen konnte, lenkte dieser den Kombi in eine Parklücke vor einem modern wirkenden Mehrparteienhaus.

»Da sind wir«, sagte er und stieg aus.

Arndt folgte ihm und sah an der Fassade hoch. Es war zweifellos alte Bausubstanz, die den Zweiten Weltkrieg offenbar ohne großen Schaden überstanden hatte. Die neuen Fensterrahmen, die massive Tür und die Sprechanlage mit der diskreten Kamera verrieten aber, dass es mehrfach aufwendig modernisiert worden sein musste. Es war eines dieser typischen Mietshäuser, die die Gentrifizierung am Rande der Innenstadt anzeigte. Arndt war sich sicher, dass sich mindestens zwei Penthäuser im Inneren befanden. Auf der gegenüberliegenden Straßenseite standen baufällige Sozialwohnungen aus den 1970er-Jahren, vor denen die Mülltonnen überquollen.

Die Tür wurde aufgedrückt, ohne dass sich jemand meldete, und die beiden Männer nahmen den Glaslift in den dritten Stock, in dem Hannah Burgdorfer laut Türschild wohnte.

»Schick hier«, bemerkte Knüppel.

Lautlos glitten die Glastüren auseinander, sofort nahm Knüppel den Hauch eines sehr dominanten Geruchs wahr. Ein paar Meter den grau gefliesten Flur hinunter stand im Türrahmen eine junge Frau. Knüppel ging vor, Arndt folgte ihm.

»Danke, dass Sie sich Zeit genommen haben, Frau Burgdorfer«, begrüßte er sie und schüttelte ihre Hand.

»Überhaupt kein Problem«, flötete Burgdorfer und reichte auch Arndt die Hand, »ich bin da ja zum Glück flexibel als Selbstständige.

Knüppel deutete auf Arndt und sagte: »Das ist Herr van Gruyter. Er berät uns in diesem Fall.«

Burgdorfer deutete ins Innere ihrer Wohnung. »Kommen Sie rein.«

Als sie die Tür schloss, wurde Knüppel klar, dass es Hannah Burgdorfers Parfum war, das er im Flur gerochen hatte: extrem synthetisch und schwer, wie Jasmintee mit einem großen Schuss Energydrink. Knüppel fand den Geruch furchtbar aufdringlich. Nur mit Mühe gelang es ihm, nicht das Gesicht zu verziehen. Er würde Arndt vorgehen lassen und selbst etwas mehr Abstand zur Verdächtigen halten als sonst.

Das Parfum passte zu Hannah Burgdorfer. Auf den ersten Blick wirkte sie offen und freundlich, doch Knüppel störte irgendetwas an ihrer Mimik – noch konnte er es nicht genau benennen, aber er war sich sicher, dass er es nach dem Gespräch wissen würde.

Sie trug eine luftige weiße Bluse zu einer beigefarbenen, schmal geschnittenen Hose. Obwohl es unprofessionell und sonst nicht seine Art war, konnte Knüppel nichts dagegen machen, dass sein Blick immer wieder an Burgdorfers Brüsten hängen blieb, die, genauso wie die sonstigen Kurven ihres Körpers, sehr üppig geraten waren. Die welligen, blonden Haare legten sich auf die Schultern und umrahmten ihr weiches Puppengesicht, das zwar nur wenig, aber sehr gekonnt geschminkt war.

Arndt wiederum hatte weniger Interesse an den Details von Hannah Burgdorfers Körperbau. So unauffällig wie möglich sah er sich im Flur um, während er der Verdächtigen ins Wohnzimmer folgte. Knüppel hatte ihm mit einer Geste bedeutet, vorzugehen, was Arndt als gutes Zeichen wertete.

Hannah Burgdorfers offensichtliche Vorliebe für Naturtöne, die sich bereits an ihrer Garderobe ablesen ließ, setzte sich im Inneren der Wohnung überall fort. Über der eierschalenfarbenen Jugendstilkommode im Flur, die Arndt im Vorbeigehen verwundert als authentisch einschätzte, hingen viele Bilder, vor allem Fotos, offenbar von Freunden und Familie. Was Arndt allerdings sofort ins Auge fiel, war der in Gold gerahmte Kunstdruck von Hieronymus Boschs »Die Versuchung des heiligen Antonius« – eine merkwürdige Wahl angesichts der eher lieblichen Einrichtung, die Arndt bei flüchtigen Blicken in die anderen Räume erkennen konnte. Natürlich war es kein Indiz, das war Arndt klar, doch es war mindestens ein merkwürdiger Zufall. Er nahm sich vor, Knüppel davon zu berichten.

Die Couch in Burgdorfers Wohnzimmer war moderner, als Arndt in Anbetracht des Flurs erwartet hatte, aber genauso hochwertig und bonbonfarben wie die Küche, an der sie vorbeigekommen waren. Sie setzten sich, Hannah Burgdorfer nahm in einem passenden Sessel gegenüber Platz.

Auf dem flachen Kaffeetisch zwischen ihnen stand eine Karaffe gefüllt mit Wasser und Beeren, daneben Gläser.

»Bedienen Sie sich«, sagte Hannah Burgdorfer.

Obwohl Arndt etwas Durst hatte, lehnte er sich zurück, weil Knüppel keine Anstalten machte, sich etwas einzuschenken. Er wollte nicht gleich beim ersten offiziellen Termin mit dem Kommissar einen schlechten Eindruck machen.

»Unsere Kollegen haben Ihnen gesagt, warum wir hier sind?«, begann Knüppel. Er war froh, dass der Dunst, der Burgdorfer umgab, durch die Distanz zu ihr und die angenehm säuerliche Note der Beeren im Wasser abgeschwächt wurde.

Burgdorfer nickte.

In diesem Moment rasten plötzlich zwei Katzen hinein, sprangen auf die Armlehne von Burgdorfers Sessel respektive ihren Schoß und fauchten erstaunlich synchron in Knüppels Richtung. Dann, ohne dass Hannah Burgdorfer reagierte, huschten sie ebenso schnell aus dem Raum, wie sie gekommen waren.

»Verzeihung«, sagte sie und sah den Tieren mit krauser Stirn hinterher. »Normalerweise sind Diego und Rivera ganz anders.«

Die Namen der Kater brachten Arndt dazu, verhalten zu grinsen.

Knüppel winkte ab. »Ich kenn das schon. Igelmensch.« Ohne weitere Umschweife fuhr er fort: »Wie standen Sie zu Heinz-Josef Harmann?«

Erst nach einigen Sekunden nahm Hannah Burgdorfer wieder Blickkontakt mit dem Kommissar auf. »Ich schätze, Sie sind hier, weil Sie von meinem Brief an Harmann wissen?«

»Genau.«

»Dann können Sie sich vermutlich ungefähr denken, wie ich zu Professor Harmann stand.« Burgdorfer betonte Harmanns Titel besonders deutlich.

»Können wir«, sagte Knüppel. »Trotzdem würde ich gern etwas mehr drüber reden.« Er lächelte ein Lächeln, das Arndt sofort als gequält erkannte.

»Was wollen Sie wissen?« Hannah Burgdorfers süßlich säuselnder Tonfall war ungebrochen.

»Ein guter Anfang wäre, warum Sie ihm überhaupt einen Drohbrief geschickt haben.«

Burgdorfer seufzte übertrieben intensiv. »Es war ein impulsiver Moment, mehr nicht.«

»Briefe sind nicht wirklich das beste Mittel für impulsive Handlungen, Frau Burgdorfer – und für einen impulsiven Moment war Ihr Wortlaut erstaunlich nüchtern.«

Kurz schwiegen alle drei. Für Arndt war es eine ungewohnte Situation, weil er nicht so recht wusste, wie er sich verhalten sollte.

Gleichzeitig war er sich sicher, dass es Hannah Burgdorfer ähnlich ging. Da Knüppel allerdings seine übliche, stoische Art an den Tag legte, färbte eine gewisse Ruhe auf ihn ab.

»Ich will ehrlich zu Ihnen sein, herausfinden werden Sie es ja wahrscheinlich sowieso«, sagte Hannah Burgdorfer schließlich. Ihr Blick wurde leer. »Professor Harmann hat mich sexuell belästigt – kurze Zeit, bevor die offizielle Bewertung für meine Magisterarbeit anstand. Ich weiß nicht, was er sich dabei gedacht hat, zumal ich mich ihm vorher nie in irgendeiner Form genähert habe. Vielleicht hat er geglaubt, dass er damit durchkommt, weil ich so kurz vor dem Abschluss stand.«

»Und wie sind Sie vorgegangen?«, fragte Knüppel nach. »In unseren Akten war nirgendwo die Rede von einem Verfahren wegen sexueller Belästigung.«

Grimmig lachte Burgdorfer auf. »Natürlich habe ich mich direkt an die höchste Stelle der Uni gewandt: das Rektorat. Das Verfahren wurde allerdings recht schnell

›intern‹ beigelegt – und ich halte es für sehr wahrscheinlich, dass Professor Schneider alles bestreiten wird.«

»Professor Schneider?«

»Der Rektor der Uni. Vor vier Jahren – gerade, als ich mit meinem Abschluss beschäftigt war – hatte die Uni mit rückläufigen Anmeldezahlen zu kämpfen. In der Universitätsklinik gab es einige Fälle von superresistenten Bakterien, die Patienten bei Routineeingriffen infiziert haben, und obwohl das natürlich nichts direkt mit der Uni Düsseldorf zu tun hatte, haben einige reißerische Medienberichte ihr Übriges getan, um viele Studenten an die Unis in den angrenzenden Städten zu treiben. Eigentlich sollte man von der angeblichen intellektuellen Elite zwar etwas mehr Hirnschmalz erwarten dürfen, aber na ja. Wie dem auch sei: Deswegen war Schneider ganz versessen darauf, dass Harmann und ich uns außergerichtlich einigen, um nicht noch mehr negative Presse auf die HHU zu lenken.«

Knüppels Augen wurden zu schmalen Schlitzen, tiefe Falten zeigten sich in seinen Augenwinkeln. »Und das haben Sie sich gefallen lassen?«

Hannah Burgdorfer zuckte mit den Schultern. »Es war Pest oder Cholera für mich, Herr Kommissar. Aber natürlich habe ich mit mir gekämpft, das können Sie mir glauben! Ich wollte es Professor Harmann heimzahlen. Ich wollte, dass er büßen muss. Ich wollte ihn zerstören – ihn und seine ach so tolle Professorenkarriere.« Sie hielt inne. »Vermutlich nicht das Klügste, was ich sagen kann, wenn ich gerade verdächtigt werde, nicht wahr?«

»Immerhin sind Sie ehrlich«, sagte Knüppel, obwohl er noch nicht so recht wusste, ob diese Aussage der Wahrheit entsprach. Doch sie würde Burgdorfers Zunge lockern.

Wie erwartet sprach Burgdorfer weiter: »Andererseits habe ich genau zu der Zeit studiert, als es Studiengebühren gab. Um mir das Studium und ein selbstständiges Leben leisten zu können, blieb mir damals nichts anderes übrig, als einen Studienkredit aufzunehmen – wie viele andere Studenten natürlich auch. Sie können sich also vorstellen, dass ein guter Anwalt für mich nur schwer bis überhaupt nicht zu bezahlen war. Außerdem stand ja immer noch die Alternative im Raum, dass Harmann vor Gericht mit dem durchkommen würde, was er getan hatte, und damit wären dann all meine Mühen für die Katz gewesen. Doch der Rektor war sich meiner Situation bewusst und hat mir ein Angebot gemacht.«

Knüppel lehnte sich etwas vor. »Nämlich?«

»Natürlich war mir klar, dass der Konflikt mit Professor Harmann meiner Abschlussnote nicht sonderlich zuträglich sein würde. Der Rektor hat zwar deutlich gemacht, dass Harmann mich der Leistung entsprechend bewerten soll, aber gleichzeitig auch betont, dass er mir so kurz vor dem Magister keinen anderen Dozenten mehr zuweisen kann, ohne dass es auffällig wirkt. Dafür hat er mir eine Stelle in der Universitätsbibliothek angeboten und mir zugesagt, ich könne an der HHU meine Doktorarbeit schreiben – natürlich bei einem anderen Dozenten. Da ich zu diesem Zeitpunkt sowieso noch nicht so recht wusste, wohin es mich beruflich verschlagen würde, habe ich in den sauren Apfel gebissen und Schneiders Angebot angenommen. Eine Möglichkeit auf irgendetwas ist besser als gar nichts.«

»Wenn ich mich richtig erinnere, waren Ihre Sorgen über eine eher unterdurchschnittliche Bewertung für Ihre Magisterarbeit berechtigt.«

Arndt war wieder einmal beeindruckt davon, wie lässig der Kommissar dermaßen kritische Fragen stellen konnte, ohne barsch zu klingen.

»Leider ja.« Hannah Burgdorfer nickte. »3,3, also etwas schlechter als ein durchschnittliches Befriedigend. Eigentlich der akademische Todesstoß. Allerdings hatte ich damit gerechnet und habe einfach ignoriert, dass Harmann argumentiert hat, ich hätte nicht genug wissenschaftliche Eigenleistung für eine bessere Note gezeigt. Immerhin war er sowieso bekannt und berüchtigt für seine miesen Noten. Wie er die immer vor dem Prüfungsausschuss durchgesetzt hat, ist übrigens immer noch ein Rätsel, das ich mir nicht beantworten kann – ich wette, es war einfach nur ein Klub von alten, frustrierten Männern, die sich einen Spaß daraus gemacht haben, jungen Leuten jede Motivation zu nehmen. Jedenfalls war ich mir sicher, dass sich die Mühe nicht lohnen würde, Einspruch gegen die Bewertung zu erheben, zumal ich die Möglichkeit auf einen Doktor so oder so sicher hatte. Ich wollte nur den ganzen Schwachsinn um Harmann hinter mir lassen.«

»Worüber haben Sie geschrieben?«, fragte Arndt plötzlich.

Knüppel war zwar erstaunt, dass sich der Kunsthistoriker einschaltete, ließ ihn jedoch gewähren.

»Christliche Ikonografie bei Hieronymus Bosch«, antwortete Burgdorfer.

»Spannendes Thema!«

»Fand ich auch!« Hannah Burgdorfer lächelte Arndt direkt an. »Deswegen habe ich mich auch richtig ins Schreiben reingekniet, die Arbeit hat mir Spaß gemacht. Ich wollte sogar meine Dissertation auf dem Thema aufbauen und über die Parallelen und Unterschiede der bekanntesten bildlichen Darstellungen des heiligen Antonius forschen.«

»Ach, deswegen das Bosch-Bild davon im Flur?«

»Genau, Herr van Gruyter! Ich habe es so lang angestarrt, dass es mittlerweile beruhigend auf mich wirkt.«

»Kann ich gut verstehen«, sagte Arndt. »Wenn man das Chaos erobert, sieht man überall Struktur. Mir ging es ähnlich mit dem ›Garten der Lüste‹. Es hat eine Weile gedauert, bis ich dort all die Querverbindungen und den bewussten Bildaufbau komplett durchschaut hatte.«

Knüppel war schon jetzt massiv von den Fachsimpeleien zwischen Arndt und Burgdorfer gelangweilt und unterdrückte ein Gähnen. Trotzdem war er zufrieden, da Arndt offenbar gerade nachforschte, wie es um Burgdorfers fachliche Kompetenz bestellt war. Falls irgendetwas diesbezüglich nicht stimmen sollte, würde er es herausfinden. Eine Sache weniger, um die er sich selbst kümmern musste. Entspannend.

Bevor die beiden sich allerdings noch in einem stundenlangen Dialog verloren, unterbrach er sie: »Sie sagten, sie ›wollten‹ ihre Doktorarbeit darauf aufbauen, Frau Burgdorfer? Warum die Vergangenheitsform?«

Kurz wirkte Hannah Burgdorfer irritiert von der plötzlichen Unterbrechung, doch dann fand sie wieder zurück zu ihrem süßlichen Selbst. »Vor etwas über einem Jahr musste ich einsehen, dass mir wissenschaftliche Arbeit wohl doch einfach nicht liegt. Ich habe die Dissertation abgebrochen.«

»Und jetzt?«, fragte Arndt mit besorgtem Tonfall.

»Es war eine der besten Entscheidungen meines Lebens.« Burgdorfer lachte. »Hätte ich selbst auch nie für möglich gehalten, aber auf einmal ist alles zusammengekommen. Mittlerweile bin ich als Übersetzerin und Literaturagentin selbstständig und kann von zu Hause aus arbeiten – so haben sich wenigstens die anderen Studienfächer gelohnt.«

»Warum dann der Brief?«, warf Knüppel ein. »Sie haben Harmann an ein ›gemeinsames Geheimnis‹ erinnert. Meinten Sie damit die außergerichtliche Einigung zwischen Ihnen und dem Professor?«

»Natürlich, Herr Kommissar. Was denn sonst?«

»Zum Zeitpunkt, als Sie Harmann den Brief geschickt haben, war er schon längst in Rente. Wieso also haben Sie ihm erst so spät geschrieben? Wäre es nicht um einiges wirkungsvoller gewesen, wenn Harmann noch gelehrt und etwas zu verlieren gehabt hätte?«

»Wie gesagt: Es war ein schwacher Moment.« Burgdorfer seufzte. »Ich war einfach frustriert. Über zwei Jahre hatte ich schon an der Dissertation gearbeitet, zwei Drittel davon fertiggestellt, doch die Arbeit wurde immer unübersichtlicher, immer zäher, immer demotivierender – und letztlich musste ich eben akzeptieren, dass sie eine Nummer zu groß für mich war. Harmann war natürlich ganz oben auf meiner Liste der Schuldigen. Bei jedem Zweifel an meinen eigenen Fähigkeiten habe ich diese furchtbare 3,3 wieder vor mir gesehen. Also habe ich ihm einen Brief geschrieben, um ihn daran zu erinnern, dass ich noch existiere. Ich wollte ihm ein schlechtes Gefühl geben und ihn dazu zwingen, darüber nachzudenken, was geschehen war. Ich wollte, dass er sich noch einmal mit allem auseinandersetzen muss, ob er will oder nicht – wie diese schlechte Benotung, die mich wie ein Bumerang immer wieder eingeholt hat. Es war merkwürdig heilsam. Danach konnte ich endlich mit allem abschließen, was mit der Uni zu tun hatte.«

»Sie sagen also, dass Sie Professor Harmann nicht getötet haben?«

Burgdorfer schüttelte nur den Kopf. »Wieso sollte ich? Hätte doch keinen Zweck mehr gehabt.« Für einen Augenblick zögerte sie. »Natürlich muss ich zugeben, dass ich nicht unbedingt traurig darüber bin, dass er tot ist – allerdings hat sogar er es nicht verdient, ermordet zu werden. Ihre Kollegen meinten, die Details seien nicht sonderlich schön?«

»Da haben die Kollegen durchaus recht, aber über die Einzelheiten des Falls darf ich leider im Verlauf der Ermittlung nicht reden«, log Knüppel. Dann fragte er: »Sind Sie in einer Beziehung, Frau Burgdorfer?«

Hannah Burgdorfer straffte ihren Rücken. »Wieso fragen Sie, Herr Kommissar? Haben Sie Interesse?«

Beeindruckt beobachtete Arndt, wie Knüppel die Verdächtige so lang regungslos anstarrte, bis sie von selbst weitersprach.

»Ja, Herr Kommissar, ich habe einen Freund. Wenn Sie allerdings darauf hinauswollen, dass er möglicherweise für den Mord an Professor Harmann infrage kommt, so sei Ihnen gesagt: Wir waren damals, als die ganze Sache mit der sexuellen Belästigung passierte, nicht zusammen. Wir kannten uns nicht einmal. Kein gutes Motiv also, wenn Sie mich fragen.«

Knüppel rang sich ein professionelles Lächeln ab, obwohl er es mehr als auffällig fand, wenn Verdächtige ihn darüber belehrten, ob andere Verdächtige ein gutes Motiv hatten oder nicht.

Er stand auf und streckte Hannah Burgdorfer über den Kaffeetisch die Hand hin. »Na dann, Frau Burgdorfer, vielen Dank für Ihre Kooperation. Wir melden uns, wenn wir noch etwas von Ihnen brauchen.«

Burgdorfer verabschiedete die beiden Ermittler und brachte sie zur Tür.

Arndt war etwas verwundert darüber, dass Knüppel mit sehr zackigem Schritt die Wohnung verließ. Als sie unten die Tür nach draußen öffneten, fragte er: »Hast du's eilig?«

»Dieses Parfum«, knurrte Knüppel. »Grausam.«

Arndt hatte zwar nichts bemerkt, aber beschloss, es unkommentiert zu lassen. Der Kommissar hatte eben so seine Eigenarten. Erst im Auto sprachen sie weiter.

»Für jemanden mit zwei freien Jobs im künstlerischen Bereich wohnt Burgdorfer auffällig teuer, wenn du mich fragst«, merkte Arndt an.

»Sagt der Mann mit dem dicken Konto und den freien Jobs.«

Kurz wirkte Arndt zerknirscht, dann ließ er sich von der amüsierten Mimik des Kommissars anstecken. »Siehst du? Ich weiß, wovon ich rede.«

»Vielleicht hat sie ja auch reiche Eltern, die sich ganz ergreifend um sie kümmern.« Arndt verdrehte die Augen und kräftig klopfte Knüppel ihm auf die Schulter. »Aber hast schon recht. Wir sehen uns auf jeden Fall den Freund an. Falls der nicht zufällig Investmentbanker ist, stimmt hier definitiv irgendwas nicht ganz. Dieser Uni-Rektor ist auf einmal aber auch ganz spannend geworden – kennst du den?«

»Nicht persönlich. Nur seinen Namen und das Gesicht von Fotos aus ein paar Artikeln. War lang nach meiner Zeit, dass er Rektor geworden ist.« Kurz grübelte Arndt. »Meinst du, Elisabeth Harmann wusste davon, dass der Professor seine Finger nicht bei sich behalten konnte?«

»Werden wir wohl nachfragen müssen, 'ne?« Knüppel grinste. »Ich frag gern nach.«

»Wer weiß, wie viele andere Studentinnen es noch gab, bei denen er sein Glück versucht hat. Sorgt jetzt nicht unbedingt für einen Imagewandel bei Harmann, die ganze Geschichte.«

»Kann man schwer bestreiten. Allerdings müssen wir vorsichtig sein. Erstens wissen wir nicht, wie viel von dem, was die Frau mit dem furchtbaren Parfum da oben gerade erzählt hat, überhaupt stimmt, und zweitens bewegen wir uns immer auf sehr dünnem Eis, wenn es um sexuelle Übergriffe geht. Ich will erst einmal rausfinden, was da wirklich passiert ist.«

Arndt lehnte sich im Beifahrersitz zurück. »Also fahren wir zur Uni und reden mit Schneider?«

Knüppel startete den Motor.

»Erst haben wir einen anderen Termin. Wir wollten uns von der Russenmafia umbringen lassen, erinnerst du dich?«

11

»Kannst du mir nicht wenigstens sagen, wo wir hinfahren, damit ich mich ein bisschen darauf einstellen kann?« Arndt klang nölig. »Immerhin ist es mein erster Tag. Irgendwie. Ein bisschen Rücksicht vielleicht?«

Knüppel fand diesen Tonfall nur deshalb unterhaltsam, weil er der Grund dafür war. »Erst mal rufen wir das Team an und fragen, ob's was Neues gibt.« Er deutete auf das Autotelefon neben der Handbremse. »Einfach die Eins gedrückt halten.«

Also presste Arndt auf die gummierte Taste, die von einem Kasten aus grauem Hartplastik umgeben war. Nichts passierte. »Bist du dir sicher, dass dieses prähistorische Ding überhaupt funktioniert, oder machst du dir gerade wieder einen Spaß daraus, mich auflaufen zu lassen?«

»Das funktioniert noch«, antwortete Knüppel. »Hat immer funktioniert.«

Widerwillig lehnte Arndt sich vor und hielt die Taste noch einmal gedrückt. Nach etwa fünf Sekunden hörte er, wie das Gerät wählte. »Hättest auch einfach dazu sagen können, dass man dafür Geduld braucht.«

In diesem Moment meldete sich Valerie Kiel. Ihre Stimme war fast bis zur Unkenntlichkeit verzerrt. »Sieht so aus, als hätte unser Kunsthistorikerfutzi mit der Eulentür eine ganz gute Eingebung gehabt.«

»Er sitzt neben mir, ihr seid auf Lautsprecher«, sagte Knüppel.

»Dachte ich mir beides schon«, sagte Kiel bloß. »Also, Kunsthistorikerfutzi und Knüppelkommissar, die Eulentürbesitzer sind Hermine und Georg Arnold, verheiratet seit dreihundert Jahren, mindestens. Wir hatten sie schon einmal kurz befragt, als wir am Tatort waren. Die beiden waren direkt nervös, als wir noch mal aufgeschlagen sind. Natürlich kannten sie Harmann. Bleibt ja kaum aus, wenn man jahrelang in so einer Gegend jemandem gegenüber wohnt. Viel interessanter ist allerdings, dass sie plötzlich sehr vorsichtig wurden, als wir sie nach dem Verhältnis zum Professor gefragt haben: Guter Nachbar gewesen, hatte seine Macken, natürlich habe man sich aber verstanden, außer ab und zu mal Hallo sagen, sei da nicht viel passiert, blabla, die alte Leier. Mehr wollten sie uns nicht sagen, aber wir sind uns sicher, dass sie nicht ganz ehrlich zu uns waren, und suchen jetzt. Meyer-Landfried durchforstet währenddessen weiter die schönen Briefe und sucht Listen zusammen. Er freut sich sehr darüber.«

Verstohlen blickte Knüppel kurz zu seinem Beifahrer, der recht zufrieden mit sich wirkte. »Das klingt doch schon mal vielversprechend. Der Kunsthistorikerfutzi und ich sind gerade auf dem Weg zu Lena Mangold, danach machen wir einen Abstecher zur Düsseldorfer Uni.«

Valerie Kiels Stimme krächzte aus den Lautsprechern. »Ich wusste immer schon, dass du eigentlich eine akademische Karriere verfolgen wolltest, Knüppel.«

»Irgendwann muss ich ja mal anfangen.« Knüppel lachte leise. »Es sieht so aus, als ob das ›gemeinsame Geheimnis‹ von Harmann und Burgdorfer eine sexuelle Belästigung war, die allerdings nie offiziell ans Licht gekommen ist. Da fragen wir jetzt mal direkt ganz oben beim Rektor nach. Und Malte, falls dir das Hirn aus den Ohren läuft, lass dir von David helfen.«

Aus dem Hintergrund kam sehr brüchig und leise eine Männerstimme: »Wird gemacht. Allerdings kann ich mich grad nicht beschweren, ich finde hier immer noch Gold: *Professor Harmann/Das Synonym für Tyrann/Nicht mehr lang/Und jeder weiß davon*. Ein echter Poet, bestimmt Germanistik im Nebenfach. Vielleicht waren einige der schlechten Noten, die der Professor gegeben hat, durchaus berechtigt und der Mann war überhaupt nicht so schlimm. Wenn Papierarbeit immer so unterhaltsam wäre, würde ich gar nichts anderes mehr machen wollen.«

»Machst du doch sowieso schon nicht«, warf Kiel ein. Über plötzlich einsetzende Beschwerden aus dem Hintergrund rief sie schnell: »Wir sprechen.« Dann legte sie auf.

»Wer ist Lena Mangold und warum fahren wir zu ihr?«, fragte Arndt sofort.

»Sie ist eine Antiquitätenhändlerin. Es war ihre Harfe, in der Harmann hing.«

»Was für ein Zufall«, sagte Arndt mit sarkastischem Ton.

»Hm«, machte Knüppel nur.

»Was soll ›Hm‹ bedeuten?«

»Jeder denkt, sie steckt da irgendwie mit drin.« Knüppel wirkte auf einmal etwas verkniffen. »Aber das wäre zu einfach. Mangolds Sachen sind einfach nur immer zur falschen Zeit irgendwie am falschen Ort. Sprechen müssen wir trotzdem mit ihr.«

»Du klingst ja förmlich begeistert.«

Einige Sekunden stierte Knüppel auf die Straße. Dann fuhr er in eine ausgesprochen schmale Einfahrt und parkte den Wagen in einem winzigen Innenhof. »Wir sind da.«

Obwohl es Arndt immer noch schwerfiel, den Kommissar einzuschätzen, war er sich sicher, dass Lena Mangold ein Thema war, über das er nicht unbedingt gern sprach. Außerdem war offensichtlich, dass Knüppel schon einmal hiergewesen sein musste – unter keinen anderen Umständen hätte er sonst diese winzige, versteckte Einfahrt so problemlos gefunden.

Als er ausstieg, stand er direkt vor einer Laderampe, die ihm fast bis zum Kinn reichte. Dieser Komplex war einmal für industrielle Nutzung vorgesehen gewesen, aber die Kletterranken an den Klinkermauern zeigten deutlich, dass diese Zeiten schon längst vorbei waren.

Mit den Händen in den Taschen seines Windbreakers stapfte Knüppel auf eine Glastür zu, Arndt folgte ihm. Als die Tür aufschwang, erklang eine kleine Glocke. Im Inneren herrschte eine angenehme Temperatur und es roch nach alten Möbeln und ein wenig nach Vanille.

Wohin Arndt auch sah, erkannte er überaus interessante und seltene Stücke aus den verschiedensten Epochen der Kunstgeschichte, doch trotzdem wirkte Mangolds Laden unglaublich aufgeräumt und reduziert, weil sie jedem einzelnen Ausstellungsstück Raum zum Atmen gelassen hatte. An einer goldenen Tischlampe aus dem

Klassizismus blieb sein Blick hängen und sofort fragte er sich, warum er bisher noch nie von diesem Geschäft gehört hatte.

»Herr Kommissar! Ich habe mich schon gewundert, ob Sie wohl überhaupt noch kommen.« Die wohlklingende, tiefe Stimme gehörte einer rothaarigen Frau. Sie trug ein Kleid aus einem seidenähnlichen grauen Stoff, der leicht um ihren Körper floss.

Je näher sie mit ihren eleganten Schritten kam, umso deutlicher merkte Arndt, dass es sie war, von der der dezente Vanilleduft ausging. Sie war, wie Arndt anerkennen musste, eine sehr schöne Frau und sah überhaupt nicht so aus, wie er sich eine zwielichtige Händlerin von wertvollen, historischen Kunstgegenständen vorgestellt hatte.

Knüppel starrte auf seinen Block. Dieses Mal würde er sich nicht so leicht ablenken lassen. Dieses Mal hatte er sich Notizen gemacht. »Frau Mangold, Herr van Gruyter. Er ist ein externer Berater.«

Entschlossen schüttelte Lena Mangold Arndts Hand. »Der Kommissar hatte schon angekündigt, dass er nicht allein kommt.«

Arndt fühlte sich geschmeichelt. Knüppel hatte also schon geplant, mit ihm hierhin zu fahren. »Freut mich, Sie kennenzulernen, Frau Mangold.«

»Wie kann ich Ihnen helfen, meine Herren?«, fragte sie. Ihr Blick lag aufmerksam auf Knüppels Gesicht, der seine hingekritzelten Worte zum dritten Mal aufmerksam las.

»Es war Ihre Harfe, die wir am Tatort gefunden haben«, sagte der Kommissar schnell. »Können Sie sich das erklären?«

»Leider nicht, Herr Kommissar. Aber wie Sie vermutlich wissen, ist mir das Instrument gestohlen worden und ich habe den Verlust bereits einige Tage vor dem Mord an Professor Harmann gemeldet.« Ihre Mimik war freundlich, ihr Ton entschlossen. »Dass es nicht das erste Mal ist, dass mir etwas entwendet wird, ist leider einfach nur unglücklicher Zufall.«

Arndt beschloss, sich ins Gespräch einzubringen, immerhin war er hier genau in seinem Element. »Wenn ich mich nicht irre, stammte die Harfe aus der Jahrhundertwende, richtig? Ich habe nur die Bilder gesehen.«

Mangold wandte sich zu ihm. »Richtig, Herr van Gruyter. Es ist ein schönes Instrument, das ich vor einiger Zeit in Österreich erstanden habe. Wie Sie sich vorstellen können, fällt es durchaus auf, wenn hier eines Morgens 1,80 Meter einfach so fehlen.«

»Haben Sie eine Idee, wer das Instrument gestohlen haben könnte?«, fragte Arndt.

Knüppel war für den Moment froh, dass er nicht allein gekommen war und sein Begleiter einige der Fragen übernahm. Darüber hinaus würde er sich einfach stur an das halten, was er sich zurechtgelegt hatte.

»Die Harfe sorgt zwar regelmäßig für neugierige Fragen, aber Interessenten hatte ich bisher noch nicht dafür. Ehrlich gesagt hatte ich damit aber auch nicht gerechnet, historische Harfen sind selten Topseller. Mit mir ist wohl ein wenig die Sammelleidenschaft durchgegangen.«

Arndt deutete auf einen verschlossenen Plexiglasschrank an der Wand, in dem gut sichtbar Armbrüste standen. »Gehören alte Waffen auch zu Ihrer Sammelleidenschaft?«

Lena Mangold lachte leise auf. Es war ein sehr angenehmes Geräusch. »Sie haben mich ertappt, Herr van Gruyter! Mittelalterliche Waffen sind meine größte Schwäche.« Sie sah kurz zu Knüppel. »Vor allem Morgensterne, Schwerter, Armbrüste und Bögen haben es mir angetan. Die meisten meiner Kunden kommen zwar zu mir, weil sie Interesse an den Möbeln haben, aber mittlerweile scheint es sich herumgesprochen zu haben, dass ich ein Händchen für historisches Kriegsgerät habe.«

»Verständlich, verständlich.« Arndt nickte und Knüppel fand, dass er ein wenig zu begeistert klang. »Ich selbst bin ein großer Bewunderer von gekonnt zusammengestellten, antiquarischen Sammlungen. Wie kann es sein, dass ich bisher noch nie von Ihrem Geschäft gehört habe, Frau Mangold?«

Kurz schwieg Lena Mangold und musterte Arndt. Dann schlenderte sie zu einem Schränkchen neben der

Kasse, öffnete es und kehrte mit einer Visitenkarte zurück, die sie ihm überreichte. »Grundsätzlich bevorzuge ich einen ausgewählten Kundenstamm, der meine Mühen zu schätzen weiß. Bitte seien Sie diskret mit meiner Adresse.«

»Selbstverständlich, vielen Dank.« Arndt ließ die Karte in der Innentasche seines Mantels verschwinden. »Stellt sich natürlich nur die Frage, wie der Mörder von Professor Harmann von der Existenz Ihres Ladens wusste.«

Kurz verengten sich Lena Mangolds Augen. »Darüber habe ich auch schon nachgedacht und bin leider zu keinem Ergebnis gekommen. Allerdings ist es ja kein Ding der Unmöglichkeit, von meinem Geschäft zu erfahren oder es selbst zu finden. Ich habe einen Internetauftritt – allerdings ohne Adresse – und ich bin mir zum Beispiel sicher, dass fast alle Anwohner wissen, was ich verkaufe. Viele interessieren sich eben nur nicht dafür. Allerdings sind diejenigen, die sich dafür interessieren, sehr mitteilungsbedürftig und geben meine Geschäftsadresse oft weiter, obwohl ich grundsätzlich explizit darum bitte, dass sie es nicht tun mögen. Aber es wäre naiv, zu glauben, dass ich vollkommen abseits von der normalen Mund-zu-Mund-Propaganda existieren könnte.«

Plötzlich erwachte Knüppel wieder aus seiner untypischen Starre. »Aber wenn Ihnen so oft etwas geklaut wird, warum haben Sie dann keine Überwachungskameras?« Seine Stimme war wesentlich lauter, als er beabsichtigt hatte.

»Wie Sie inzwischen ja wissen sollten, Herr Kommissar«, antwortete Lena Mangold, »legen viele meiner Kunden Wert auf ein gewisses Maß an Privatsphäre. Exklusive Stücke haben eben exklusive Preise und ziehen exklusive Menschen an.«

»Hm«, machte Knüppel, dieses Mal wieder in gewohnter Lautstärke. »Vielleicht sollten Sie das mal ändern. Also das mit der Kamera.«

»Da das Diebesgut immer den Weg zu mir zurückgefunden hat – vor allem dank der guten Arbeit der Polizei –, denke ich, das ist vorerst nicht nötig.« Sie näherte sich Knüppel einen winzigen Schritt. »Und da ich tiefes Vertrauen in Sie, Ihre Kollegen und Ihre Fähigkeiten habe, Herr Kommissar, hoffe ich doch wirklich, dass ich nach Abschluss des Falls meine Harfe zurückbekomme. Darüber würde ich mich sehr freuen.«

»Wird sich bestimmt einrichten lassen.« Wieder hob Knüppel kaum den Blick, was Arndt etwas überraschte. »Wir brauchen Ihre Kundenkartei zum Abgleich mit unseren Daten. Unter Umständen ist der Mörder ein Kunde von Ihnen.«

Für einen Augenblick wirkte Mangold, als würde sie im Stillen mit sich selbst ringen. Dann sprach sie jedoch gefasster als zuvor weiter: »Das will ich zwar nicht hoffen, Herr Kommissar, aber ausschließen kann man ja leider nichts. Natürlich freue ich mich, wenn ich Ihnen bei den Ermittlungen – in welcher Form auch immer – behilflich sein kann. Ich werde Ihnen die Unterlagen per Mail schicken.«

»Gut. Top. Alles bestens dann.« Damit drehte Knüppel sich um und rauschte in Richtung Tür. »Wir melden uns, wenn wir Sie noch mal brauchen, Frau Mangold. Tschüss!«

Mit schräg gelegtem Kopf sah Arndt dabei zu, wie Knüppel den Laden verließ. Schnell verabschiedete er sich von der attraktiven Antiquitätenhändlerin und folgte ihm. Der Motor des Wagens lief schon und Knüppel machte eine ungeduldige Geste, die Arndt bedeuten sollte, einzusteigen.

Der Kommissar wirkte merkwürdig fahrig auf Arndt. Zwar kannte er ihn noch nicht lang, doch er war sich sicher, dass es die Ausnahme war, dass der stoische Knüppel so viele Regungen nach außen ließ. Aufgrund dessen traute Arndt sich erst, wieder zu reden, als sie längst den Innenhof verlassen hatten. »Ich finde, es macht nicht wirklich Sinn, dass die Harfe aus einer komplett anderen Epoche stammt als dem Mittelalter. Andererseits sind mittelalterliche Harfen natürlich ausgesprochen wertvoll und schwer zu bekommen. Da ist es vermutlich leichter, einfach in so einen versteckten Laden einzusteigen – die Laderampe lädt ja förmlich dazu ein, direkt große Dinge mitzunehmen. Von Security ist in Mangolds Laden ja wirklich keine Spur.«

»Hab ich ihr doch auch gesagt«, erwiderte Knüppel. Dann schien er seine merkwürdige Laune abzuschütteln. »Ich glaube, dem Mörder ging's eher um die Gesamtaussage und weniger um die exakten Details. Die Blockflöte war ein billiges Anfängermodell aus zusammengeleimtem Holz, meinte die SpuSi. Die Frage ist also eigentlich nur, wie der Mörder – oder ein anderer Beteiligter – ausgerechnet auf Mangold gekommen ist. Vielleicht war es ja nur die Gelegenheit. Wird schwer nachzuprüfen sein.«

Nun schwieg Arndt wieder und dachte nach – allerdings nicht über die Verstrickungen des Falls, sondern über etwas anderes. Er wollte etwas fragen. Doch er wusste beim besten Willen nicht, wie er es formulieren sollte, ohne den Unmut des Kommissars auf sich zu ziehen.

Er konnte schon den Rheinturm erkennen, als er endlich eine Art gefunden hatte, die ihm nicht allzu barsch vorkam. »Du hast Mangold gerade nicht zum ersten Mal gesehen, oder?«

Knüppel hatte zwar gewusst, dass Arndt diese Frage auf der Zunge lag, aber gleichzeitig gehofft, dass er sie nicht stellen würde. Obwohl er sich inzwischen wieder im Griff hatte, war er sich sicher, dass es Arndt nicht entgangen war, wie er für einen kurzen Augenblick das Lenkrad so fest umfasst hatte, dass seine Knöchel weiß hervortraten. Es wäre zwecklos, zu leugnen.

Also sagte er: »Vielleicht wird das ja doch noch was mit dir und der Polizeiarbeit.«

12

Manche Dinge änderten sich einfach nie. Der scharfe Hauch von Linoleumputzmitteln war schon zu Arndts Studienzeiten ein vollkommen selbstverständlicher Teil der Räume gewesen wie die Zweckmöblierung – immerhin hatte sich diese im Laufe der Jahre etwas verändert.

Wilhelm Schneider sah abgekämpft aus. Knüppel musste an Alvin Bartelink denken, dessen Augenringe allerdings wesentlich beeindruckender waren als die des Rektors. Schneiders leicht panische Mimik machte deutlich, dass es ihm überhaupt nicht gefiel, unfreiwillig Teil einer Mordermittlung geworden zu sein.

Während sie dem Rektor der HHU in sein Büro folgten, beugte Arndt sich zu Knüppel und flüsterte: »Wenn jeder Harmann gehasst hat, sollten wir vielleicht nach jemandem fragen, der ihn wirklich mochte.«

Knüppel antwortete leise: »Gute Idee. Ich weiß nur nicht, ob's so jemanden überhaupt gibt, wenn nicht mal seine Frau ihn wirklich ausstehen konnte.«

Sie setzten sich in die tiefen Stühle vor Schneiders Schreibtisch.

»Also, meine Herren, wie kann ich Ihnen helfen?«, fragte Wilhelm Schneider. Er gab sich größte Mühe, sich seinen Überdruss nicht anmerken zu lassen. »Das Wort ›Mord‹ verheißt ja leider nichts Gutes. Meine Sekretärin meinte schon, Ihre Kollegen hätten – ich zitiere – ›Unmengen von Unterlagen‹ angefordert?«

»Wir versuchen herauszufinden, wer Professor Harmann umgebracht hat«, sagte Knüppel geradeheraus.

Die Panik in Wilhelm Schneiders Gesicht nahm sofort Überhand. »Professor Harmann ist tot.« Es war keine Frage, sondern eine Feststellung. Ein paar Sekunden lang wirkte er, als müsse er über einen komplexen Sachverhalt nachdenken, den er nicht ganz begreifen konnte. »Wie kann das sein?«

»Genau das interessiert uns auch«, erwiderte Knüppel. »Sie sind also überrascht über Harmanns Tod?«

Zwar empfand er den Ausdruck im Gesicht des Uni-Rektors als authentisch, aber ein paar unangenehme Fragen würde er noch über sich ergehen lassen müssen, bis Knüppel endgültig überzeugt war.

»Natürlich bin ich überrascht, Herr Kommissar«, sagte Schneider mit krauser Stirn. »Ein Professor der Kunstgeschichte ist immerhin kein Drogendealer, wenn Sie mir diesen Vergleich verzeihen.«

»Angeblich war Professor Harmann nicht unbedingt beliebt bei vielen Studenten.« Jetzt musste Knüppel nur noch geduldig sein.

Wilhelm Schneider unterbrach den Blickkontakt zum Kommissar. »Mag sein. Allerdings muss ich dazu sagen, dass es des Öfteren vorkommt, dass Studenten sich unfair behandelt fühlen.«

»Wir haben gehört, dass Professor Harmanns Ruf nicht unbedingt makellos war.«

»Heißt das, Sie ziehen ehemalige Studenten von Harmann als Täter in Betracht?«

»Ist eine Möglichkeit«, erwiderte Knüppel bloß.

Schneider hielt inne und nahm einen Schluck Wasser. Dann sagte er: »Ich bin also auch im Rennen?«

»Könnte man so formulieren.«

»Darf ich fragen, wieso?«

Knüppel verschränkte die Arme vor seiner breiten Brust und wartete.

Arndt entging nicht, dass Schneider für einige Sekunden mit sich selbst rang, bevor er einknickte. »Hannah Burgdorfer?«, fragte er nur.

»Genau.« Knüppel klang zufrieden.

Schneider sackte ein wenig in sich zusammen, was ihn plötzlich sehr menschlich wirken ließ, und lehnte sich in seinem Stuhl nach hinten. »Ich habe gehofft, dass das hinter uns liegt.«

Nun klang er ebenso erschöpft, wie er aussah.

»Natürlich kann ich verstehen, dass ich angesichts dessen als Verdächtiger infrage komme, aber Sie müssen verstehen, warum ich diese ganze, unschöne Geschichte lieber inoffiziell klären wollte – die Anmeldezahlen waren im Keller, so niedrig wie schon lang nicht mehr, und so etwas fällt immer auf mich zurück. Vermutlich war es moralisch alles andere als einwandfrei, Harmann nicht zu belangen, aber das Letzte, was die Universität zum damaligen Zeitpunkt brauchte, war ein Skandal über sexuelle Belästigung. Es hätte nicht nur meine, sondern unter Garantie auch Professor Harmanns Karriere beendet, vielleicht sogar Hannah Burgdorfers, wer weiß. Im Nachhinein habe ich mir mein Verhalten immer damit schöngeredet, dass wir doch alle irgendwie mit einer halbwegs positiven Note aus dieser überaus unangenehmen Geschichte herausgekommen sind. Allerdings tut es mir immer noch leid, dass ich die junge Frau so abgespeist habe. Unter anderen Umständen hätte ich so etwas nie durchgehen lassen.«

Knüppel grübelte still. Bisher deckte sich diese Aussage mit der von Hannah Burgdorfer – allerdings hieß das nicht zwangsläufig, dass sie in jeder Hinsicht stimmte.

»Was mich interessieren würde: Wie kann es überhaupt sein, dass Harmann dermaßen viele schlechte Abschlussnoten durchgesetzt hat?«, fragte Arndt. »Immerhin obliegt jede Entscheidung dieser Größenordnung dem Prüfungsausschuss und damit mehreren Dozenten – und ich halte es für sehr unwahrscheinlich, dass dermaßen viele Studenten, die es so weit an der Uni geschafft haben, wirklich so wenig akademische Fähigkeiten besitzen.«

Schneider rutschte in seinem Drehstuhl herum. »Mir bleibt leider selten etwas anderes übrig, als mich auf die professionelle Meinung meiner Kollegen zu verlassen. Ich habe weder die Zeit noch die Qualifikationen, alle strittigen Abschlussarbeiten zu prüfen – im Zweifelsfall übernehmen das meine Assistenten und Hilfskräfte. Es ist natürlich jedes Mal schade, wenn die Meinungen von Studenten und Dozenten kollidieren, doch meist findet sich eine zufriedenstellende Übereinkunft für alle Parteien.«

»So zufriedenstellend wie bei Hannah Burgdorfer?« Arndt hob eine Augenbraue. »Sie wissen genau, worauf wir hinauswollen: Mit wem im Prüfungsausschuss hatte Professor Harmann mehr als bloß eine kollegiale Verbindung?«

Knüppel lehnte sich zurück und beobachtete nicht völlig ohne Stolz, wie Arndt seinen schmalen, langen Körper aufrichtete, während Schneider immer mehr in sich zusammenfiel.

»Leider würde ich lügen, wenn ich sagen würde, dass nicht immer eine gewisse Gefahr der Fraternisierung zwischen Lehrkräften besteht – Gleiches gilt aber auch für Konkurrenz und leider kann ich gegen beides relativ wenig unternehmen. Ehrlich gesagt ist es einfach Teil des Alltags hier.«

»Sie weichen aus«, warf Knüppel ein.

An Wilhelm Schneiders Gestik und Mimik war deutlich zu erkennen, dass die ganze Situation für ihn immer unangenehmer wurde. Das war gut. Unbequemlichkeit sorgte bei den meisten Menschen für mehr Impulsivität.

»Wenn ich raten müsste, würde ich sagen, dass Harmann so etwas wie eine Freundschaft zu Eugen Köhler gepflegt hat«, sagte der Rektor schließlich mit resignierendem Tonfall. »Die beiden haben viel miteinander gearbeitet und teilweise auch gemeinsam veröffentlicht. Garantieren kann ich da allerdings nichts, das nur vorweg. Wären Sie also so freundlich, dezent vorzugehen? Ein Shitstorm ist das Letzte, was ich jetzt gebrauchen kann.«

»Ist Professor Köhler heute zufällig da?«, fragte Knüppel.

Schneider drehte sich mit seinem Stuhl zu einem Regal hinter ihm, zog einen Ordner hervor und blätterte mit krauser Stirn darin herum. Dann, nachdem er einige Seiten etwas hektisch umgeschlagen hatte, zeigte er auf eine Tabelle. »Er gibt sogar gerade einen Kurs.«

Knüppel grinste. »Wären Sie so freundlich, uns den Raum zu verraten? Ich habe mich schon immer sehr für Kunstgeschichte interessiert.«

***

Der Hörsaal war dermaßen leer, dass Knüppel sich wunderte, warum die Veranstaltung nicht in einem kleineren Raum abgehalten wurde. Vereinzelte Trauben von Studenten hatten sich wild auf allen Sitzen verteilt, nur die erste Reihe war dicht besetzt. Vorn stand ein schmaler Mann in einem etwas zu großen Jackett. Trotz seines Alters von ungefähr 60 Jahren hatte er immer noch dichtes schwarzes Haar. Sein Gesicht war das eines Langstreckenläufers, ausgemergelt und gebräunt, seine Augen waren durchdringend blau. In leiser, nuscheliger Monotonie las er seine Notizen in ein Mikrofon auf einem Pult vor ihm und deutete gelegentlich auf die Projektionen an der Wand hinter ihm. Er hob nicht einmal den Blick, als die Tür des Hörsaals hinter Knüppel und Arndt laut zufiel.

Da Arndt sich sehr selbstverständlich die Treppen hinunterbewegte, folgte Knüppel ihm einfach. Ein Student in giftgrünem Sweatshirt schien nicht unbedingt begeistert von ihrer Ankunft zu sein und warf ihnen zornige Blicke zu, die Arndt gekonnt ignorierte.

Drei Reihen vor dem giftgrünen Sweatshirt setzte er sich auf den zweiten Stuhl der Reihe und Knüppel nahm direkt am Rand Platz und hoffte, dass er nicht durch die lächerlich große Lücke zwischen ausklappbarer Sitzfläche und Rückenteil rutschte.

»Warum sind so wenig Leute in einem so großen Raum?«, fragte Knüppel leise. »Das macht doch gar keinen Sinn!«

Arndt gluckste. »Das ist oft so. Am Anfang des Semesters ist alles überfüllt, wenn eine Vorlesung Pflicht ist, dann merken viele, wie langweilig so etwas ist, und hoffen einfach, dass sie sich irgendwie durchs Studium mogeln können, ohne körperlich anwesend zu sein.«

»Ich weiß ehrlich gesagt auch nicht, warum du dir das freiwillig länger als nötig angetan hast. Mir ist jetzt schon langweilig.«

»Vorlesungen habe ich auch immer gehasst – ich glaube, das tut jeder.« Der tiefe Unterton von Arndts Stimme hallte im Raum nach. »Glücklicherweise besteht das Studium später mehr aus kleinen Seminaren und viel Eigenarbeit. Sonst hätte ich auch direkt aufgegeben.«

Von hinten kam plötzlich: »Pssssst!«

Arndt drehte sich mit einem erstaunlich bösen Gesichtsausdruck um, den Knüppel noch nie an ihm gesehen hatte. Dann starrte er so lang den Studenten in Giftgrün an, bis dieser den Blick senkte.

»So was liebe ich ja«, sagte er zu Knüppel. »In der letzten Reihe hocken, aber auf ganz korrekt machen.«

»Störenfriede ermahnen ist immer noch mein Job, Sie Aushilfssheriff da oben.« Arndt zuckte leicht zusammen. Es war Eugen Köhlers Stimme, die plötzlich wesentlich lauter war als noch zuvor. Als Knüppel seinen Blick nach vorn richtete, sah er, wie der Professor an der Lautstärkeregelung seines Mikrofons herumdrehte. »Und Sie beide da können sich sowieso abschminken, mir jemals wieder unter die Augen zu kommen.« Köhler deutete mit ausgestrecktem Zeigefinger auf Knüppel und Arndt.

Wie eine empörte, alte Frau, dachte Knüppel.

»Kurz vor Ende hier aufschlagen und dann mit Gequatsche stören? Nicht mit mir! Außerdem habe ich Sie hier sowieso noch nie gesehen. Wie wär's, wenn Sie sich einfach einen anderen Kurs suchen, um da ihren wichtigen Privatgesprächen zu frönen?«

Arndt wirkte kurz etwas verdattert, also übernahm Knüppel das Reden: »Ehrlich gesagt klingt das nach einem sehr vernünftigen Vorschlag.« Damit stand er auf und schlenderte in Seelenruhe wieder die Treppen nach oben, Arndt folgte ihm.

Der Student in der letzten Reihe warf ihnen einen gehässigen Blick zu, als sie auf seiner Höhe waren. Bevor er durch die Tür trat, die Knüppel ihm aufhielt, wisperte Arndt dem Mann in Grün zu: »Wenn du schon in der letzten Reihe nicht auffallen willst, solltest du vielleicht zukünftig auf gedecktere Farben zurückgreifen.«

Schmunzelnd setzte sich Knüppel auf eine Bank direkt vor dem Hörsaal. »Dem hast du's jetzt aber so richtig gegeben«, sagte

»Ich weiß.« Arndt klang durchaus stolz. »Aber wieso hast du Köhler nicht einfach gesagt, warum wir da sind? Lassen wir so mit uns umspringen?«

»Bevor ich nicht weiß, ob er's wirklich verdient hat, mache ich bestimmt keinen Aufriss. Außerdem freue ich mich schon jetzt auf sein Gesicht, wenn er merkt, warum wir mit ihm reden wollen. Kennst du Köhler eigentlich?«

»Nur von den Seminarlisten. Hatte nie einen Kurs bei ihm.«

Sie warteten zehn Minuten, bis die wenigen Studenten aus dem Hörsaal tröpfelten. Das giftgrüne Sweatshirt eilte vorbei, ohne Knüppel und Arndt noch weitere Aufmerksamkeit zuteilwerden zu lassen, und mischte sich unter die anderen Menschen, die mittlerweile durch die Gänge strömten.

Schließlich trat Köhler nach draußen und Knüppel stand auf. »Professor Köhler ...«

»Betteln können Sie sich direkt sparen«, unterbrach der Dozent ihn. »Auf dem Ohr bin ich taub. Es ist Ihre eigene Schuld, dass ich Sie rausgeworfen habe. Wenn Sie einen Leistungsnachweis erbringen müssen, ist es mir ehrlich gesagt absolut egal, wie Sie das anstellen – bei mir machen Sie ihn definitiv nicht.« Mit schnellem Schritt ging er an Knüppel und Arndt vorbei in Richtung des Aufzugs am Ende des Gangs.

Knüppel folgte ihm und ärgerte sich, dass er sich Köhlers Tempo aufzwingen ließ. »Deswegen sind wir nicht hier, Herr Köhler.«

Ohne ihn anzusehen, presste Köhler den Knopf neben der silbergrauen Tür. »Dann werden Sie langsam wirklich penetrant für jemanden, der mir offenbar nur auf die Nerven gehen will.«

Zwar wusste Knüppel nicht, wann es das letzte Mal nötig gewesen war, aber er griff in die Innentasche seiner Jacke und zog seinen Dienstausweis hervor.

Weil Köhler immer noch keine Anstalten machte, Blickkontakt aufzunehmen, und stattdessen die Stockwerkanzeige über der Aufzugtür studierte wie ein passiv-aggressiver Teenager, schob Knüppel seine Hand mit dem Ausweis direkt vor seine Nase. »Es geht um Professor Harmann.«

Köhler zog die Stirn kraus. »Darf ich den noch mal sehen?«

Langsam verlor Knüppel die Geduld. »Sie werden gerade anstrengend.« Als sich die Aufzugtüren geöffnet hatte, deutete Knüppel hinein und sagte: »Nach Ihnen.«

Köhler drückte auf die drei. »Sie sind also diejenigen, die im Mordfall von Heinz-Josef ermitteln?«

Knüppel nickte nur. Köhler nervte ihn jetzt schon, allerdings würde er sich Mühe geben, sich diese Tatsache nicht allzu deutlich anmerken zu lassen. Doch selbst er hatte nur eine gewisse Menge Geduld.

»Woher wissen Sie davon, dass er tot ist?«, fragte Arndt und Knüppel war froh, dass er die Frage stellte, die ihm selbst ebenfalls sofort durch den Kopf geschossen war.

»Wir waren Freunde, Heinz-Josef und ich. Seine Frau hat mich angerufen. Was denken Sie denn? Dass ich ihn umgebracht habe und so dämlich bin, nicht wenigstens überrascht zu tun, dass zwei Heinis von der Kripo plötzlich meine Vorlesung stören? Also bitte! Würde ich mir dann nicht viel mehr Mühe geben, extrem kooperativ zu sein? Aber wenn ich Sie richtig einschätze, wäre das wahrscheinlich auch verdächtig und würde Ihnen nicht gefallen. Also kann ich wohl gerade nichts tun, was Sie nicht falsch interpretieren.«

»Sie könnten einfach unsere Fragen beantworten«, warf Knüppel ein. »Das wäre ein Anfang.«

Köhler winkte ab.

»Haben Sie eine Vermutung, wer Harmann töten wollte?«

Die Tür glitt auf und Köhler trat aus der Kabine, ohne auf Knüppel und Arndt zu warten. Die beiden sahen sich an, Knüppel zuckte mit den Schultern, dann folgten sie ihm.

»Das war eine Frage, Herr Köhler«, sagte Knüppel etwas lauter als nötig.

»Professor Köhler«, nuschelte dieser, bevor er fortfuhr: »Wenn Sie schon hier sind, bin ich mir sicher, dass Sie mittlerweile wissen, dass Heinz-Josef sehr rigoros war, was die Durchsetzung seiner akademischen Standards betraf. Mit so etwas macht man sich selten Freunde.«

»Nicht nur damit.«

Köhler eilte immer noch in Stechschritt den Gang hinunter. »Wie meinen Sie das?« Vor einer Bürotür blieb er schließlich stehen und steckte einen Schlüssel ins Schloss. Mit vor der Brust überkreuzten Armen drehte er sich um. »Und können wir das bitte schnell hinter uns bringen? Ich gebe gleich noch ein Hauptseminar und habe jede Menge Papierkram zu erledigen.«

»Soll mir recht sein.« Knüppel verschränkte ebenfalls die Arme. »Sexuelle Übergriffe auf Studentinnen sind selten etwas, womit man Sympathien sammelt.«

»Ich weiß ernsthaft nicht, wovon Sie da gerade reden. Was ich allerdings weiß, ist, dass ich es nicht befürworte, dass hier Dinge suggeriert werden, die einen Mann angreifen, der sein Leben der Lehre und Forschung verschrieben hat – einem toten Mann, zu allem Überfluss.«

»Hannah Burgdorfer?«, fragte Knüppel.

Arndt beobachtete Köhler, wie er wieder die Stirn in Falten legte und einen unbestimmten Punkt auf den Linoleumfliesen fixierte. »Sagt mir nichts.«

»Sie war eine Studentin von Harmann, ist schon einige Jahre her. Angeblich hat sich Harmann ihr genähert und sie hat sich geweigert. Der mögliche Rechtsstreit wurde intern verhindert, aber trotzdem hat Harmann ihre Magisterarbeit daraufhin angeblich schlechter als entsprechend bewertet.«

»Falls das überhaupt stimmen sollte, weiß ich nichts davon.«

»Ich dachte, Sie beiden wären eng befreundet gewesen«, merkte Knüppel an.

»Und? Heißt das, dass wir jedes irrelevante Detail unseres Lebens miteinander teilen müssen?« Köhler sah sich um, dann sprach er etwas leiser weiter: »Es gibt immer wieder Studentinnen, die Dozenten mit so etwas unter Druck setzen wollen, sei es für bessere Noten oder einfach nur zum Spaß. Einige wenige ziehen es eben durch bis zur letzten Konsequenz. Es ist der wundeste Punkt für jeden männlichen Dozenten, denn im Zweifelsfall glaubt immer jeder der armen, geschundenen Frau, und wir sind unseren Job los. Und so einfach, wie Sie sich das vielleicht vorstellen, ist es übrigens nicht, eine Abschlussarbeit schlechter als der Leistung entsprechend zu bewerten.«

»Sogar mit einem befreundeten Dozenten im Prüfungsausschuss?«, fragte Arndt.

Köhler schwieg. »Ich weiß nicht, ob mir gefällt, was Sie andeuten.«

»Ehrlich gesagt ist mir das egal, darum geht es nämlich gerade nicht«, sagte Knüppel. »Wir wollen nur den Mord an Professor Harmann aufklären, sonst nichts.«

Er hatte sich bemüht, selbstbewusst und trotzdem neutral zu klingen. Bei vielen Menschen zeigte exakt dieser Ton Wirkung und auch Köhler blieb keine Ausnahme.

»Gut, das ist natürlich auch in meinem Interesse. Falls ich ein wenig garstig zu Ihnen gewesen sein sollte, muss ich mich an dieser Stelle entschuldigen. Sie haben mich einfach auf dem falschen Fuß erwischt – sowohl mit Ihrem derben Auftritt im Hörsaal als auch mit Ihren unangenehmen Fragen. Aber das bleibt wohl bei so etwas wie einem Mord kaum aus und Sie machen ja nur Ihren Job. Ich fürchte, Heinz-Josefs Tod geht mir doch näher, als ich zugeben will.«

Arndt nickte verständnisvoll, Knüppel stand da wie eine Statue.

»Wenn ich Ihnen sage, dass ich nichts von einer Hannah Burgdorfer weiß, dann müssen Sie mir glauben«, fuhr Köhler fort. Dieses Mal suchte er die Blicke von Knüppel und Arndt. »Heinz-Josef und ich waren Freunde, ja, das kann und will ich nicht bestreiten. Aber unsere Freundschaft ruhte vor allem auf professioneller Übereinstimmung – und definitiv nicht darauf, uns einen Spaß daraus zu machen, junge, enthusiastische Menschen mit einem schlechten Abschluss möglicherweise den ganzen Rest ihres Lebens zu behindern. Deswegen saß ich überhaupt so oft mit ihm im Prüfungsausschuss. Wir haben beide für das Fach gebrannt. Ja, unter Umständen war Heinz-Josef wesentlich härter als ich zu Studenten, doch er hatte nun einmal ein fachliches Ideal, an dem er jeden gemessen hat, vor allem sich selbst. Ich kannte ihn nur als extrem angenehmen Kollegen. Wir haben mehrmals zusammen veröffentlicht, Seminare geleitet, sind zu Symposien gereist, all das. So etwas ist selten, so etwas verbindet. In akademischen Kreisen werden immer wieder gern die Ellbogen ausgefahren, alles wird zum Streitgespräch. Natürlich, Heinz-Josef hat nie die Diskussion gescheut und immer die Konfrontation gesucht, aber für mich war er jemand, mit dem man einfach entspannt reden konnte. Eine absolute Rarität. Ich hoffe bloß, er hat es vielleicht ähnlich gesehen.«

»Ihre Freundschaft zueinander war jedenfalls bekannt«, sagte Arndt. »Deswegen sind wir überhaupt hier.«

Arndt war gut, trotzdem sorgte das sich immer mehr ausbreitende Pathos für ein unangenehmes Gefühl in Knüppels Magengegend. Vielleicht hätte er heute bei Bonkers etwas kürzer treten sollen, um den schweren Schwulst hier besser verdauen zu können.

»Immerhin etwas.« Köhler nickte abwesend. »Mir liegt eine Menge daran, dass sie denjenigen finden, der ihn getötet und so furchtbar entwürdigend in der Harfe aufgehängt hat. Ich muss ehrlich sagen, dass ich auf einen gerechten, aber harten Prozess hoffe und der Mörder – wer auch immer es ist – die Strafe bekommt, die er verdient. Das ist das Mindeste, was Heinz-Josef verdient hat.«

»Sie wissen also nicht, wer für den Mord infrage kommen könnte?«, fragte Knüppel.

»Wenn Sie von den üblichen Problemen mit Studenten absehen, wüsste ich nicht, wer Interesse daran haben könnte, Heinz-Josef tot zu sehen. Den Lehrstuhl habe ich übernommen, als er sich hat emeritieren lassen.« Er hob eine Augenbraue. »Und bevor Sie da auf falsche Gedanken kommen: Hätte ich seine Position schon früher gewollt, hätte ich ihn wohl wesentlich früher umgebracht, nicht wahr? Das Ende seiner Laufbahn hier war sowieso abzusehen und für mich immer ein gewisser Fixpunkt, schließlich war er mehr als 10 Jahre älter als ich.«

»Würden Sie sagen, dass er für Sie nicht nur ein Freund, sondern auch eine Art Mentor war?«, fragte Arndt.

Köhler zuckte mit den Schultern. »Das wäre vielleicht etwas viel. Wir haben uns erst hier kennengelernt, da war Heinz-Josef schon Mitte 50. Zu diesem Zeitpunkt hatten wir beide schon unsere Karriere aufgebaut – etwas spät für ein Mentorenverhältnis, finden Sie nicht? Aber wir haben uns definitiv gegenseitig dabei geholfen, Gedanken und Theorien weiterzuentwickeln.«

»Auch Gedanken zu Hieronymus Bosch?«

»Natürlich auch zu Hieronymus Bosch, immerhin war das Heinz-Josefs Schwerpunkt.« Köhler blickte kritisch drein. »Wieso fragen Sie? Ist es das, was das alles mit der Harfe soll?«

Schnell schaltete sich Knüppel ein: »Es ist nur eine Richtung, in die wir ermitteln. Noch ist uns leider nicht klar, was die Harfe bedeutet.«

Still starrte Köhler ins Nichts.

»Wie dem auch sei, Herr Köhler«, sagte Knüppel, »dann überlassen wir Sie Ihrem Hauptseminar. Danke für Ihre Kooperation.«

Köhler nickte bloß abwesend und verschwand in seinem Büro.

Knüppel und Arndt sprachen erst wieder, als sich die Aufzugtüren geschlossen hatten.

»›Danke für Ihre Kooperation‹?«, fragte Arndt belustigt. »Ich wusste ja gar nicht, dass du sarkastisch sein kannst.«

Knüppel grinste. »Ich fand mich ausgesprochen professionell.«

»Der hat uns doch angelogen, oder?«, fragte Arndt.

»Ich denke, das mit dir und der Polizeiarbeit wird wirklich noch was.«

**

»Bitte sag mir, dass ihr noch in Düsseldorf seid.« Valerie Kiels Stimme in der Sprechanlage knisterte, als der Opel Astra über ein Schlagloch rollte.

»Wir haben noch ein bisschen bezüglich Harmann rumgebuddelt. Er hat ein paar Sachen mit einem gewissen Eugen Köhler gemeinsam veröffentlicht – auch so ein Kunstgeschichtetyp, natürlich, und er arbeitet als Dozent an der Uni.«

»Zum Glück sind wir euch weit voraus«, sagte Knüppel. »Köhler hat uns schon angelogen.«

»Inwiefern?«

»Nur so ein Gefühl bisher. Aber irgendetwas stimmt da nicht.«

»Gut gemacht, Winterfeldt!«, bellte Kiel vom Telefon weg. »Knüppel hat ein komisches Gefühl bei Köhler, obwohl er nicht einmal die Story von den Arnolds gehört hat.«

»Danke, danke!«, rief Winterfeldt aus dem Hintergrund.

»Das Ehepaar mit dem Eulentür-Haus? Welche Story?«, fragte Knüppel.

Ein merkwürdiges Geräusch kam aus der Sprechanlage und Arndt zuckte zusammen. Er wusste nicht so recht, ob es die sowieso unterdurchschnittliche Verbindungsqualität, die steinalte Freisprecheinrichtung oder einfach ein Räuspern von Valerie Kiel war.

»Festhalten, Seifenoper«, fuhr die Kommissarin fort. »Wir waren ja sowieso schon an den Arnolds dran, weil uns da irgendwas komisch vorkam. Und natürlich lagen wir richtig. Vorhin haben sie angerufen und uns damit eine Menge Arbeit erspart. Find ich gut – nette Leute, die Arnolds, allerdings ein wenig vergesslich. Bis sie sich daran erinnert haben, dass ihr Sohn auch mal kurz bei Harmann studiert hat, mussten sie offensichtlich noch mal ganz tief in sich gehen. Kannst du dir das vorstellen?«

»Eine Unverschämtheit.« Knüppel grinste.

»Wenigstens war ihnen die spontane Amnesie angemessen unangenehm und wir haben beschlossen, dass wir nicht böse sein wollen, immerhin sind wir ja bekanntermaßen Freunde und Helfer. Da waren sie direkt ganz erleichtert und sie haben losgeplappert: Ihr Sohnemann Karl, der nicht ansatzweise so alt ist, wie man bei dem Namen denken könnte, war vor einigen Jahren als Student an der Uni Düsseldorf und hatte auch so die typischen Probleme mit Harmann. Allerdings musste er sich nur im Nebenfach mit dem Professor rumschlagen, dementsprechend wenig fiel das alles ins Gewicht.«

»So weit, so gewöhnlich«, warf Arndt ein.

»Geduld, Geduld, Eulentürentdecker, es wird spannend. Der gute Karl hat sich schließlich dazu entschlossen, dass ihm das hier alles zu doof und langweilig und sowieso zu grau ist und deswegen sein Studium in Barcelona fortzusetzen. Und jetzt kommt's: Ganz zufällig ist Karl momentan zurück in Krefeld, um seine Eltern und alte Freunde zu besuchen, und ganz zufällig war er schon hier, als Harmann ermordet wurde.«

»Hm«, machte Knüppel.

»Interessant«, sagte Arndt.

»Aber wir wären ja nicht das beste Team der Welt, wenn wir nicht noch einen draufsetzen könnten. Karls Eltern konnten sich nämlich daran erinnern, dass Sohnemann ihnen von einem ehemaligen Kommilitonen erzählt hat, der meinte, Harmann und Köhler hätten weitaus mehr zusammen gemacht, als nur Texte zu veröffentlichen.«

»Ich schätze nicht, dass sie auch noch wussten, wie besagter Kommilitone hieß?« Knüppel strich sich übers Kinn.

»Natürlich nicht.«

»Was für ein Zufall.« Arndt klang süffisant.

»Habt ihr denn irgendeine Ahnung, was die beiden Professoren zusammen angestellt haben könnten?«, fragte Valerie Kiel.

Knüppel klopfte leise auf dem Lenkrad herum. »Nee, noch nicht. Allerdings hätte ich genau etwas in die Richtung vermutet. Köhler war komisch, sobald es um seine Beziehung zu Harmann ging. Dass da irgendwas nicht stimmen konnte, war sofort klar. Außerdem kaufe ich ihm jetzt noch weniger ab, dass er noch nie was von der Sache mit der sexuellen Belästigung gehört haben will, wenn er doch so dicke mit Harmann war.«

»Dann müssen wir wohl mal dringend mit Karl Arnold sprechen und hoffen, dass sein Langzeitgedächtnis besser als das seiner Eltern ist, nicht wahr?«

Knüppel nickte. »Gute Arbeit. Gibt's sonst noch was?«

»Mangold hat ihre Kundenkartei geschickt«, rief Meyer-Landfried. »Ich guck's mir grad an.«

Kiel fragte: »Was sagt eigentlich Mangold?«

Der Trommelrhythmus auf dem Lenkrad beschleunigte sich. »Dass sie's nicht war.«

»Und was sagst du?«

»Dass sie's nicht war.«

»Wir werden sehen«, rief Meyer-Landfried.

»Macht ihr gleich Feierabend?«, fragte Knüppel schnell. »Ist spät genug. Morgen wird bestimmt anstrengend.«

»Das lass ich mir bestimmt nicht zweimal sagen«, antwortete Valerie Kiel, dann legte sie auf.

Ein paar Kilometer lang herrschte Schweigen in Knüppels Kombi. Der Kommissar dachte über die neuen Entwicklungen des Falles nach und war zufrieden, weil er das Gefühl hatte, dass sich das Wollknäuel aus Spuren endlich in einzelne Fäden auflöste. Arndt wiederum grübelte, was zwei Professoren gemeinsam hinter den Kulissen tun konnten, was nicht auffällig war, aber Unmut auf sich ziehen konnte – leider waren die Möglichkeiten endlos.

Während sich der Berufsverkehr zäh und dicht über die Fahrbahnen schob, ging bereits langsam die Sonne unter. Knüppel ordnete sich in die mittlere Spur ein und schlich hinter einem Lastwagen her, der dieselbe Geschwindigkeit wie die Autos rechts neben ihnen fuhr. Schwer seufzend ließ er seine Bowlingkugelbirne gegen die Kopfstütze sinken und ergab sich in sein Schicksal.

Schließlich fragte er: »Meinst du, der Mörder weiß irgendetwas über Karl Arnold und das, was auch immer die beiden Professoren zusammen veranstaltet haben? Wollte er uns auf irgendwas hinweisen?«

Es war eine Frage, über die Arndt auch schon nachgedacht hatte. Hatte er mit der Eulentür wirklich einen relevanten Hinweis entdeckt oder waren die neuen Erkenntnisse reiner Zufall, die überhaupt nichts mit den Bildern Boschs zu tun hatten?

Also sagte er die Wahrheit: »Wenn ich das nur wüsste.«

13

Eigentlich sollte sich Knüppel hier zu Hause fühlen. Doch obwohl sich das Innere der VHS nicht unbedingt stark von dem des Präsidiums unterschied, hatte er schon jetzt das Gefühl, seit einer Ewigkeit im Kreis zu gehen – eierschalenfarbene Wände, Linoleumfliesen und überall Türen, wieder und wieder. Er hasste öffentliche Gebäude. Natürlich behielt er diese Meinung grundsätzlich für sich, weil er sich sicher war, dass sie aus dem Mund eines Kommissars etwas merkwürdig wirken könnte, aber wenn er allein war, gab er sich in entsprechenden Momenten unverhohlen seiner stillen Abneigung gegen die frustrierende Gleichförmigkeit solcher Komplexe hin. Vermutlich hatte er einfach in den letzten Tagen zu viel Zeit auf Linoleum verbracht: das Präsidium, die Uni und jetzt das hier. Er versuchte, seinen Unmut abzuschütteln.

Der Tag heute war wichtig, das spürte Knüppel. Deswegen wollte er Arndt dabei haben. Zum einen hoffte er, dass der lange Mann wieder ein paar zündende Ideen beisteuern würde, zum anderen traf sich das Team gleich bei Bonkers und langsam war es an der Zeit, dass sie alle Arndt besser kennenlernten und umgekehrt.

Kurz hatte ihn ein schlechtes Gewissen ereilt, das musste Knüppel zugeben. Immerhin war es schon etwas forsch, einfach ungefragt aufzutauchen, um Arndt dazu zu bringen, alles stehen und liegen zu lassen. Doch dann fiel Knüppel wieder ein, wie Arndt bei ihm im Garten aufgetaucht war, und sofort verzog sich der kurze Anflug moralischen Zweifels wieder.

Schließlich fand er endlich Raum 2117 und öffnete, ohne zu klopfen. Ein Dunst aus Kaffee, Kreide und Mottenkugeln schlug ihm entgegen und nur ein paar der etwa 20 Senioren hoben die Köpfe, um ihn anzusehen. Die anderen waren gerade zu beschäftigt damit, Pfeile aus kruden Ästen zu basteln. Arndt saß gerade wie ein etwas zu bemüht lässiger Lehrer auf der Kante eines Tisches und überprüfte die Sehne eines Bogens. Irritiert legte er den Kopf schräg, als er Knüppel sah.

Der Kommissar trat zurück in den Flur und winkte Arndt zu sich.

»Was machst du denn hier?«

»Wir sprechen im Team über die weitere Vorgehensweise, da hätte ich dich gern dabei«, sagte Knüppel. »Danach wollte ich mir noch mal Elisabeth Harmann vornehmen. Und da du bei den Verhören irgendwie nützlich warst, fänd ich's gut, wenn du mitkommen würdest.«

Arndt zögerte keine Sekunde. »Gern.« Schnell drehte er sich um und rief in den Raum mit seinen Schülern: »Ich muss für heute leider gehen.« Er deutete auf eine weißhaarige Frau in sonnengelbem Cardigan. »Wenn Sie Fragen haben, kann Helga Ihnen mit Sicherheit helfen – Helga weiß, wie's geht.«

Helga lachte verlegen und winkte ab.

»Aber Sie sind ja sowieso alle fest im Sattel. Wir sehen uns nächste Woche wieder. Gleicher Ort, gleiche Zeit.« Damit schloss Arndt die Tür und fragte Knüppel: »Sollen wir dann?«

»Nicht mal ein bisschen Empörung oder Widerstand bekomme ich?« Knüppel setzte sich in Bewegung. »Dabei hatte ich so fest damit gerechnet. Jetzt bin ich enttäuscht.«

Arndt schnaubte. »Wenn du unbedingt willst, kann ich schreien und mich wehren, während du mich an den Haaren hier rauszerrst.«

»Finde ich nicht zu viel verlangt.«

Knüppel ließ sich unauffällig zurückfallen und vertraute darauf, dass Arndt sich in diesem Labyrinth aus Zweckmäßigkeit besser auskannte als er. Sie hatten fast den Ausgang erreicht, als aus einer der unzähligen Türen ein Mann trat, der Arndt sofort fixierte. Er trug ein ausgebeultes Jackett mit Lederflicken an den Ellbogen und braune Lederschuhe, über seiner rechten Schulter hing eine dieser Taschen aus hellem Leder, die offenbar jedem Lehrer mit dem Staatsexamen überreicht wurden. Knüppel fand, dass der Mann mit seinen großen Geheimratsecken, über der Nase zusammengewucherten

Augenbrauen und der aus der Form gewachsenen Kurzhaarfrisur sowieso exakt wie ein Geschichtslehrer aussah. Auf jeden Fall passte er in diese Umgebung.

»Ach, Mist!«, fluchte Arndt leise.

»Gruyter!«, rief er ihm entgegen und baute sich vor ihm auf, um mit seinen etwas eiförmigen Augen Knüppel zu mustern. »Sie sehen mir aber nicht nach Arndts typischen Schülern aus.«

»Knüppel, das ist Manfred Tenhagen – einer meiner hochgeschätzten Kollegen hier. Er unterrichtet Töpfern für Senioren.«

»Unter anderem«, merkte Tenhagen an und streckte Knüppel seine Hand entgegen.

Automatisiert ergriff Knüppel sie und Arndt übernahm den Rest der Vorstellung: »Darf ich dir Knüppel vorstellen? Hauptkommissar für Todesermittlung bei der Polizei Krefeld.«

»Oha, Gruyter! Bekommst du auf deine alten Tage etwa noch die Aufmerksamkeit, die du verdienst?«

»Arndt assistiert uns gerade als externer Berater bei einem Fall«, schaltete Knüppel sich ein.

»Das muss aber ein merkwürdiger Fall sein – immerhin beschäftigt sich Gruyter den ganzen Tag lang nur mit Kraut und Rüben.« Lachend klopfte Tenhagen auf Arndts Schulter. »Scherz, Scherz, Gruyter! Nicht gleich säuerlich werden.«

Kurz lieferten sich Arndt und Tenhagen ein Blickduell, das Knüppel überaus amüsierte. Er hätte nicht gedacht, dass der umgängliche, große Mann ausgerechnet in Krefelds VHS auf regelmäßiger Basis seiner Nemesis begegnete – oder dass jemand wie Arndt überhaupt eine Nemesis hatte.

Er gab sich zwar Mühe, professionell und distanziert zu wirken, doch seine Körpersprache war eindeutig abwehrend.

Die alles andere als dezenten, aber extrem spaßigen Seitenhiebe, die die beiden in jedem Satz zu verstecken schienen, hätte Knüppel sich den ganzen Tag lang anhören können, doch leider war die Zeit knapp.

»Hat mich gefreut, Herr Tenhagen«, sagte er also. »Wir haben heute einen eng gestrickten Stundenplan.«

»Natürlich, natürlich, Herr Kommissar, das verstehe ich absolut.«

»Bis demnächst«, verabschiedete sich Arndt und eilte an Tenhagen vorbei, Knüppel folgte ihm ohne ein weiteres Wort.

»Was ist denn mit deinen Schülern für heute, Gruyter?«, rief Tenhagen ihnen hinterher.

»Die sind alle schon groß.«

»Wie du meinst.«

Kräftig stieß Arndt die Tür nach draußen auf. Als sie sich einige Schritte vom Gebäude entfernt hatten, sagte er: »Ich finde Tenhagen sehr anstrengend.«

Knüppel grinste nur. »Was du nicht sagst.«

***

Als sie in den duftenden Dunst traten, sagte Knüppel: »Ich hoffe, du bist kein Vegetarier.«

Arndt schüttelte nur den Kopf und sah sich mit großen Augen um. Er hatte schon viel von Bonkers als alteingesessene Krefelder Fleischerlegende gehört, war aber selbst noch nie hiergewesen. Als er die garantiert authentischen Fliesen aus der Jahrhundertwende hinter der Theke sah, bereute er diesen Umstand sofort. Auf weißer Emaille strahlten rote, sich überschneidende Kreise dermaßen klar und hell, als wären nicht mehr als 100 Jahre vergangen, seitdem sie hier angebracht worden waren. Überhaupt war vieles hier offensichtlich seit Jahrzehnten unverändert und in hervorragendem Zustand – ein Gedanke, der Arndt ein wenig aufgeregt werden ließ.

Er folgte dem Kommissar zu einer U-förmigen Bank hinten links in der Ecke des Geschäfts. Sofort erkannte Arndt zwei der insgesamt vier Gesichter: Die brünette Kommissarin mit den vollen Lippen und der kleinen Nase hatte er bei seinem ersten Besuch im Präsidium ebenso gesehen wie den jungen, hochgewachsenen Mann mit den leicht unordentlichen Haaren. Definitiv nicht kannte er den Polizisten mit dem strengen, wachsartigen Gesicht, bei dem er sofort an Hermann Hesse denken musste, und den schlafenden Mann im Kapuzenpullover.

Es war eine Ewigkeit her, dass Arndt aufgrund einer sozialen Situation aufgeregt gewesen war. Für gewöhnlich machte er sich zwar nicht viel aus Gesprächen mit anderen Menschen, war aber, allein durch seine Erziehung, zwangsläufig sehr gut darin. Leider bildeten offensichtlich ausgerechnet Knüppels Kollegen die Ausnahme. Nachdem Knüppel ihn allen vorgestellt hatte, rückte das Team zusammen, um ihnen Platz auf der U-förmigen Bank zu machen. In weiser Voraussicht hatte sich der Schlafende – Alvin Bartelink, wie Arndt nun wusste – am rechten Rand der Bank platziert und schnarchte unbeeindruckt weiter.

Bevor sie in ein Gespräch einsteigen konnten, donnerte plötzlich eine laute Stimme neben ihnen: »Heute gibbet nur dat normale Menü. Aber wisst ihr ja, ne? Wat darf's denn sein für meine Lieblingsbullen?«

Während die Ermittler bestellten, musterte Arndt unauffällig den großen, dicken Kerl mit den massiven Unterarmen. Das war also Metzger Bonkers.

»Ich nehm die Linsensuppe«, sagte Knüppel. »Und schneid mir ruhig noch eine Krakauer rein, Hänschen. Bartelink kannst du das auch bringen, das mag der.« Dann deutete er auf Arndt. »Er hier nimmt dasselbe.«

Hänschen Bonkers nickte bloß. »Neues Gesicht, wa?«, fragte er dann und griff Arndts Hand, bevor dieser überhaupt eine Chance hatte, zu reagieren. »Bonkers der Name. Aber hasse dir schon gedacht, wa?« Er lachte schallend. »Die meisten sagen Hänschen. Wärst du nicht mit denen hier, würd ich dir noch nicht das Du anbieten. Aber so is das schon in Ordnung.«

»Arndt, einfach Arndt«, erwiderte Arndt schnell und presste die riese Pranke mit seinen schlanken Fingern.

»Und wat machst du mit denen? Freiwillig verbringste ja wohl kaum Zeit mit solchen Typen, oder?«

Arndt lachte, Knüppel übernahm das Antworten: »Der lange Mann ist Kunsthistoriker und hilft uns beim aktuellen Fall. Wenn wir ihn nicht hätten, würden wir immer noch im Dunkeln stochern.«

»Oh, ein Studierter!«, polterte Bonkers. »Dat ham wir hier selten.« Er zwinkerte. Dann drehte er sich plötzlich um und rief noch lauter, als er sowieso schon sprach: »Papa! Dat hier is Arndt! Er hilft Knüppel und Konsorten!«

Hinter der Theke kam ein Rollstuhl mit einem faltigen, eingefallenen Männlein hervor, das mit erstaunlich fester Stimme antwortete: »Verdammich, schrei nich so, Hans! Schwerhörig bin ich noch nich!« Dann hob er die Hand und sah Arndt mit wachen Augen an. »Tach, Arndt. Ebenfalls Bonkers, wie der grobschlächtige Klotz da. Wat hab ich mir nur dabei jedacht?« Damit verschwand er wieder hinter der Theke.

»Jut, hätten wir dat auch geklärt!«, sagte Bonkers. »Kommt alles sofort.« Mit großen Schritten stapfte er zu seinem Vater und machte sich daran, das Essen für die Polizisten zu servieren.

Kurz herrschte Stille am Tisch, nur das leise, gleichmäßige Atmen von Alvin Bartelink war zu hören. Arndt spürte, dass Meyer-Landfried ihn ausgesprochen aufmerksam anstarrte, und rang sich ein Lächeln ab, doch es gab keine Gegenreaktion.

Dann sagte Knüppel: »Ich hab den Studierten aus der VHS entführt, er hat grad einen Kurs gegeben. Nicht mal überreden musste ich ihn!«

»Dabei kannst du doch grade das so gut«, sagte Valerie Kiel und kicherte rauchig.

»Nicht wahr?«, antwortete Knüppel und presste seine breite Brust noch ein wenig weiter heraus. »Aber mal kurz ans Eingemachte. Wie sieht's aus?«

»Natürlich hattest du wahrscheinlich mal wieder recht«, schaltete sich David Winterfeldt ein. »Lena Mangold sieht ebenso langweilig für uns aus wie ihre Kunden. Keine Übereinstimmungen mit der Liste von unseren Verdächtigen. War also wahrscheinlich wirklich nur ein Zufall, dass es ihre Harfe am Tatort war.«

Arndt entging nicht, wie Valerie Kiel Knüppel bei der Erwähnung von Lena Mangold intensiv musterte, doch der Kommissar verzog keine Miene.

»Ist die Liste eigentlich noch aktuell?«, fragte er.

»Natürlich!«, antwortete Winterfeldt empört. »Dass du das überhaupt fragst, also bitte! Was meinst du denn, was wir den ganzen Tag lang machen? Bei Harmann studiert, möglicherweise deswegen einen eher nicht so guten Abschluss, Arbeiten oder Seminare zu Hieronymus Bosch. Sind immer noch ziemlich viele, aber wir konnten schon ein paar aussortieren, weil sie zum Zeitpunkt des Mordes nachweislich nicht im Land waren oder andere Alibis haben. Hannah Burgdorfer steht übrigens immer noch drauf.«

»Die nehmen wir uns auf jeden Fall noch vor, sobald wir etwas mehr wissen. Genauso wie diesen Köhler.«

»Aber vorher willst du noch mal mit Harmanns Frau sprechen?«, fragte Kiel. »Darf ich fragen, was das bringen soll?«

»Mich interessiert brennend, ob sie mir ein bisschen was zu der Freundschaft zwischen ihrem Mann und Köhler erzählen kann – oder was auch immer das war.« Knüppel strich sich über den leicht stoppeligen Schädel. »Außerdem habe ich da immer noch ein paar Fragen zu Hannah Burgdorfer und dieser ganzen Sache mit der sexuellen Belästigung. Vielleicht war Burgdorfer ja nicht die Einzige und vielleicht wusste Elisabeth Harmann ja davon. Das würde eine Menge ändern. Und ehrlich gesagt kann ich mir nicht vorstellen, dass eine dermaßen gebildete Frau wie Elisabeth Harmann nichts von der ganzen Sache mit Burgdorfer gemerkt haben soll.«

»Ich auch nicht«, warf Arndt ein, weil er das Gefühl hatte, sich am Gespräch beteiligen zu müssen.

»Gut, so schließt sich dann schon mal der Kreis«, antwortete Valerie Kiel. »Ich schätze, ihr übernehmt das?«

Knüppel nickte. »Am besten fahrt ihr zu diesem Karl, ihr seid da schon drin. Schlagt da gern auch zu dritt auf, das macht mehr Druck. Die ganze Richtung könnte spannend sein und alles, was wir gegen Köhler ausgraben können, hilft. Also, Meyer-Landfried, notfalls auch hart und unnachgiebig.«

Meyer-Landfried nickte nur, ohne seine verkniffene Mimik zu entspannen.

»Wenn alle Stricke reißen«, fuhr Knüppel fort, »fahren Arndt und ich einfach noch mal zur Uni und tun so, als wüssten wir irgendwas über Köhler.«

»Wir wissen davon, Professor Köhler. Widerstand ist zwecklos«, sagte Arndt mit etwas verstellter Stimme und hoffte im selben Moment, dass sein Witz nicht vollkommen schlecht war.

Glücklicherweise lachten sowohl Valerie Kiel als auch David Winterfeldt. Bartelink schlief und Meyer-Landfried blickte unbeeindruckt miesepetrig drein. Zwei von vier. Besser als nichts.

Plötzlich sagte Meyer-Landfried: »Ich frage mich immer noch, warum ausgerechnet der Kunsthistoriker hier ein Foto von der Leiche bekommen hat, zumal sich sonst keiner gemeldet hat, dem etwas Ähnliches passiert ist. Leider habe ich bisher noch nichts gefunden.«

Obwohl er fast tonlos sprach, war Arndt überzeugt davon, dass vor allem der letzte Satz eine Menge Misstrauen kommunizierte. Sein erster Impuls war es, sich zu rechtfertigen, doch dann fiel ihm sofort ein, wie defensiv das möglicherweise wirken könnte, und dass er Meyer-Landfried damit direkt in die Falle tappte.

Er wusste zwar nicht, woran es lag, doch er hatte das Gefühl, dass Meyer-Landfried ihn beim besten Willen nicht ausstehen konnte und nur seine Anwesenheit akzeptierte. Vermutlich sollte er einfach nicht zu intensiv darüber nachdenken.

Immerhin war er der Neue und darüber hinaus nicht einmal ein echter Ermittler – da konnte er vermutlich schon froh sein, dass Kiel und Winterfeldt freundlich zu ihm waren.

»Das fragen wir uns alle und das werden wir schon noch herausfinden, Malte«, sagte Valerie Kiel und klopfte Meyer-Landfried versöhnlich auf den Unterarm.

»Ach, keine Sorge, Val, Arndt musste schon bei mir genau die Fragen über sich ergehen lassen. Das schafft er auch noch mal.« Amüsiert zwinkerte Knüppel seinen Begleiter an.

»Wird ja wohl noch erlaubt sein, sich zu wundern«, sagte Meyer-Landfried säuerlich.

»Ist immerhin Ihr Job«, versuchte sich Arndt an einer versöhnlichen Antwort.

Meyer-Landfried verschränkte die Arme. »Ein Job, in dem ich gut bin.«

»Da bin ich mir sicher.«

»Gut.«

Valerie Kiel zog eine Schnute »Manchmal glaube ich, dass Knüppel ein bisschen zu sehr auf unseren guten Malte abgefärbt hat – diese barsche Art hatte er früher jedenfalls nicht.«

»Was soll das denn heißen?« Knüppel lachte. »Ich bin doch bezaubernd!«

»Geradezu lieblich«, sagte Arndt.

Wieder lachten alle außer Meyer-Landfried und Bartelink. In diesem Moment kamen Hänschen Bonkers und der alte Bonkers mit dem bestellten Essen zu ihrem Tisch.

Sofort wachte Bartelink auf und sagte: »Linsensuppe? Mit Krakauer? Super!« Damit begann er, zu essen.

Arndt war sich sicher, dass der Forensiker nicht einmal wahrgenommen hatte, dass ein Neuer am Tisch saß. Nach Meyer-Landfrieds kleinem Verhör fand er diesen Umstand allerdings sehr angenehm.

Der alte Bonkers rollte an die freie Längsseite des Tischs und stellte einen Teller mit Linsensuppe vor sich. »Ich hoff, ich stör nicht. Aber grad is ja nich viel los und wir ham schon viel zu lang nich mehr richtig jeschnackt.«

14

»Ich muss zugeben, dass ich nicht damit gerechnet habe, Sie noch einmal zu sehen, Herr Kommissar. Ich nahm an, alle relevanten Details wären bereits besprochen. Sie haben Glück, dass ich heute nicht im Institut bin, sonst hätte ich garantiert keine Zeit für Sie.«

Obwohl Elisabeth Harmann ihm nichts getan hatte und bei der Begrüßung überaus höflich gewesen war, musste Arndt in sich aufkeimende Aggressionen herunterkämpfen. Die Frau des ermordeten Professors erinnerte ihn einfach zu sehr an seine Familie – alles hier erinnerte ihn an seine Familie, von der großbürgerlichen Wohnlage über die Einrichtung bis hin zu der heiligen Stille, die von der ganzen Nachbarschaft Besitz ergriffen hatte. Das Haus der Harmanns sah dem, in dem Arndt seine Kindheit verbracht hatte, wirklich auf unheimliche Weise ähnlich. Selbst das weinrote Chesterfield-Sofa, auf dem sie saßen, hätte er seinen Eltern zugetraut.

Knüppel merkte zwar, dass sein Begleiter etwas gereizt zu sein schien, seitdem Elisabeth Harmann ihnen die Türe geöffnet hatte, aber dagegen konnte er in diesem Moment nichts unternehmen. Dafür fiel ihm bei einem Blick in den Garten sofort auf, dass der Garten frei von Skulpturen war. Stattdessen waren überall dort, wo sie gestanden hatten, merkwürdig geformte Inseln aus gelb-braunem Gras.

»Hab ich auch gedacht, Frau Harmann«, sagte Knüppel. »Ist aber offensichtlich nicht der Fall.«

Bevor er mit dem Verhör beginnen konnte, fragte Arndt: »Wussten Sie von Hannah Burgdorfer, Frau Harmann?«

»Was meinen Sie, Herr van Gruyter?«

»Ich denke, Sie wissen, was ich meine, Frau Professor Harmann.«

Elisabeth Harmann runzelte die Stirn. Scheinbar hatte sie nicht mit einer solch direkten Frage gerechnet – Knüppel ebenfalls nicht, doch er ließ Arndt gewähren.

Das hier war die Umgebung des Kunsthistorikers. Er wusste schon, wie er sich verhalten musste. Und selbst wenn nicht, sorgte es meistens für kleine Wunder, den Verdächtigen Beugungshaft anzudrohen.

Dann atmete Elisabeth Harmann schwer aus. »Ja. Ich fürchte, ich weiß, worauf Sie hinauswollen.«

»Also?«, setzte Arndt nach und lehnte sich nach vorn. In diesem Moment sah er ausgesprochen ernst aus.

»Heinz-Josef hat mir natürlich davon erzählt, allerdings erst, nachdem ich ihn förmlich dazu zwingen musste. Aber nach einer so langen Ehe merkt man natürlich, wenn den Partner irgendetwas beschäftigt – und angesichts der Tatsache, dass die Vorwürfe dieser Studentin seine Karriere einfach hätten auslöschen können, war es doch sehr verständlich, dass Heinz-Josef etwas aufgelöst war.«

»Und Sie sind nicht auf die Idee gekommen, uns das gleich zu Anfang zu sagen?«, fragte Knüppel. »Hätte uns eine Menge Arbeit erspart und würde Sie jetzt wesentlich weniger verdächtig aussehen lassen.«

Die Falten in Elisabeth Harmanns Gesicht vertieften sich. »Verdächtig? Wieso denn bitte verdächtig?«

Arndt legte den Kopf schräg. »Müssen wir Ihnen das wirklich erklären?«

»Ich verstehe«, antwortete Elisabeth Harmann und nickte langsam. »Aber ich habe Heinz-Josef geglaubt, als er sagte, dass Hannah Burgdorfer ihn nur unter Druck setzen wollte. Sie hat sich ihm aus Frustration über eine ihrer Meinung nach unangemessen schlecht bewertete Magisterarbeit sexuell angeboten und er hat abgelehnt. Das ist alles, was geschehen ist.«

»Laut Ihrem Mann hat Hannah Burgdorfer ihn also einfach nur erpresst?«

»Genau.«

»Was Ihnen trotzdem einen guten Grund gibt, Groll gegenüber Hannah Burgdorfer zu hegen«, sagte Arndt.

»Es ist doch noch einmal alles gut gegangen und Schneider hat das alles diskret gelöst. Warum sollte ich mir also die Mühe machen, meinen eigenen Mann umzubringen, um darauf zu setzen, dass ausgerechnet eine ehemalige Studentin das Ziel Ihrer Ermittlungen wird, während ich aber gleichzeitig hoffe, dass keine Spuren auf mich hindeuten? Das ergibt doch nicht einmal in einer sehr verzerrten Variante der Realität Sinn, meine Herren. Also wirklich!« Ein etwas siegessicherer Ausdruck erschien auf Elisabeth Harmanns Gesicht.

Unbeirrt sprach Knüppel weiter: »Was mir nicht aus dem Kopf will, ist etwas, was Sie in unserem ersten Gespräch erwähnt haben. Sie sagten, Ihr Mann bevorzugte schon immer jüngere Frauen. Vielleicht war Hannah Burgdorfer ja genau diese eine jüngere Frau zu viel.«

Die Chemie-Professorin schnaubte. »Das jetzt auch noch? Aber ich kann Sie beruhigen, Herr Kommissar, denn da hätte Heinz-Josef ebenso viel Grund zur Wut gehabt, wie Sie mir unterstellen wollen.«

Es wurde interessant, Knüppel machte sich etwas größer. »Sie haben sich also außerehelichen Aktivitäten gewidmet?«

»Wenn Sie das unbedingt so nennen wollen.«

»Finde ich ganz hübsch, ja. Das klang bei unserem ersten Gespräch übrigens noch ganz anders. Wenn ich mich richtig erinnere, habe ich Sie etwas in die Richtung gefragt und Sie haben mir versichert, dass Ihre Ehe absolut in Ordnung war.«

Elisabeth Harmann stand auf und begann, mit bedächtigem Schritt auf- und abzumarschieren. »Natürlich kann ich verstehen, was Sie jetzt denken. Aber ich hoffe, Sie sehen mir diese kleine Notlüge in einer für mich emotional belastenden Situation nach. Meine Mutter hat mir beigebracht, dass private Probleme nicht in die Öffentlichkeit gehören. Dieser Meinung bin ich bis heute. Mit so etwas geht man einfach nicht hausieren.«

Arndt gab sich große Mühe, still zu sitzen, was ihm allerdings nicht leichtfiel. Zum ersten Mal, seitdem er dabei war, hatten sie jemanden explizit einer Lüge überführt. Vielleicht war es wirklich nur eine kleine Notlüge gewesen, möglich. Aber vielleicht war es auch weitaus mehr als das.

»Grundsätzlich mag ich Ihre Einstellung, Frau Harmann«, sagte Knüppel mit samtweichem Ton. »Leider erlaubt eine Mordermittlung nicht wirklich Privatsphäre. Wie heißt Ihr ...«

Als der Kommissar zögerte, sprang Arndt ein: »... Bekannter?«

»Erik Horn«, antwortete Elisabeth Harmann leise. »Er ist Doktorand an meinem Lehrstuhl. Wir kennen uns schon seit einigen Jahren. In Anbetracht dessen können Sie sich wohl zusammenreimen, warum ich zusätzlich darauf achte, nichts davon öffentlich werden zu lassen.«

»Wusste Ihr Mann davon, Frau Professor?«, fragte Arndt.

Elisabeth Harmann nickte. »Wir haben nie explizit darüber gesprochen, aber ich bin mir sicher, dass er sich seinen Teil gedacht hat.«

»Hatte Ihr Mann ähnliche Konflikte wie den mit Hannah Burgdorfer?«

»Nicht, dass ich wüsste.« Obwohl sie immer noch sehr diszipliniert wirkte, hatte sich ihre Körpersprache verändert. Die Schultern und der Kopf hingen leicht, ihre Gestik hatte etwas an Kraft verloren. Knüppel war überzeugt, dass sie mittlerweile die Wahrheit sagte. »Ich meine, natürlich gehe ich davon aus, dass Heinz-Josef auch nicht gelebt hat wie ein Mönch, immerhin sind wir alle nur Menschen. Aber wenn er sich anderweitig beschäftigt hat, hat er nie etwas davon mit nach Hause gebracht. Es ist, als hätten wir uns stillschweigend darauf geeinigt, auf diese Weise nebeneinander zu existieren. Ganz das alte Ehepaar, was?«

Bitter lachte sie.

»Verzeihen Sie mir, wenn die Vermutung zu weit greifen sollte«, begann Arndt, »aber haben Sie sich deshalb nicht scheiden lassen, weil Sie keinen Ehevertrag hatten?«

Interessiert lehnte Knüppel sich zurück. Offensichtlich passierten diese Arten von Auseinandersetzungen öfter in der höheren Gesellschaft. Jedenfalls hatte Arndt ein beeindruckend gutes Händchen für solche Situationen.

Wieder nickte Elisabeth Harmann nur. »Jung und idealistisch. Wir dachten, nichts könne uns trennen. Aber in mehr als 30 Jahren kann sich viel ändern, das mussten wir dann auch feststellen. Am Ende hatte ich das Gefühl, dass wir nur noch darauf gewartet haben, wer zuerst aufgibt. Ein stiller Krieg.«

»Gehörte das Haus offiziell Ihrem Mann?«

»Ja, es ist seit Generationen im Besitz der Harmanns. Ich wollte nicht einknicken, weil ich das Gebäude liebe, und Heinz-Josef wollte nicht aufgeben, weil er es mir nicht überlassen wollte. Dabei hat er doch nicht einmal gern hier gewohnt, allein schon aufgrund der Dürrschnabels nebenan.«

»Sie sind sich bewusst, dass diese Tatsache nicht gerade zu Ihrem Vorteil gereicht?«, fragte Arndt.

»Das versteht sich von selbst.« Entschlossen straffte Elisabeth Harmann ihren Rücken. »Aber ich hätte Heinz-Josef nie etwas antun können – wir haben uns einfach voneinander entfernt, mehr nicht. Gewalt liegt nicht in meiner Natur. Außerdem habe ich kontinuierlich wie ein Mantra einen Gedanken wiederholt: So viel, wie er raucht, kann es nicht mehr lange dauern.« Dezent wischte sie sich eine Träne aus dem rechten Augenwinkel.

Die kontrollierte Ernsthaftigkeit dieser Aussage sorgte für einen kleinen Kloß in Arndts Hals.

Knüppel wiederum war zufrieden. Ihm waren die persönlichen Probleme der Verdächtigen in den meisten Fällen egal.

Er fand, das musste so sein, sonst konnte er nicht vernünftig denken. Und da er Elisabeth Harmann nun glaubte, hatten sie eine Verdächtige weniger.

»Wir glauben Ihnen, Frau Harmann«, sagte er also. »Aber vielleicht können Sie uns trotzdem noch weiterhelfen.«

Die Professorin setzte sich wieder.

»Wie würden Sie das Verhältnis zwischen Ihrem Mann und Eugen Köhler beschreiben?«

»Eugen? Eugen war ein enger Freund von Heinz-Josef und regelmäßig hier zu Gast. Die beiden haben auch gemeinsam veröffentlicht.«

Knüppel nickte. »Wissen Sie irgendetwas davon, was die beiden darüber hinaus gemeinsam getan haben? Möglicherweise etwas, das sowohl Köhler als auch Ihren Mann in Probleme hätte bringen können?«

Elisabeth Harmann blickte plötzlich sehr irritiert drein. »Beim besten Willen nicht, Verzeihung. Eugen ist einer der unspektakulärsten Menschen, die ich kenne – sagen Sie ihm das bitte nicht, falls Sie mit ihm sprechen sollten. Aber warum fragen Sie?«

»Ach, nur eine Möglichkeit.« Der Kommissar winkte ab.

***

»Und jetzt?« Ratlos sah Arndt den Kommissar an.

»Team anrufen, weiterfahren«, antwortete Knüppel kurzum.

»Weiterfahren? Wohin?«

Knüppel drückte auf eine der abgewetzten Kurzwahltasten.

Nach nur einem Klingeln meldete sich David Winterfeldt: »Boss!« Es rauschte.

»Nenn mich nicht so, David«, sagte Knüppel. »Wir haben ein bisschen was.«

»Wir auch, ich stell dich auf Lautsprecher. Fang du ruhig an, denn besser als unseres kann deins gar nicht sein. Wir sind hier ganz stolz.« Es knirschte und knackte.

»Elisabeth Harmann ist unschuldig. Sie mochte ihren Mann nicht und die Ehe war kaputt, aber das war's auch schon. Können wir noch mal der Form halber überprüfen. Dafür hatte sie eine Affäre mit einem Kerl namens Erik Horn – einer ihrer ehemaligen Studenten.«

»Uuuuh«, machte Valerie Kiel aus dem Hintergrund, »wie verboten!«

»Könnte interessant sein. Vielleicht war der tote Ehemann ihrer außerehelichen Ablenkung ein Dorn im Auge und er wollte mal den Held für seine Angebetete spielen. Alles schon vorgekommen.«

»Das stimmt, das stimmt«, bestätigte David Winterfeldt. »Aber wenigstens hab ich nicht zu viel versprochen, bei uns war's wirklich interessant.« Ein leises Kichern kam durch die Leitung.

»Dann schieß auch los.«

»Klar, Boss. Wir fangen langsam an: Malte hat ein bisschen in den Kontoauszügen von Burgdorfer gestöbert, nachdem ihr meintet, dass sie etwas zu teuer wohnt. Unbedingt wenig Geld hat sie nicht, aber sie ist auch nicht reich. Auffällig sind allerdings überdurchschnittlich viele Bareinzahlungen von monatlich 800 Euro. Jetzt ist natürlich die Frage, ob sie alles selbst zahlt oder mit ihrem Freund finanziell teilt.«

»Ist auf jeden Fall nicht uninteressant, behalten wir im Hinterkopf«, sagte Knüppel. »Obwohl auch einfach sein kann, dass sie irgendwo schwarzarbeitet. Aber im Zweifelsfall haben wir etwas, womit wir sie unter Druck setzen können.«

»Jetzt wird's wirklich spannend«, kündigte Winterfeldt an. »Malte musste nicht mal den bösen Cop raushängen lassen, bis der gute Karl geredet hat. Der war schon vollkommen damit überfordert, dass auf einmal drei von uns vor ihm standen. Fand ich super!«

Knüppel knurrte: »Weniger reden, mehr sagen.«

»Karl Arnold hatte einen Namen für uns: Lorenz Grothendieck. Er war der Kommilitone, der diese Andeutungen bezüglich der Professoren gemacht hat.«

»Sehr gut.« Knüppel liebte konkrete Daten und Namen waren neben Adressen seine absoluten Favoriten. Damit konnte man arbeiten.

Wieder schwieg Winterfeldt. Er genoss es viel zu sehr, Knüppel und Arndt auf heißen Kohlen sitzen zu lassen.

Schließlich rief Arndt etwas aufgebracht: »Welche Andeutungen denn, Winterfeldt? Als ob er euch das nicht auch erzählt hat!«

Wieder kicherte der junge Ermittler. »Hat er. Dieser Grothendieck hat wohl angedeutet, dass Köhler und Harmann gemeinsam Geldmittel der Universität veruntreut haben, um sich selbst in die Tasche zu wirtschaften.«

»Konnte er irgendwas Genaueres dazu sagen?«, fragte Knüppel.

»Jetzt wirst du aber gierig.«

»Hm. Gute Arbeit. Jetzt haben wir was gegen Köhler in der Hand – den Rest finden wir schon noch raus.«

»Haben wir auch gesagt. Malte meinte, du freust dich bestimmt darauf. Er sagte etwas von ›die Wahrheit aus Köhler herausquetschen‹.«

»Da könnte was dran sein.«

Arndts Puls hatte sich beschleunigt. Er fühlte sich wie mitten in einem Film: Die Indizien verdichteten sich und plötzlich gab es Spuren, die immer eindeutiger wurden. Es war spannend.

»Also«, begann Knüppel, »Elisabeth Harmanns Toyboy dürft gern ihr übernehmen, gleiches gilt für den Uni-Rektor. Der war schon nicht begeistert, dass Arndt und ich aufgetaucht sind – wenn jetzt noch ihr alle kommt, knickt der sofort ein, sollte er noch etwas über die beiden wahnsinnig sympathischen Professoren wissen. Dieser Kommilitone hat noch Zeit, finde ich. Burgdorfer kann auch noch was warten, obwohl mich natürlich sehr interessiert, ob sie bei ihrer Geschichte mit der sexuellen Belästigung bleibt. Aber Köhler will ich.«

Demonstrativ ließ Knüppel seine Fingergelenke knacken, als er eine Faust ballte.

»Weil wir das beste Team auf der Welt sind, haben wir uns das natürlich schon gedacht«, sagte Winterfeldt. »Deswegen haben wir für euch schon herausgefunden, dass Köhler heute nicht in der Uni, sondern zu Hause ist.«

Jetzt auch noch eine Adresse. Knüppel war im siebten Himmel.

»Wisst ihr, was ihr seid?«, fragte er.

»Was denn?«

»Das beste Team der Welt.«

15

»Ganz ehrlich?«, fragte Arndt. »Das ist alles schon ganz schön aufregend, jetzt, da wir immer mehr Konkretes erfahren.«

»Absolut«, antwortete Knüppel, ohne dass er wirklich aufgeregt klang.

»Und aus dir soll jemand schlau werden.« Arndt schüttelte den Kopf.

»Was hab ich denn jetzt gemacht?«

»Ich habe fest damit gerechnet, dass du dich über mich lustig machst, weil ich das alles gerade spannend finde. Wie ein Anfänger oder so etwas.«

»Erstens: Du bist ein Anfänger. Aber das ist doch kein Grund, mich über dich lustig zu machen. Da gibt's ganz anderes.« Der Kommissar schmunzelte.

»Nämlich?« Arndt bemühte sich um ein Pokerface.

»Ach, du weißt schon.«

Mehr sagte Knüppel nicht und es machte Arndt wahnsinnig. Doch er wollte dem Kommissar nicht die Genugtuung geben, nachzufragen.

Also musste er wohl oder übel seine Vermutungen nicht als Fragen, sondern als Aussagen formulieren. »Gut, ich weiß schon, was du meinst. Wir beide sind eigentlich sehr verschieden und hätten uns wahrscheinlich nie kennengelernt, würde es nicht diesen Fall geben. Das ist jetzt nicht ansatzweise beleidigend gemeint, aber wir kommen nun einmal aus vollkommen unterschiedlichen sozialen Schichten, da sind gewisse Uneinigkeiten wohl vorprogrammiert. Trotzdem bin ich der Meinung, dass wir uns diesbezüglich eigentlich sehr gut schlagen.«

Knüppel schwieg. Für gewöhnlich fand er nichts anstrengender als Menschen, die einfach nicht die Klappe halten konnten. Arndts Geplapper hatte allerdings einen dermaßen melodischen Ton an sich, dass er ihm gern zuhörte – zumal er es natürlich gerade extrem unterhaltsam fand, dass der Kunsthistoriker sich um Kopf und Kragen redete.

»Von mir aus«, fuhr Arndt fort, »vielleicht bin ich auch grundsätzlich etwas überhöflich, das war schon immer eins meiner Probleme. Aber da kommt wohl die Erziehung durch, womit wir ja wieder irgendwie beim ersten Problem wären. Also ist die Höflichkeit wohl nur ein Symptom der Grundkrankheit namens sozialer Herkunft. Und obwohl ich weiß, dass mir diese Art oft eher im Weg steht, schaffe ich es einfach nicht, mich darüber hinwegzusetzen – so wie du zum Beispiel. Wieder nicht böse gemeint. Ich denke aber, dass ich besser darin geworden bin und mit Sicherheit auch noch besser darin werde.«

Knüppel schwieg immer noch, musste sich mittlerweile aber ein Grinsen verkneifen.

»Oder zweifelst du doch ein wenig daran, ob ich vollkommen dabei bin in der Ermittlung? Immerhin bin ich ja jetzt nicht unbedingt bekannt dafür, einen sehr steten Lebenslauf zu haben, was Jobs betrifft. Allerdings kann ich dir versichern, dass ich mich noch nie so zu Hause in einem Beruf gefühlt habe – wenn ich überhaupt das Recht habe, es schon als Beruf zu bezeichnen. Jedenfalls ist mir noch mehr als am Anfang klar, dass mich wirklich interessiert, was hier passiert, das kann ich dir versichern, Knüppel. So emotional eingebunden in etwas war ich vielleicht seit meinem Studium nicht mehr. Und das sind mehr als leere Worte.«

Immer noch wortlos parkte Knüppel den Wagen vor einem nichtssagenden Einfamilienhaus, das seine besten Tage schon hinter sich hatte. Köhler wohnte beinahe genau auf der Grenze von Krefeld zu Düsseldorf und zumindest in dieser Nachbarschaft deutete nichts darauf hin, dass Köhlers scheinbar sehr enger Freund Harmann dem Krefelder Großbürgertum angehörte. Köhlers Haus war dermaßen hoch von struppigen Hecken eingewachsen, dass es von den Nachbarhäusern aus überhaupt nicht einsehbar war. Der Vorgarten war so verwildert, dass die Pflanzen die kleinen Fenster überragten, die nach vorn in Richtung Straße zeigten. Überall auf den Pflastersteinen in der Einfahrt, die zur windschiefen Garage führten, wucherten Moos und Flechten, an vielen Stellen war das Material durchzogen von Rissen.

Es war ein fast so einschneidender Unterschied, wie ihn sich Arndt zwischen ihm selbst und Knüppel einbildete. Bei diesem Gedanken bahnte sich schließlich ein breites Grinsen auf das Gesicht des Kommissars.

»Wieso grinst du jetzt so?«, fragte Arndt sofort und klang dabei mitleidserregend besorgt.

»Am lustigsten finde ich, dass du denkst, ich will mich über dich lustig machen.« Damit stieg er aus.

Kurz musste Arndt abschütteln, dass er etwas verdattert war, dann folgte er Knüppel.

Vorsichtig bewegte sich der Kommissar auf das Haus zu. Irgendetwas stimmte nicht. Es war nur ein entferntes, unangenehmes Gefühl, wie ein Jucken unter der Fußsohle, aber es war eindeutig da. Auf der nahe gelegenen Landstraße rauschten einige Autos vorbei, ansonsten herrschte angespannte Stille. Aus dem Inneren von Köhlers Haus drängte sich durch die klare Vorwinterluft ein aufdringlicher, tropischer Geruch, den Knüppel schnell als billiges Raumparfüm identifizierte – einer dieser elektrischen Duftspender, die man einfach in der Steckdose ließ. Eine fürchterliche Unart, wie Knüppel fand.

In diesem Moment wusste er allerdings sofort, was nicht stimmte. Er hob seine Hand und bedeutete Arndt, leise zu sein und zurückzubleiben. Die Fenster waren geschlossen, doch er roch eindeutig diese fürchterliche Mischung aus synthetischer Ananas, synthetischer Papaya und synthetischer Mango – ein olfaktorischer Multivitaminsaft.

Die Tür stand einen kleinen Spalt offen.

Zwar kannte er Köhler nicht, aber er glaubte kaum, dass der Professor für gewöhnlich seine Haustür offen ließ.

Langsam zog er die Pistole aus dem Halfter an seiner Hose. Aus dem Augenwinkel sah er, dass Arndt sofort Deckung hinter einem Gebüsch suchte. Es war besser, wenn er in diesem Moment aus der Schussbahn blieb.

Knüppel zog den Schlitten seiner Waffe nach hinten und versicherte sich, dass ein Projektil im Lauf steckte. Dann schlich er geduckt die zwei Stufen zu Köhlers Haustür hoch.

Schnell warf er einen Blick durch das kleine Fenster neben der Tür, doch durch das Milchglas konnte er nur die extrem verschwommenen Konturen einer Garderobe im Flur erkennen. Auch das Spähen durch den Spalt war nicht sonderlich aufschlussreich, Knüppel sah nur senfgelbe Raufaser.

Also schob er die Tür vorsichtig auf, während er sich von außen gegen den Türrahmen presste. Dann schoss er herum in den Flur und evaluierte durch Kimme und Korn der Pistole mögliche Gefahren. Nichts. Eine Kommode, eine Garderobe, terrakottafarbene Fliesen, keine Bedrohung.

Behutsam arbeitete er sich weiter durch den Flur vor und versuchte, sich nicht von dem aufdringlichen Mief ablenken zu lassen.

Aus einem Raum am Ende des Flurs kamen leise Geräusche. Jemand zog Schubladen auf und zu und flüsterte dabei leise vor sich hin.

Darauf bedacht, nicht unachtsam in eine Falle zu tappen, arbeitete Knüppel sich Raum für Raum vor, bis er schließlich den Türrahmen erreicht hatte, hinter dem er das Wohnzimmer vermutete.

Noch einmal sammelte er sich – nicht, dass er aufgeregt wäre. Was das betraf, hatte er Arndt nicht angelogen. In Situationen wie diesen fühlte er sich nie unwohl, hatte keine Angst, sondern war wach und klar. Dafür hasste er das, was er nun zu tun hatte. Er kam sich dabei immer dämlich vor.

»Stehen bleiben! Hände hoch! Keine Bewegung! Polizei!« Eins von den vieren hätte es vermutlich auch getan, rügte er sich sofort selbst.

Glücklicherweise verpuffte sein Ärger sofort, als er sah, wer da gerade die Schublade von Eugen Köhlers Fernsehschrank ausräumte und den Inhalt achtlos auf einen Haufen hinter sich warf.

Es war Hannah Burgdorfer.

Sie zuckte zusammen und hob die Hände weit über den Kopf, dann drehte sie sich um. »Es ist nicht, wie es aussieht!« Dabei rutschte ihr sowieso etwas zu kurzes Shirt nach oben, was Knüppel in diesem Moment überaus begrüßenswert fand, denn so konnte er ihren Hosenbund inspizieren. Kein Messer, keine Schlag- oder Schusswaffe.

»Dafür müsste ich ja erst einmal wissen, wie das hier überhaupt aussieht.« Er steckte seine Pistole weg und holte Handschellen hervor, während er sich Burgdorfer näherte. »Trotzdem muss ich Ihnen wohl kaum erklären, warum ich Sie jetzt festnehme, oder?«

Knüppel führte ihre Hände auf den Rücken und ließ die Handschellen zuschnappen.

»Ich dachte, Sie wissen nicht, wie das hier aussieht«, erwiderte Burgdorfer mit sarkastischem Unterton.

Knüppel grinste. Dann rief er laut: »Arndt! Wir haben Besuch!«

»Kann ich reinkommen?«, kam es von draußen.

»Würde ich dich sonst rufen?«

»Weiß ich nicht?«

»Was denkst du denn?«

»Vielleicht?«

Schritte erklangen im Flur, Arndt ging langsam.

»Jetzt zier dich nicht so«, rief Knüppel. »Ist eine alte Bekannte.«

Zögerlich kam Arndt in den Raum. Als er Burgdorfer sah, frage er sofort: »Was machen Sie denn hier?«

»Einbrechen reicht mir für den Moment schon mal«, antwortete Knüppel an ihrer Stelle. Dann drehte er die blonde Frau an der Kette der Handschellen um 180 Grad und wies Arndt an: »Halt mal kurz.«

»Ich?«

»Wer sonst?«

»Weiß ... weiß nicht?«

»Schaffst du schon. Wenn Sie flüchten will, darfst du sie erschießen.«

Etwas unwillig griff Arndt nach der Kette zwischen den Metallringen. »Und wenn ich das gar nicht will?«

»Ich glaube, noch weniger will sie erschossen werden, also wird sie wohl kaum auf blöde Ideen kommen. Du schaffst das schon.«

Damit stellte Knüppel sich in die Tür zum Flur, zog sein Handy hervor und wählte die Nummer des Büros.

»Kannst du Gedanken lesen?«, meldete Meyer-Landfried sich.

»Wieso?«

»Erst du.«

»Wir sind gerade bei Köhler. Getroffen haben wir Hannah Burgdorfer, die hier intensiv nach etwas gesucht hat. Sie will unbedingt mit ins Präsidium, hat sie gesagt. Köhler ist allerdings nicht hier.«

»Ich weiß«, antwortete Meyer-Landfried. Er klang zerknirscht. »Er ist bei uns.«

»Noch besser«, freute Knüppel sich.

»Wie man's nimmt.«

»Wieso?«

»Er ist tot. Jemand hat ihn direkt vor der Dienststelle abgeladen. Es sieht alles genauso komisch aus wie bei Harmann. Mir gefällt das nicht. Überhaupt nicht. Kommt her. Vergesst Burgdorfer nicht.«

»Sind unterwegs.« Sofort legte Knüppel auf, um wieder die Verdächtige zu übernehmen. Mit einer Kopfbewegung bedeutete er Arndt, sich neben ihn zu stellen. »Guck mal bitte, ob du eine Mail bekommen hast.«

Kurz sah Arndt sehr irritiert aus, dann stammelte er: »Oh nein! Wirklich? Nein!«

Mit flinken Bewegungen öffnete er das E-Mail-Programm auf seinem Smartphone. Er hatte mehrere Mails, keine davon besonders ungewöhnlich – außer eine, die an seinen VHS-Kontakt adressiert war. Sie hatte einen kryptischen Absender aus Symbolen und unsortierten Zeichen, keinen Betreff, dafür aber einen Anhang, der bloß mit »2« benannt war.

Mit klopfendem Herzen öffnete Arndt die Mail.

Das Bild, das sie enthielt, war wesentlich blutiger als das erste Mal. Es war eine Nahaufnahme von Eugen Köhlers Kopf aus dem Halbprofil.

Flüchtig erkannte Arndt, dass ihm ein Stück des Schädels fehlte und sein Hirn teilweise freigelegt war. In dem Loch saß etwas mit schleimig-warziger Oberfläche. Hinter Köhlers linkem Ohr steckte eine rote Feder, die vor seinem über und über mit Blut überzogenen Gesicht beinahe unterging.

Damit löste Arndt seinen Blick vom Bildschirm, weil sich ein merkwürdiges Gefühl in seiner Magengegend ausbreitete.

Mit bitterem Ton sagte Knüppel: »Ging dem Mörder wohl alles nicht schnell genug, was?«

16

So viele Menschen auf einmal hatte Knüppel noch nie vor dem Präsidium gesehen: Die Leute von der Spurensicherung schlichen bedächtig in ihren Overalls herum wie Gespenster, Kiel und Winterfeldt waren in ein Gespräch über ihren Notizbüchern vertieft und Iris Tietgen gestikulierte hektisch gegen die Unmengen von Schaulustigen, die offensichtlich gerade nichts Besseres zu tun hatten, als ihren Nachmittag hier zu verbringen. Die kleine Wiese links vom Eingang war bereits abgesperrt und Meyer-Landfried patrouillierte mit militärischer Ernsthaftigkeit an dem rot-weißen Band entlang. Kaum einen Meter hinter ihm lag ein menschengroßer Haufen, der mit weißer Plane abgedeckt worden war.

Knüppel hupte Kollegen und Passanten gleichermaßen aus dem Weg und parkte den Astra direkt vor dem Eingang des Gebäudes.

Sofort trabte Meyer-Landfried zum Wagen und öffnete die hintere Tür auf der Beifahrerseite, um Hannah Burgdorfer mit seiner überaus freundlichen Art zum Aussteigen zu bewegen.

»Raus.«

Die Verdächtige gehorchte, ohne etwas zu sagen, doch ihr säuerlicher Blick sprach Bände. Sie war ganz offensichtlich mehr als nur genervt davon, dass Knüppel und Arndt sie in Köhlers Haus erwischt hatten, was beim Kommissar wiederum für gute Laune sorgte. Leider wurde diese dadurch getrübt, dass er sich nun erst einmal mit diesem unerwarteten Tatort auseinandersetzen musste.

»Ich bringe sie in den Verhörraum«, sagte Meyer-Landfried überflüssigerweise, als Arndt und Knüppel ausstiegen. »Lasst euch hier ruhig Zeit. Frau Burgdorfer hat heute sonst nichts mehr vor.«

Obwohl Knüppel aus gutem Grund so nah vor dem Präsidium geparkt hatte, gelang es doch einigen der Schaulustigen, mit ihren blitzenden Handykameras Fotos von Burgdorfer zu schießen. Exakt das hatte er vermeiden wollen.

Weil offensichtlich war, dass der Kommissar wütend wurde, hielt sich Arndt dezent hinter ihm, um zu beobachten.

Mit grimmigem Blick baute sich Knüppel vor der kleinen Menschentraube auf, die blind herumfotografierte. »Es ist helllichter Tag, Sie Experten, da brauchen Sie keinen Blitz. Außerdem steht die Frau, die Sie gerade fotografiert haben, in keinem Zusammenhang mit dem Tatort hier. Und jetzt weg.«

»Was ist denn, wenn wir gar nicht gehen wollen?«, fragte ein junger Kerl mit unreiner Haut, der mit viel gutem Willen gerade die Pubertät hinter sich gelassen hatte. »Wer sind Sie überhaupt?« Seine etwas brüchige Stimme verriet, dass er die Worte nur mit Mühe ruhig und deutlich herausbrachte.

Sofort zückte Knüppel seinen Dienstausweis. »Derjenige, der Ihnen sagen darf, dass Sie gehen sollen.«

Der picklige Bursche schoss schnell noch einige Bilder vom Kommissar, den Arndt in diesem Moment nicht unbedingt als gutes Fotoobjekt empfand, dann trollte er sich und mit ihm die kleine Gruppe von Hobbyfotografen.

»Gut, dass Sie beide hier sind, sehr gut«, rief Iris Tietgen, die sich mit gestrecktem Schritt näherte. Sie nahm sich eine Sekunde, um Arndt ein Lächeln zuzuwerfen, dann war sie wieder ganz sie selbst. »Und tolle Arbeit mit dieser ehemaligen Studentin vom ersten Opfer – und auch mit diesen Schaulustigen, Knüppel. Man schickt zehn weg, dafür kommen zwanzig neue. Schrecklich!«

»Hm«, machte Knüppel.

Es war nicht sein unschlüssiges »Hm«, sondern eindeutig das unwillige.

»Ihr Team kann Sie auf den neusten Stand bringen. Ich muss jetzt schnell ein paar Anrufe tätigen, bevor mir noch jemand zuvorkommt. Schadensbegrenzung. Machen Sie fix hier – konzentriert und sauber wie üblich, aber schnell. Je weniger davon mitbekommen, desto besser.« Damit eilte sie auf den Eingang zu.

Arndt und Knüppel gesellten sich zu den anderen zwei Ermittlern.

»Was für eine Scheiße«, begrüßte Valerie Kiel sie. »Ein riesiger, stinkender, schleimiger Haufen ist das.«

»Könnte besser sein, auf jeden Fall«, brummte Knüppel. »Wie kam Köhlers Leiche hierhin?«

»Woher weißt du ...«, wollte Winterfeldt fragen.

»Mail«, sagte Arndt nur und hob mit einem bitteren Lächeln sein Smartphone. »Genauso wie letztes Mal.«

»Auf einmal war sie da, keiner hat was mitbekommen – nur der Kunzler«, antwortete Kiel. »Der hat sie gefunden und dann Bescheid gesagt.«

»Hat er was gesehen?«

»Musst du ihn selbst fragen. Bisher hat er nichts gesagt außer: ›Ich muss noch die Hecken schneiden.‹ Seitdem rennt er irgendwo hinterm Gebäude rum und tut beschäftigt. Kennst ja den Kunzler.«

»Hat er dieses Mal auch gesagt, dass er es war?«

»Nein.«

Knüppel nickte. »Ich rede mit ihm. Habt ihr schon Agnes angerufen?«

»Klar.«

»Gut.« Kurz dachte der Kommissar nach. »Wir treffen uns gleich im Büro, sobald Spurensicherung und Rechtsmedizin ihre Arbeit gemacht haben. Burgdorfer soll schmoren – leider hat sie ja jetzt ein sehr gutes Alibi, zumindest für den Zeitpunkt, zu dem hier irgendwer eine Leiche abgeladen hat.«

»Ich glaub das immer noch nicht«, merkte Winterfeldt an. »In der Ausbildung haben sie immer alle erzählt, die meisten Mordfälle wären langweilig und simpel und meistens sei der Täter sowieso der Ehepartner.«

»Nur die meisten eben«, sagte Valerie Kiel.

»Und scheucht die ganzen Deppen hier weg. Das ist keine öffentliche Veranstaltung.« Daraufhin drückte Knüppel sich etwas gröber als nötig durch die Neugierigen vor der Absperrung. Mit einer Bewegung, die nach jahrelanger Praxis in der Tat elegant aussah, bückte er sich darunter hindurch.

Arndt folgte ihm, blieb aber vor der rot-weißen Absperrung stehen.

»Kommst du?«, fragte Knüppel, ohne ihn anzusehen.
»Darf ich?«
»Würde ich sonst fragen, ob du kommst?«
Also betrat Arndt seinen ersten Tatort – wenn das so weiterging, würde sich seine Aufregung heute überhaupt nicht mehr legen.

Er stellte sich neben den Kommissar.
»Wenn dir was auffällt, sag's. Egal, was. Aber gib mir ein paar Sekunden.«

Knüppel verschränkte die breiten Arme und nahm die Eindrücke auf, wie er es immer machte. Es roch nach Abgasen, die von der nahen Straße herüberwehten, und nach zu vielen Menschen, die nicht hier sein sollten. Letzteres war minimal ablenkend, mehr aber auch nicht.

Die Leiche wollte er gerade aufgrund der Möglichkeit, dass jemand Bilder davon machte, nicht inspizieren. Außerdem wusste er ja schon ansatzweise, was ihn erwartete.

Stankowiak und Bartelink würden ihm sagen, was er wissen musste, auf die beiden konnte er sich immer verlassen.

Sonst fiel ihm nichts Ungewöhnliches auf. Es war eben die kleine Wiese neben dem Präsidium – nur, dass darauf jetzt eben ein toter Eugen Köhler lag, den jemand mit weißer Plane abgedeckt hatte.

Wenigstens fotografierte Bartelinks Team bereits fleißig einige Stellen im Gras, die mit kleinen Kärtchen markiert waren. Das hieß, sie hatten etwas gefunden, und das hieß, dass sie schon jetzt mehr hatten als am ersten Tatort.

Mehr konnte Knüppel hier gerade nicht tun. Also steuerte er auf die Rückseite des Präsidiums zu.

»Kann man diesem Kunzler glauben?«, fragte Arndt.

»Der Kunzler ist wahrscheinlich der ehrlichste und harmloseste Mensch überhaupt. Wenn wir ihm nicht glauben können, gibt es keinen einzigen vernünftigen Zeugen auf der Welt.«

Als sie um die Ecke der Längswand bogen, sah Arndt sofort einen riesigen Kerl mit breitem Rücken, dessen weiße Haare wie Zuckerwatte seinen Kopf umwehten. Er trug Bluejeans zu einem blau-weiß karierten Hemd und schnitt gerade mit einer großen Schere die Hecken direkt am Gebäude.

»Herr Kunzler!«, rief Knüppel ihm ausgelassen entgegen.

Der große Mann drehte sich zu ihnen und kicherte glockenhell. »Knüppel.« Sein weiches Gesicht wollte so überhaupt nicht zu seinem starken, großen Körper passen, fand Arndt.

»Wie geht's?«

»Viel Arbeit. Aber ich arbeite ja gern. Also gut, würde ich sagen.«

»Das freut mich.«

»Und dir, Knüppel?«

»Ach, dasselbe. Viel Arbeit, aber ich mach das ja auch gern. Wir sind schon zwei komische Vögel. Wer arbeitet denn freiwillig gern?«

Wieder kicherte Harald Kunzler.

»Das hier ist übrigens Arndt, er hilft uns.«

»Hallo Arndt. Ich bin Harald.«

Er winkte, also winkte Arndt zurück.

»Valerie und Malte haben gesagt, du hast was gesehen?«, begann Knüppel.

»Ja. Aber nicht viel. Aber ich muss die Hecken schneiden, Knüppel, tut mir leid. Wenn ich nicht fertig werde, krieg ich Ärger.« Damit wandte er seinen Blick ab und schnippelte uninspiriert an der Hecke herum, die makellos über die ganze Länge auf dieselbe Höhe getrimmt war.

»Also, wenn du mich fragst, Harald, sieht das alles schon sehr gut aus. Ich glaub, da kann sich keiner beschweren.«

»Ich weiß nicht, Knüppel. Ein bisschen was kann man immer noch machen. Lieber zu gut als zu schlecht. Ich will keinen Ärger kriegen.« Immer noch sah er den Kommissar nicht an.

»Du kriegst garantiert keinen Ärger, Harald. Jeder mag dich und jeder weiß, dass du deine Arbeit gut machst.«

Knüppel näherte sich ihm einen Schritt. »Deswegen schadet's bestimmt nicht, wenn wir einfach ein bisschen quatschen.«

Kunzler dachte nach. Dann sagte er: »Nur quatschen ist gut, Knüppel.« Vorsichtig, als würde es sich dabei um ein rohes Ei handeln, legte er die Heckenschere auf den Rasen.

»Uns hilft alles. Schieß einfach los.«

»Na gut«, sagte Kunzler, dann hob er endlich den Blick, begann dafür aber, auf seinen riesigen Händen herumzukneten. »Er wäre fast auf den Rasen gefahren. Dabei habe ich gerade erst vertikutiert. Ich wollte schon meckern.«

»Und dann?«

»Dann ist auf einmal die Tür hinten aufgegangen und er hat den Mann auf die Wiese geschubst. Erst hab ich gedacht, ihm würde es nicht gut gehen. Ich wollte ihm helfen. Aber er ist nicht aufgestanden. Da war das Auto schon wieder weg. Dann habe ich sofort Valerie, Malte und David geholt. Und dann musste ich weiter die Hecken schneiden.« Er drückte so fest seine Hände, dass sich die Haut unter den schwieligen Fingern weiß verfärbte. »War das gut so, Knüppel? Habe ich das richtig gemacht? Bekomme ich jetzt keinen Ärger?«

»Hätte ich selbst nicht besser machen können, Harald«, antwortete der Kommissar und streckte Kunzler den gestreckten Daumen entgegen. »Ganz der Profi, mein guter Herr Kunzler, wusste ich doch immer schon.«

Ein kleines Kichern von Kunzler folgte und er schien sich ein wenig zu entspannen. »Da bin ich ja froh.«

»Kannst du mir sagen, was für ein Auto es war?«, fragte Knüppel.

»Ein Weißes. Eckig. Groß. Wie von Handwerkern. Rost an der Seite. Keine Nummernschilder. Das darf man doch gar nicht, oder? Durfte der Mann das, Knüppel?«

»Nein. Mit dem Fahrer müssen wir aber sowieso ein ernstes Wörtchen reden. Wie sah er denn aus?«

»Hab ihn nur kurz gesehen, weil ich auf den schlaffen Mann geachtet hab. Er hatte eine große Sonnenbrille auf. Und eine blaue Mütze. Diese mit dem Schirm, die oft Jungs aufhaben, weißt du?«

Knüppel nickte. »Ist dir sonst noch irgendwas aufgefallen? Egal, was?«

Kunzler schüttelte den Kopf. »Sonst nichts, Knüppel. Tut mir leid. Sei nicht böse. Hätte ich dem Mann in dem Auto sagen sollen, dass er nicht fahren darf? Dass er auf dich warten soll?«

»Auf gar keinen Fall«, sagte Knüppel. »Du hast alles genau richtig gemacht, Harald – falls du den Mann mit der Kappe und der Sonnenbrille noch mal sehen solltest, halt dich einfach fern und ruf mich an. Meine Karte hast du ja.«

Zur Bestätigung zog Kunzler eine sehr verknickte Visitenkarte aus der Gesäßtasche seiner Jeans und zeigte sie Arndt. »Hab ich.«

Für einen kurzen Moment zog Arndt in Betracht, Knüppel ebenfalls nach einer Karte zu fragen – auf einer offiziellen Visitenkarte des Kommissars würde doch mit Sicherheit sein richtiger Name stehen. Leider fand er den Zeitpunkt mehr als unpassend. Seine Neugier würde warten müssen.

»Du hast uns echt sehr geholfen, Harald«, sagte Knüppel. »Durch dich wissen wir jetzt schon mehr als beim ersten Fall.«

»Das ist gut«, kicherte Kunzler.

»Sehr gut sogar. Weißt du was? Du gehst jetzt nach Hause und ruhst dich aus. Ich sag's keinem – Arndt auch nicht. Die Hecke ist perfekt und ich finde, du hast heute genug gearbeitet. Und wenn die ganze Sache hier vorbei ist, kommst du auf einen Kaffee und ein paar Kekse hoch zu uns ins Büro und wir quatschen über Sachen, die nicht so unangenehm sind.«

Einen Augenblick lang wirkte Kunzler hin- und hergerissen, während er noch einmal die Hecke inspizierte. »Na gut, wenn du das sagst, Knüppel.«

Dann lächelte er mild. »Kaffee und Kekse klingen gut.«

»Find ich auch«, erwiderte Knüppel. »Wir müssen leider wieder, Harald. Arbeit. Kennst das ja.«

»In Ordnung, Knüppel. Bis demnächst dann.« Er winkte zaghaft.

Gerade, als Knüppel und Arndt sich umdrehen wollten, fragte Kunzler: »Der Mann mit der Sonnenbrille – hat er den Mann unter der Plane umgebracht?«

»Wissen wir leider noch nicht, kann aber gut sein.«

Wieder knetete Kunzler seine Hände. Dann sagte er: »Auf jeden Fall kann er nicht nett sein. Versprecht ihr mir, dass ihr ihn findet und verhaftet?«

Mit Entschlossenheit antwortete Knüppel: »Versprochen.«

***

»Es ist schon ein großer Zufall, dass Professor Köhler tot vor unserem Präsidium abgeladen wird, während wir Sie bei ihm zu Hause dabei erwischen, wie Sie alle Schubladen durchwühlen. Finden Sie nicht auch?« Zufrieden mit sich und seiner Wortwahl nahm Knüppel einen Schluck Kaffee.

Hannah Burgdorfer hatte immer noch Handschellen an. Für gewöhnlich fand Knüppel Handschellen im Verhörraum überflüssig, aber gerade war ihm jedes Mittel recht, um sie unter Druck zu setzen und zum Reden zu bekommen.

Er war sich von Anfang an sicher gewesen, dass Burgdorfer nicht ehrlich gewesen war, jetzt hatte er die Bestätigung.

Arndt wiederum hatte in diesem Moment etwas Mühe, sich zu konzentrieren, weil er seinen Kopf davon abhalten musste, von Interpretation zu Interpretation zu springen. Er hatte bereits einige konkrete Ideen, welche Werke von Hieronymus Bosch der Mörder dieses Mal zitierte, doch er fand, dass es noch zu früh war, um sich in Spekulationen zu ergehen. Wer wusste schon, was Knüppels Kollegen noch finden würden. Außerdem war es gerade wichtiger, dem Verhör von Hannah Burgdorfer zu folgen. Es war gar nicht so einfach, alle Fakten nach Wichtigkeit zu ordnen. Beeindruckt fragte Arndt sich, wie Knüppel es schaffte, konsequent so ruhig zu wirken, obwohl er ebenfalls so viel im Kopf jonglieren musste.

»Schade nur, dass ich gerade dadurch ein perfektes Alibi habe, nicht wahr?«, fragte Burgdorfer mit bissigem

Tonfall. Offenbar war sie nicht erfreut darüber, dass sie mittlerweile wie eine echte Verdächtige behandelt wurde.

»Ach, ich weiß nicht«, sagte Knüppel, »das heißt ja noch lang nicht, dass Sie Köhler nicht umgebracht haben. Vielleicht hat ja einer Ihrer Komplizen die Leiche hierhingebracht.«

»Sie geben auch nie auf, was?« Burgdorfers Augen verengten sich.

Knüppel zuckte nur mit den Schultern. »Was soll ich machen? Ich kann nur schwer aus meiner Haut.«

Kurz schwieg Burgdorfer, dann seufzte sie schwer. »Von mir aus, bringt ja jetzt eh alles nichts mehr.«

»Ich bin gespannt.«

»In Eugens Haus war ich, weil ich mir schon denken konnte, dass es nicht mehr lange dauert, bis sie irgendwie auf ihn kommen.«

»Eugen?«, fragte der Kommissar und hob eine Augenbraue.

Burgdorfer schmunzelte. »Unter Umständen war Professor Köhler mehr als nur mein Doktorvater.«

»Fangen wir mal bitte vorn an: Hat Professor Harmann Sie wirklich sexuell belästigt?«

»Kommt darauf an, was Sie als sexuelle Belästigung verstehen.«

Knüppel verschränkte die Arme. »Wenn jemand sexuell belästigt wird.« Er war Burgdorfers passiv-aggressiver Art jetzt schon überdrüssig.

»Anfangs dachte ich, er wäre vielleicht interessiert gewesen an mir. Und ja, vielleicht habe ich in Betracht gezogen, diesen Umstand zu meinem Vorteil zu benutzen. Bloß habe ich mich leider vertan. Als ich mich Harmann angeboten habe, hat er abgelehnt. Wahrscheinlich war ich empörter als er.«

»Da bin ich mir sicher.«

»Dass er mir mit einer Klage wegen sexueller Belästigung droht, hatte ich, da muss ich ehrlich sein, nicht in Betracht gezogen, und das ärgert mich immer noch. Deswegen hat die ganze Sache dann diese unschöne Wendung genommen und ich fühlte mich gezwungen, Professor Harmann zuvorzukommen.«

»Heißt, Sie haben ihn schnell beim Rektor verpfiffen und das beste gehofft.«

Ein überlegenes Lächeln zeigte sich auf Burgdorfers Gesicht. »Sie haben immer so eine furchtbar direkte Art, komplexe Sachverhalte zu formulieren. Aber wenn Sie unbedingt so wollen: Ja.«

»Hat ja dann auch geklappt – bis zu dem Moment, in dem Sie gemerkt haben, dass Harmann und Köhler eng befreundet waren.«

Burgdorfer spielte an der Kette der Handschellen herum. »Zugegeben, damit hatte ich ebenfalls nicht gerechnet. Ich wusste zwar, dass sie gute Kollegen waren, aber ihre Freundschaft war durchaus eine unangenehme Überraschung – immerhin dachte ich, ich hätte alles hinter mir gelassen, was mit Harmann zu tun hatte, als Eugen mein Doktorvater wurde. Aber so war Harmann wieder irgendwo im Hintergrund und hat alles gefährdet.«

Arndt warf mit sarkastischem Ton ein: »Sie hätten sich natürlich auch einfach auf Ihre akademischen Fähigkeiten verlassen und einen Universitätswechsel anstreben können. Aber dafür hat es nicht gereicht, habe ich recht?«

Die blonde Frau auf der anderen Seite des Tisches bedachte Arndt keines Blickes. »Von der leichten Unbequemlichkeit abgesehen war es grundsätzlich aber kein Problem, dass die beiden Professoren befreundet sind«, ging sie über ihn hinweg. »Zum einen war ich mir sicher, dass Harmann niemandem von unserer Übereinkunft mit dem Rektor erzählt hatte, zum anderen war es Eugen sehr unangenehm, dass er sich auf mich eingelassen hatte. Er wollte keinesfalls, dass sein hochgeschätzter Freund und Kollege irgendetwas davon mitbekommt. Und da ich mir nur den Weg zum Doktortitel ein wenig erleichtern wollte, war das völlig in Ordnung für mich. Ich denke, keiner von uns beiden war jemals im Unklaren darüber, dass wir einen gut funktionierenden Deal hatten und mehr nicht.«

»Was hat sich denn dann geändert?«, fragte Knüppel. »Bis jetzt sehe ich noch nicht, warum Sie Köhlers Haus durchwühlt haben.«

Burgdorfers Gesichtsausdruck wurde wieder ähnlich säuerlich, wie er in Knüppels Opel gewesen war. »Wenn man viel Zeit in den Büros einer Universität verbringt, bekommt man oft auch Dinge mit, die man nicht unbedingt mitbekommen soll. Und leider habe ich registriert, dass die beiden so ehrenhaften Professoren das Wort ›Förderung‹ sehr liberal ausgelegt haben.«

Obwohl Hannah Burgdorfer eindeutig auf eine Nachfrage wartete, schwieg Knüppel einfach und sah sie unbeirrt an. Sie war nicht diejenige, die den Ablauf des Gesprächs diktierte.

Schließlich fuhr sie fort: »Dem Lehrstuhl war Geld zur Behindertenförderung zugesprochen worden und Professor Harmann sollte als Lehrstuhlinhaber diese Förderung umsetzen. Zwei Stellen für körperlich beeinträchtigte Studenten sollten geschaffen werden, um ihnen den Einstieg ins akademische Leben zu erleichtern. Harmann und Köhler haben schließlich aber nur einen Studenten im Rollstuhl als wissenschaftliche Hilfskraft eingestellt. Auf dem Papier wurde er so bezahlt wie geplant war, doch er hat nur einen Bruchteil von dem gesehen, was er eigentlich verdient hätte. Aber natürlich wusste er davon nichts, weil er geglaubt hat, einen 400-Euro-Job zu haben. Die andere Stelle haben die beiden Professoren einem fiktiven Studenten gegeben. Ich habe dann belauscht, während sie sich darüber amüsiert haben, wie einfach es sei, die Verwaltung mit ein paar falschen Fakten und komplexen Finanzaufstellungen zu blenden. Es war völlig in Ordnung für sie, nicht nur finanziell notorisch knappe Studenten zu betrügen, von der Uni selbst einmal ganz abgesehen, sondern darüber hinaus auch noch Mittel für einen sinnvollen Zweck einfach selbst einzustreichen!«

Hatte Hannah Burgdorfer etwa doch einen guten Kern? Knüppel bedeutete ihr, weiterzureden.

»Ein paar Tage später habe ich Eugen damit konfrontiert, weil ich dachte, er braucht nur jemanden, der ihm zeigt, wie falsch das ist. Doch er ist vollkommen ausgerastet: Der Uni täte das schon nicht weh, keiner würde es merken und sowieso seien die Gehälter von Professoren lächerlich niedrig. Dann hat er gedroht, er sorge dafür, dass mein Name mit auf den Unterlagen zu den Fördergeldern auftauchen würde, wenn ich auch nur mit dem Gedanken spielen sollte, jemandem davon zu erzählen. Nichts sei so einfach, wie die Karriere einer jungen Doktorandin schon im Aufbau zu zerstören. Also habe ich Gegenmaßnahmen ergriffen ...«

»Lassen Sie mich raten.« Knüppel legte zwei Finger an seine Schläfen wie ein Wahrsager auf dem Jahrmarkt. »Sie haben gedroht, ihn wegen sexueller Belästigung zu verklagen.«

»Jaja, machen Sie sich ruhig darüber lustig.« Burgdorfer setzte wieder ihren überzuckerten Tonfall auf. »Dieses Mal hatte ich aus meinem Fehler mit Harmann gelernt und möglicherweise ein paar, nun ja, Treffen zwischen Eugen und mir mitgeschnitten. Und möglicherweise hatte Eugen ein paar Vorlieben, die man vor Gericht als grenzwertig hätte interpretieren können.«

So viel zu Knüppels kurzzeitiger Verwirrung, was Hannah Burgdorfers Persönlichkeit betraf. Würde nicht noch mal vorkommen, nahm er sich vor. »Also haben Sie ihm ganz selbstlos angeboten, ihn um ein wenig Geld zu erleichtern und die Klappe zu halten?«

»Wir haben uns darauf geeinigt, dass das für beide Parteien eine sinnvolle Übereinkunft ist.«

»Eine monatliche Übereinkunft von 800 Euro in bar.«

Obwohl Burgdorfer es sich nicht anmerken lassen wollte, hatte der Kommissar sie in diesem Moment eindeutig mit einer Information konfrontiert, die sie für ein Geheimnis gehalten hatte. Kurz herrschte Schweigen, bis sie sich gefangen hatte. »Sie haben sich mein Konto angesehen.« In dieser Aussage schwang ein vorwurfsvoller Ton mit, den Knüppel recht amüsant fand.

Arndt schaltete sich ein: »Und Sie hatten kein Problem damit, dass diese 800 Euro, die sie erpresst haben, wiederum aus Mitteln stammten, die weder Köhler noch Harmann überhaupt zustanden? Gerade klang es noch so, als hätte Sie dieser Umstand sehr empört.«

Sofort brauste Hannah Burgdorfer auf: »Was hatte ich denn Ihrer Meinung nach für eine Wahl? Mir blieb doch nichts anderes übrig, als das beste aus der Situation zu machen! Darauf, woher das Geld auf Eugens Konto kam, hatte ich doch keinen Einfluss!«

»Sie haben gestohlenes Geld gestohlen«, sagte Arndt. »Muss man auch erst einmal schaffen.«

»Ich bin der Meinung, von stehlen kann hier überhaupt keine Rede sein!« Plötzlich war nicht mehr viel übrig von der süßlichen Hannah Burgdorfer, die sie anfangs kennengelernt hatten. Durch das starke Make-up in ihrem Gesicht drängte sich tiefes Rot und eine Ader an ihrer Stirn trat hervor. »Bei dem, was Eugen da mit Harmann an der Uni abgezogen hat, hatte er verdient, zu bluten! Außerdem habe ich gearbeitet und gearbeitet, nur um immer wieder von allen Seiten torpediert zu werden! Es war einfach unfair!«

Hannah Burgdorfer war im Begriff, zu verlieren. Knüppel fand diesen Moment grundsätzlich sehr aufschlussreich, weil er eine Menge über die eigentliche Persönlichkeit eines Verdächtigen verriet. Viele brachen in diesem Moment komplett ein, manche machten vollkommen dicht, und einige – wie Burgdorfer – pendelten in Richtung Wut. Es war an der Zeit, ihr die Situation vor Augen zu führen, in der sie sich befand. Valerie Kiel nannte diesen Schritt im Verhör immer gern »Gegenangriff«.

Also sagte Knüppel: »Und doch haben Sie Ihre Dissertation hingeworfen, als Sie gemerkt haben, dass es sich mit erpresstem Geld und ein paar entspannten Gelegenheitsjobs ganz gut leben lässt?«

»Ich habe es zwar schon einmal gesagt, aber ich wiederhole es gern«, versuchte sich Burgdorfer noch einmal an Überlegenheit, »Sie vereinfachen Dinge auf wirklich stumpfe Weise. Ich finde, meine Entscheidung, die Uni zu verlassen, war in Anbetracht dieser ganzen Verkettungen von Umständen mehr als vernünftig.«

Knüppel lächelte bloß stoisch. »Mich wundert ehrlich gesagt vor allem, dass Sie überhaupt bei Köhler eingebrochen sind. Immerhin war die Idee, eine Erpressung bar ablaufen zu lassen, grundsätzlich gar nicht übel. Aber dann sind wir gekommen und Ihr Kopf hat keine Ruhe mehr gegeben: Was, wenn er Aufzeichnungen über die Veruntreuung hat und wir eine Verbindung zwischen ihm, Harmann und Ihnen entdecken? Was, wenn er Kontoauszüge hat, auf denen sich monatliche Barabhebungen mit Ihren monatlichen Einzahlungen decken? Was, wenn kompromittierende Aufnahmen von Ihnen existieren, von denen Sie nichts wissen? Was, wenn es Rechnungen über Briefmarken gibt? Umschläge mit Ihrer Adresse? Umschläge mit Bargeld und Ihrer Adresse? Rechnungen über Umschläge, mit denen er Ihnen Bargeld geschickt hat? Was, wenn er einer dieser Menschen ist, die Tankquittungen aufheben, und wenn er irgendwann einmal bei Ihnen in der Nähe getankt hat, obwohl er dort offiziell niemanden kennt? Wenn er in einem Supermarkt bei Ihnen um die Ecke seinen Wocheneinkauf erledigt hat? Wenn er ausgerechnet auf Ihrer Straße mit 10 km/h zu schnell geblitzt worden ist? Was wenn, was wenn, was wenn? So viele Möglichkeiten. Was genau haben Sie überhaupt gesucht?«

Für ein paar Sekunden wirkte Hannah Burgdorfer unfassbar wütend und Arndt befürchtete schon, dass sie jeden Moment die Kontrolle über sich selbst verlieren könnte. Doch nachdem sie Knüppel mit Blicken aufgespießt hatte, atmete sie mehrmals tief durch, bevor sie antwortete: »Wenn ich das wüsste, würde ich jetzt wahrscheinlich nicht hier sitzen.«

»Na ja, aber jetzt sitzen Sie eben hier. Die Panik hat schon die besten Kriminellen zu bescheuerten Entscheidungen getrieben.« Knüppel stand auf und ging in Richtung Tür, Arndt folgte ihm. »Allerdings müssen Sie noch ein wenig üben, bis Sie sich überhaupt eine gute Kriminelle nennen dürfen. Aber Zeit zum Üben haben Sie demnächst auf jeden Fall.«

»Eugen kann mich nicht mehr verklagen und sonst habe ich nichts Illegales getan«, sagte Burgdorfer und eine Zornesfalte bildete sich zwischen ihren Augenbrauen. »Ich habe kooperiert. Wofür wollen Sie mich also bitte festhalten?«

»Ach, neben der beeindruckend umfangreichen Behinderung unserer Ermittlungen wird dem Staatsanwalt und mir da schon was einfallen.«

»Erst einmal hätte ich gern einen Anwalt!«, echauffierte sich Burgdorfer. »Und dann werden wir sehen, wer zuletzt lacht! Bevor ich nicht ein Geständnis unterschreibe, können Sie mich wegen überhaupt nichts belangen, Sie Klotz!«

Es kam wirklich selten vor, aber Knüppel war in der Tat fassungslos und hielt mitten in der Bewegung inne, die Türklinke nach unten zu drücken – nicht etwa, weil Burgdorfer eine plötzliche 180-Grad-Wende von süßlich zu aggressiv vollführt hatte. So etwas kam häufig vor. Er war beeindruckt davon, was für eine verzerrte Auslegung der Realität die gescheiterte Doktorandin hatte.

Schließlich öffnete er die Tür, drehte sich im Rahmen aber noch einmal zu der Frau in Handschellen um. »Tut mir leid, dass ich Sie Kriminelle genannt habe – das sind Sie noch lange nicht. Für den Quark, den Sie von sich geben, würde sich jeder dahergelaufene Taschendieb schämen. Wenn Sie in einem Verhörraum reden, schneiden wir die Sache mit. Da gibt's dann juristisch wenig dran zu rütteln. Aber wahrscheinlich vereinfache ich gerade wieder bloß komplexe Sachverhalte auf meine stumpfe Art.«

Damit verließ der Kommissar den Verhörraum. Bevor Arndt ihm hinterherging, sah er, wie Hannah Burgdorfer ihre Stirn auf die Tischplatte sinken ließ. Sie hatte verloren.

17

Ununterbrochen eilten Polizisten in das Büro von Knüppels Team, brüteten kurz über Unterlagen oder führten hektische Telefonate und trabten wieder hinaus. Die Tür stand offen und der Flur war voll mit einer Vielzahl von Stimmen.

Noch nie war Arndt der abgedroschene Vergleich mit einem Bienenstock passender vorgekommen.

Zwischen alldem saßen die Ermittler samt Alvin Bartelink und Agnes Stankowiak an einen Tisch gepfercht und waren nicht ansatzweise beeindruckt von dem Aufruhr um sie herum. Wie üblich stand eine riesige Kanne gefüllt mit Kaffee mitten auf dem Tisch und bis auf Arndt schien keiner ein Problem damit zu haben, dass Knüppel ihn gekocht hatte.

Der Forensiker goss sich die zweite Tasse ein, nachdem er die erste in einem tiefen Zug hinuntergestürzt hatte. »Wir haben einen Fingerabdruck auf dem Gürtel des Opfers und eine blaue Faser an seinem Hemd gefunden, sonst leider nichts. Immerhin besser als beim ersten Mal.«

»Laut dem Kunzler hatte der Kerl, der Köhler auf unsere Wiese geworfen hat, eine blaue Mütze auf«, sagte Meyer-Landfried. »Vielleicht haben wir damit ja endlich etwas, um ihn festzunageln.«

»Ach ja, apropos werfen.« Bartelink hob einen Finger. »Offenbar war dem Täter ziemlich wichtig, dass die wunderbaren Details nicht verloren gehen, die er am Toten verändert hat. Er hat sowohl die rote Feder hinter dem linken Ohr als auch die Kröte in dem Loch am Kopf mit Sekundenkleber befestigt – ist zumindest meine Vermutung, dass es Sekundenkleber ist. Wir sind dran – gilt natürlich auch für den anderen Kram wie die rote Feder. Die Kröte war übrigens tot, aber relativ frisch.«

Knüppel seufzte. »Ich schätze nicht, dass es eine ganz besondere Kröte ist, die es nur in einem winzigen Teil von Südamerika gibt, und wir den Täter so eingrenzen können?«

»Ich bin kein Amphibienexperte«, sagte Bartelink, »aber sieht mir nach einer ganz gewöhnlichen Erdkröte aus. Die leben hier überall.«

»Na ja, wär ja auch zu schön gewesen.«

»Außerdem haben wir in der Hand der Leiche das hier gefunden«, sagte Agnes Stankowiak und legte einen Beweisbeutel auf den Tisch, in dem sich ein Stein befand, der wie ein völlig gewöhnlicher Kiesel aussah.

In diesem Moment zwinkerte Arndt mehrmals schnell hintereinander und begann, die Lippen zu bewegen, ohne etwas zu sagen.

Kritisch beobachtete Knüppel ihn. »Sieht aus wie ein Stein, ist ein Stein, aber der Lange hat direkt eine Idee. Natürlich. Willst du die vielleicht mit uns teilen?«

Arndt hob nur nachdenklich die Hand. »Gleich. Bin noch nicht so weit.«

»Gut, dann gleich. Diva.« Knüppel verdrehte die Augen, Meyer-Landfried grinste und sofort bereute der Kommissar, dass er sich überhaupt zu einer Regung hatte hinreißen lassen. »Was haben wir noch?«

»Ein fehlendes Stück Schädelplatte und fehlendes Hirngewebe. Außerdem Stichwunden im vorderen Torsobereich«, antwortete die Rechtsmedizinerin. Wie so oft klang sie dabei nicht, als würde sie grausame Details über einen Mord verkünden, sondern über ihre Lieblingseissorte reden. »Viele.«

»Todesursache? Stichwunden im vorderen Torsobereich? Viele?«

Verkniffen sah Agnes den Kommissar an. »Du weißt, dass ich dazu ungern was sage, bevor ich sie aufgemacht habe. Aber ist wahrscheinlich. Wenig Einblutungen in der Kopfhaut legen nahe, dass das Opfer schon tot war, als der Mörder den Kopf geöffnet hat.«

»Das reicht mir für den Moment schon.« Knüppel strich sich über den nicht mehr so spiegelglatt rasierten Schädel, seine große Hand verursachte ein schabendes Geräusch auf den Stoppeln. »Irgendwas von Köhlers Nachbarn?«

»Nix«, sagte Valerie Kiel. »Die meisten waren arbeiten, der Rest hat nichts mitbekommen.«

»Abgelegenes Haus. Schön zum Wohnen, ideal zum ermordet werden.« Kurz dachte der Kommissar nach. »Natürlich können wir Köhler als Täter für den ersten Mord noch nicht komplett ausschließen und sollten das im Hinterkopf behalten. Aber ich fürchte, er ist raus aus dem Rennen.«

»Wie sieht's mit Hannah Burgdorfer aus?«, fragte Valerie Kiel.

»Anstrengend, arrogant und nicht so klug, wie sie gern wäre, aber ziemlich wahrscheinlich unschuldig.«

»Hey, wenigstens kommen wir zu was«, sagte Kiel. »Dafür ist der Rektor der Uni plötzlich wieder sehr interessant, wenn ihr mich fragt. Erst droht einer seiner Lehrkräfte ein Verfahren wegen sexueller Belästigung, und dann stellt sich heraus, dass zwei Professoren Geldmittel für eine Behindertenförderung einfach selbst kassiert haben? Miese Brise!«

»Wenn er überhaupt davon wusste«, warf David Winterfeldt ein.

»Winterfeldt hat recht«, sagte Knüppel. »Dieser Schneider wirkt mir zwar nicht wie der kompetenteste Mensch auf der Welt, aber er ist viel zu nervös, ein kriminelles Mastermind zu sein. Müssen wir natürlich trotzdem checken, vielleicht wusste er ja von mehr, als er uns gesagt hat. Wär jetzt nicht so verwunderlich.«

»Natürlich.« Meyer-Landfried nickte.

»Dafür hätte der Student, den die Profs über den Tisch gezogen haben, jeden Grund, wütend zu sein. Vorausgesetzt natürlich, er hat irgendetwas davon mitbekommen.«

»Ach ja«, warf David Winterfeldt ein, »ich war mal so frei, einer Eingebung zu folgen. Als Burgdorfer meinte, die Profs hätten sich zum Nachteil eines behinderten Studenten bereichert, habe ich eins und eins zusammengezählt und mir gedacht: Wer könnte denn besser von so etwas wissen als derjenige, dem es passiert ist? Also habe ich nachgesehen und es stellt sich heraus: Der Student im Rollstuhl mit dem geringen Gehalt ist niemand anderes als Lorenz Grothendieck – der ehemalige Kommilitone von Karl Arnold, der uns überhaupt erst den Tipp mit der finanziellen Veruntreuung gegeben hat.«

»Die Familie mit der Eulentür, klar«, sagte Knüppel. »Also hat er etwas davon mitbekommen. Herzlichen Glückwunsch, Herr Grothendieck, Sie sind ganz vorn ins Führungsfeld eingestiegen. Auf das Gespräch freue ich mich jetzt schon.«

»Manchmal bin ich sehr stolz auf dich, Kleiner.« Valerie Kiel klopfte dem jungen Kommissar auf die Schulter. Winterfeldt grinste breit.

»Ein Mörder im Rollstuhl?«, fragte Stankowiak.

Knüppel zuckte mit den Schultern. »Wir haben schon Pferde kotzen sehen.«

»Ich denke, diesen Karl Arnold sollten wir übrigens auch noch nicht ausschließen.« Meyer-Landfried nahm ausgesprochen beherzt einen ernsthaften Schluck Kaffee.

»Auf keinen Fall«, bestätigte Knüppel. »Es ist schon ein großer Zufall, dass er zum Zeitpunkt beider Morde in der Stadt war, wenn er doch nicht einmal in Deutschland lebt.«

»Bleibt nur noch Elisabeth Harmanns verbotene, kleine Affäre.« Valerie Kiel machte Kussgeräusche. »Dazu sind wir noch nicht gekommen, aber das werden wir direkt nachholen.«

»Schadet auf keinen Fall«, bestätigte der immer noch extrem stolze David Winterfeldt.

»Sagt den Streifenkollegen, sie sollen die Augen nach weißen Kleintransportern und Fahrern mit blauer Baseball-Mütze offen halten«, sagte Knüppel. »Ich verspreche mir zwar nicht viel davon, aber man weiß ja nie.«

Meyer-Landfried notierte sich etwas in seinem kleinen Heftchen, bevor er wieder Knüppel ansah. »Ich muss die ganze Zeit darüber nachdenken, was für ein Motiv der Mörder wohl hat. Es ist wirklich merkwürdig, dass mittlerweile ausgerechnet die beiden Professoren tot sind, die nur Schwachsinn verzapft haben. Ist er so eine Art akademischer Robin Hood? Der Retter der Geächteten und Benachteiligten? Nicht, dass das einen Mord legitimieren würde, aber es ändert schon eine Menge, was seine Motivation betrifft. Verzerrtes Gerechtigkeitsempfinden und Ausbrüche von Selbstjustiz sind

Zeichen von Irrationalität und legen nahe, dass dem Täter etwas Ähnliches widerfahren ist – oder zumindest etwas, das er als ähnlich ungerecht empfunden hat. Vielleicht hat ja sogar überhaupt keine Verbindung zu Harmann und Köhler, sondern hat in den beiden Professoren nur die perfekten Opfer gefunden. Kann alles sein. Auf jeden Fall ist jemand, der zu so etwas fähig ist, aus dem seelischen Gleichgewicht geraten. Was meinst du, Knüppel?«

»Was weiß ich denn.« In diesem Moment sortierte der Kommissar so viele Gedanken, dass er keine Geduld für Meyer-Landfrieds ausschweifende Täterprofile hatte. »Können ihn ja fragen, wenn wir ihn finden. Aber dafür müssen wir ihn erst mal finden.«

Valerie Kiel senkte ihren Kopf, um ein Grinsen zu verbergen. Meyer-Landfried fiel es nicht auf – zum Glück. Auf interkollegiales Kleindrama hatte Knüppel jetzt erst recht keine Lust, er brauchte seine Konzentration.

Dann deutete Meyer-Landfried auf Arndt, der immer noch in Gedanken versunken war. »Müssen wir den reparieren lassen oder war der schon kaputt?«

Vorsichtig stieß Knüppel den Kunsthistoriker mit dem Ellbogen an. »Ey. ›Gleich‹ ist schon lang vorbei.«

»Verzeihung, Verzeihung«, nuschelte Arndt, bevor er den milchigen Ausdruck in seinen Augen abschüttelte. Für einen Moment lang wirkte er, als sei er aus einem kurzen, aber sehr tiefen Schlaf aufgewacht. »Viele Gedanken, viele Details. Manchmal schwierig, das alles zu sortieren.«

»Muss nicht perfekt sein. Einfach raus damit.«

»Gut, in Ordnung.« Noch einmal atmete Arndt durch, dann fing er an: »Der Stein, den Agnes gerade rausgeholt hat, hat etwas bestätigt, was ich sowieso schon anhand des geöffneten Schädels vermutet hatte. Aber ich war mir noch nicht sicher, immerhin hatte ich ja nur wenig Informationen und ich bin lieber zu vorsichtig als voreilig.«

»Das ist offensichtlich«, sagte Meyer-Landfried. »Sonst würdest du langsam mal damit rausrücken, was du denkst.«

»Gut, in Ordnung«, wiederholte der Kunsthistoriker. »Ich bin mir so gut wie 100 Prozent sicher, dass der Mörder auf Steinschneiden anspielt – nicht auf den medizinischen Beruf des Lithotomus allerdings.«

»Lithotowas?«, fragte Valerie Kiel.

Bevor Arndt ausholen konnte, antwortete Meyer-Landfried: »Lithotomus. Steinschneider. Menschen hatten natürlich schon immer gesundheitliche Probleme und der Lithotomus war darauf spezialisiert, Blasensteine zu entfernen – ein sehr weit verbreitetes Problem bei den damaligen Ernährungsgewohnheiten. Waren sehr unschöne Prozeduren, bei denen viele Patienten aufgrund der mangelnden Möglichkeiten und Hygiene einfach gestorben sind.« Er warf Arndt einen triumphierenden Blick zu.

Dieser wiederum wirkte zufrieden. »Genau.«

Kurz sah Valerie Kiel zwischen den beiden hin und her.

Dann sagte sie bloß: »Aha.«

Bei Knüppel nahm langsam Ungeduld Überhand. »Wenn das nicht die Art von Steinschneiden ist, um die es geht, warum reden wir dann darüber?«

»Begriffe zu definieren, schadet ja wohl nicht.« Jetzt wirkte Meyer-Landfried etwas beleidigt.

Zum Glück sprach Arndt sofort weiter: »Die andere Art von Steinschneiden war ein typischer Trick von fahrenden Gaunern. Erst haben sie sich wohlhabende Opfer gesucht und ihnen jede Menge Angst eingeredet, dann haben sie ihnen angeboten, ihnen die Angst oder wahlweise gleich die Dummheit und Naivität aus dem Kopf zu operieren – den Stein, wie es hieß. Das natürlich alles nur gegen ein stattliches Gehalt. Niemand weiß heute, wie diese Operationen verlaufen sind, ohne Narkose und all das, aber zum einen gibt es einige, bildliche Darstellungen zum Steinschneiden, und zum anderen historisch verlässliche Unterlagen, die den Heilungsprozess nach solchen Eingriffen dokumentieren. Also gab es eindeutig Menschen, die das Steinschneiden haben durchführen lassen und die überlebt haben.«

»Und natürlich hat der alte Sonnenschein Hieronymus auch dazu ein Bild gemalt«, riet Knüppel.

»Genau«, fuhr Arndt fort. »Auf dem Bild sieht man neben dem Patienten und dem Quacksalber während der Prozedur außerdem noch eine Nonne und einen Mönch. Darüber, was die beiden dort vermutlich zu suchen haben, könnte ich stundenlang reden, aber darum geht es ja gerade nicht. Jedenfalls bin ich mir sicher, dass das Loch in Köhlers Kopf eine Anspielung auf dieses Gemälde sein soll – und eine extrem wörtlich interpretierte Anspielung darüber hinaus. Wenn wir davon ausgehen, dass der Kiesel in Köhlers Hand für die entfernte Dummheit steht, ist es meiner Meinung nach nicht weit hergeholt, dass der Mörder zwar denkt, er habe den Stein aus dem Kopf geholt, sich aber bewusst dazu entschlossen hat, ihn nicht vollständig vom Körper zu entfernen, sondern nur zu verlagern. Als ob es unmöglich sei, Köhler von seiner Dummheit zu befreien.«

»Auf dem Bild sind nicht zufällig auch noch irgendwo eine rote Feder und eine Kröte?«, fragte Valerie Kiel.

»Leider nicht, und das ist exakt das, wo es anfängt, merkwürdig zu werden. Denn während der Mörder mit der Harfe und der Flöte im ersten Fall konsequent aus dem ›Garten der Lüste‹ zitiert hat, haben wir bei Köhler auf einmal wiederkehrende Symbole aus den unterschiedlichsten Gemälden. Die Kröte steht oft für Verkommenheit, manchmal auch für sexuelle Gier, und ist unter anderem im ›Gaukler‹ ein Gestaltungselement. Ich denke, in unserem Fall können wir von Verkommenheit ausgehen, weil das Tier nicht im Schritt, sondern im Kopf gesessen hat. Die rote Feder setzten Künstler aus der Zeit oft ein, um das Böse, das Teuflische zu markieren. Bosch stellt sie sehr gern an den Hüten seiner Figuren dar, so zum Beispiel auf der Außenseite vom ›Heuwagen-Triptychon‹ im Hintergrund.« Er sah Knüppel an. »Das Bild mit dem Wanderer.«

Das Team – außer Meyer-Landfried – blickte etwas irritiert drein, also sagte Knüppel: »Daher haben wir die Idee mit der Blickrichtung.«

»Aha«, sagte nun Bartelink.

Unbeirrt redete Arndt weiter: »Ersetzen wir den Hut durch Köhlers linkes Ohr, haben wir wahrscheinlich dieselbe Aussage. Trotzdem finde ich, dass diese Elemente wieder viel freier ausgelegt sind als diese extrem sprichwörtliche Interpretation des Steinschneidens. Da sind überall Diskrepanzen, die ich mir beim besten Willen nicht erklären kann.«

»Ich aber«, warf Valerie Kiel ein. »Der Mörder teilt uns auf sehr umständliche Weise mit, dass er Köhler nicht mochte. Ende der Geschichte.«

»Kann gut sein, kann gut sein. Aber das Problem ist, dass die verschiedenen Elemente, vor allem in dieser Kombination, dieses Mal noch unklarer wirken als bei Harmann – extrem wild und beliebig. Wirklich Sinn macht das für mich nicht.«

»Du bist ja auch kein Bekloppter, der Leuten Kröten in den Kopf klebt«, sagte Knüppel. »Könnte daran liegen.«

Wirklich zufrieden war Arndt mit dieser Auslegung der Tatsachen nicht, aber für den Moment musste sie wohl reichen. Also machte er nur: »Hm.«

»Wohin hat die Leiche eigentlich dieses Mal geguckt?«, fragte Knüppel.

David Winterfeldt antwortete: »Einfach nach oben. In den Himmel.«

»Könnte das theologisch motiviert sein?«, fragte Meyer-Landfried nun und klang sehr begeistert dabei.

»In Anbetracht dieser wörtlichen Auslegung des Steinschneidens absolut möglich!«, bestätigte Arndt ähnlich enthusiastisch.

Knüppel unterband sofort ihre kollektiven Wahnvorstellungen.

»Könnte auch ein Versehen sein. Passiert nämlich schnell mal, wenn man einen leblosen Körper einfach aus dem Heck eines Vans wirft.«

»Falls Kunzler überhaupt die Wahrheit sagt.«

Es war Meyer-Landfried, der diesen Gedanken äußerte, den Knüppel in jeder Hinsicht verwerflich fand. Sofort breitete sich drückende Stille am Tisch aus, alle starrten Meyer-Landfried an.

Dann sagte Valerie Kiel: »Jetzt werd mal nicht gleich paranoid.«

»Nur ein Gedanke – kein Grund, gleich einen Lynchmob zu bilden.«

Knüppel knurrte: »Ich hab schon schlechtere Gründe gehört ...«

In diesem Moment übertönte schnell näher kommendes Stampfen die Gespräche auf dem Flur, dann preschte Iris Tietgen hinein. Sie trug eines ihrer gedeckteren Outfits, Knüppel ahnte Übles.

Ihr folgte Pressesprecher Johannes Staden, der sich betont lässig an einen der Schreibtische hinter den Ermittlern lehnte. Sein Gesichtsausdruck irgendwo zwischen Zufriedenheit und Überheblichkeit gefiel Knüppel überhaupt nicht.

»Sehr geehrte Frau Direktorin Tietgen!«, begrüßte Agnes Stankowiak die Polizeichefin überschwänglich, während sie aufstand und die Arme ausbreitete.

»Hallo, liebe Frau Doktor Stankowiak«, erwiderte Iris Tietgen mit einem gequälten Lächeln, ohne auf das offensichtliche Angebot der Umarmung einzugehen. Stattdessen ging sie gleich zu dem staubigen Röhrenfernseher, den vor Jahren einmal jemand in der Ecke des Büros aufgehängt hatte. Knüppel wusste nicht, ob das Gerät seitdem jemals eingeschaltet gewesen war – es war ein dermaßen selbstverständlicher Teil der Einrichtung, dass er es bis jetzt nicht einmal mehr wahrgenommen hatte.

Langsam setzte sich die schmale Rechtsmedizinerin wieder und sah mit krauser Stirn dabei zu, wie Iris Tietgen den Stand-by-Schalter betätigte. Ein Knacken ertönte, dann baute sich ein Bild auf.

Eine blonde Frau stand mit einem Mikrofon am viel befahrenen Nordwall, im Hintergrund war das Präsidium zu sehen, einschließlich Knüppels Wagen und dem flatternden Absperrband am Tatort. Es waren die Nachrichten auf einem Privatsender – eine Sondersendung, wie die Bauchbinde verriet. *Live: Grausame Mordserie in Krefeld.*

»*... bisher keinen Kommentar abgegeben. Doch es handelt sich eindeutig um einen Serientäter. In dem Brief, den wir erhalten haben – einschließlich sehr verstörender Fotos der zwei Opfer –, bezeichnet der Mörder die Taten als sein ›Todeswerk‹. Er schreibt, er sei sich sicher, dass die richtigen Leute begreifen, was vor* *sich gehe, und dass all das sein Plan sei. Ich zitiere: ›Wenn schon mein Lebenswerk nicht den Respekt bekommt, den es verdient, wird es wenigstens mein Todeswerk.‹ Die Frage, die sich hier stellt, ist eindeutig: Weiß die Krefelder Polizei, was vor sich geht? Die Umstände sprechen dagegen. Eine verlässliche Quelle hat uns dieses Bild zugespielt.«*

Eingeblendet wurde ein Foto, auf dem Knüppel ganz besonders grimmig direkt in die Kamera blickte. Hinter ihm, nur teilweise, aber deutlich genug zu erkennen, stand Arndt, der scheuer und nervöser als gewöhnlich wirkte.

Es war das Bild, das der picklige Heranwachsende geschossen hatte.

»Der Leiter der Todesermittlung, hier im Vordergrund, war übrigens auch nicht für eine Stellungnahme zu erreichen. Allerdings ist es der Mann hinter ihm, der Fragen aufwirft und vermuten lässt, dass die Polizei noch vollkommen im Dunkeln tappt. Dieser Mann ist, wie unsere Recherchen ergeben haben, Arndt van Gruyter. Ein Kunsthistoriker. Ein Kunsthistoriker? Ist die Krefelder Polizei schon so verzweifelt, dass sie die Hilfe von externen Experten in Anspruch nehmen muss? Wie viel kann dieser Mann, der keinerlei Erfahrungen in der Ermittlung von Morden hat, überhaupt zur Auflösung beisteuern? Und wie viele Unschuldige müssen noch in die Hände des offenbar sehr gestörten Täters geraten, bis ...«

Iris Tietgen schaltete den Fernseher wieder aus. »Dasselbe läuft auf allen anderen Sendern. Dieser Idiot hat seinen Brief und die Tatortfotos an alle Sender und Zeitungen geschickt, die er finden konnte – alles wieder per Mail, alles wieder genauso unmöglich nachzuverfolgen wie bei Arndt.« Schnell korrigierte sie: »Herr van Gruyter.« Kurz massierte sie ihre Schläfen. »Ich weiß, dass wir nichts dafür können, aber das ist eine mehr als ungünstige Wendung, die uns ausgesprochen stark unter Zugzwang setzt. Und ich weiß auch, dass wir mit Hochdruck daran arbeiten, den Täter zu finden. Deswegen muss ich es wahrscheinlich nicht dazu sagen, aber: Je schneller wir ihn bekommen, desto besser.«

»Eigentlich wollte ich es mir sparen, doch ich komme einfach nicht umhin, es zu sagen: Ich habe von Anfang an dazu geraten, die Presse zu involvieren.« Die Überheblichkeit in Stadens Stimme löste in Knüppel den Drang aus, ihn mit Büroklammern zu bewerfen. »Jetzt sind wir im Zugzwang und müssen Schadensbegrenzung betreiben. So etwas wirft kein gutes Licht auf unsere Arbeit, vor allem auf die Todesermittlung. Frau Tietgen und ich haben in zwei Stunden eine Pressekonferenz einberufen, in der wir unsere bisherigen Ergebnisse darlegen werden, damit die Öffentlichkeit versteht, dass wir ermittelt und nicht nur auf unseren Hintern gesessen haben. Wir müssen Kompetenz präsentieren.«

»Auch die Richtung mit Hieronymus Bosch?«, fragte David Winterfeldt etwas verhalten.

»Gerade die Richtung mit Hieronymus Bosch«, bestätigte der Pressesprecher. »Was haben wir denn sonst groß vorzuweisen?«

Kurz rang Winterfeldt mit sich. Offenbar befürchtete er, vor Iris Tietgen anmaßend zu wirken. »Aber was ist denn mit Trittbrettfahrern? Ich habe gelernt, dass gerade solche Details es Nachahmungstätern extrem leicht machen.«

Valerie Kiel nickte bestätigend.

»Da haben Sie leider recht, Herr Winterfeldt«, antwortete Iris Tietgen. »Allerdings erhoffen wir uns von der Veröffentlichung dieser Ergebnisse wichtige Hinweise. Mir bereitet die Möglichkeit von Nachahmungstaten auch Kopfschmerzen, aber was ist die Alternative? Ein Musterbeispiel von Pest oder Cholera, was wir hier gerade haben.«

»Jedenfalls würde ich es begrüßen, wenn Sie nach der Konferenz so weit wie möglich mit der Presse kooperieren«, sagte Staden. »Beantworten Sie alle Fragen, notfalls ausweichend, wenn es sein muss, aber keinesfalls mit dem typischen ›Kein Kommentar‹, das wirkt bloß abwehrend und geheimniskrämerisch. Wir wollen ein offenes, zugängliches Bild der Polizei kommunizieren. Das gilt vor allem für Sie beide, Kiel und Knüppel.«

Die beiden Kommissare sahen den Pressesprecher nur unbewegt an, bis er fortfuhr: »Wenn Sie uns dann entschuldigen würden. Wir müssen eine Präsentation vorbereiten und dafür muss ich mich noch umziehen, damit ich uns in Uniform repräsentieren kann.« Damit verließ er das Büro.

»Außerdem habe ich gerade Hannah Burgdorfers Entlassung vorbereitet.« Bevor Knüppel seine zahlreichen Einwände dagegen vorbringen konnte, sagte Iris Tietgen: »Mir gefällt das auch nicht, Knüppel. Aber das Letzte, was wir jetzt brauchen, ist eine wütende Zeugin, die länger als nötig festgehalten wurde. Keine Sorge, wir werden sie an den Journalisten draußen vorbeischleusen und nach Hause bringen. Voraussetzung dafür war ein Deal, den ich mit ihr gemacht habe: Wenn sie die Klappe hält und gar nicht erst auf die Idee kommt, mit Pressevertretern zu reden – egal worüber –, ignorieren wir alle Rechtsansprüche, die wir geltend machen könnten.« Kurz wirkte sie wieder einmal etwas unschlüssig, was sie nun sagen sollte, bevor sie ihren Rücken straffte. »Wir packen das.« Dann stampfte auch sie aus dem Raum.

Für etwa eine Minute herrschte nachdenkliches Schweigen. Knüppel ärgerte sich, weil Hannah Burgdorfer einfach ihr Leben wie gewohnt weiterführen konnte und weil er sich sowieso oft über die Presse ärgerte. Arndt wiederum war immer noch irritiert davon, dass seine Rolle in den Ermittlungen in der Außenwahrnehmung offenbar eine größere Rolle spielte, als er ihr jemals zugestanden hätte – und er war sich sicher, dass das Team es ähnlich sah wie er. Wenigstens hatten sie nicht herausgefunden, dass der Mörder ihm die Bilder der Leichen geschickt hatte.

»›Todeswerk‹? Ernsthaft?«, fragte Meyer-Landfried schließlich. »So nennt er das also?«

»Eindeutig bekloppt, der Typ, hab ich doch gesagt«, brauste Valerie Kiel sofort auf. »Da sind mir aus der Bahn geratene Beziehungsstreits tausendmal lieber! Die fühlen sich danach wenigstens angemessen schlecht und kommen gar nicht erst auf die Idee, noch andere Menschen umzubringen. Aber so was? Das ist doch total Banane! Todeswerk? Wie kann man nur so großkotzig und von sich selbst eingenommen sein? Aber klar, dass die Presse das toll findet! Jetzt haben sie ja direkt eine schöne Schlagzeile, ohne dass sie sich die selbst ausdenken mussten! Hat er toll gemacht, dieser verdammte Wahnsinnige! Das ist doch alles totale Scheiße! Ab jetzt können wir nirgendwo mehr hingehen, ohne dass uns jemand auf Schritt und Tritt verfolgt. Ich hasse so was! Das ist einfach Dreck! Verdammter, stinkender, schleimiger Oberdreck!«

Ausnahmsweise fand es Knüppel einmal nicht unterhaltsam, wie Valerie Kiel sich aufregte, denn leider hatte sie mit allem recht, was sie gesagt hatte. Er musste motivieren. Zwar fühlte er sich auch nicht danach, aber das war egal. Gerade war er in seiner Funktion als Kopf der Todesermittlung gefragt. »Wir sind so nah dran. Ich weiß, dass wir ihn kriegen. Ich hab's im Gefühl, dass es keine 24 Stunden mehr dauert. Von dem ganzen Quark da draußen lassen wir uns einfach nicht ablenken. Wir sind gut in dem, was wir machen, und wir finden den Typen. Und wir sind auf der richtigen Spur. Wenn der Typ meint, sein Lebenswerk habe nicht die Anerkennung bekommen, die es verdient, sind wir auf der exakt richtigen Spur.«

Knüppel hoffte, dass seine kleine Ansprache nicht allzu verzweifelt gewirkt hatte, als müsse er eher sich selbst als das Team motivieren.

Kurz herrschte Schweigen. Dann sagte Meyer-Landfried: »Das wird eine lange Nacht.«

18

Der Treppenlift im Flur, der hoch in den ersten Stock führte, ließ keinen Zweifel daran, dass sie richtig waren. Es war ein typisches Mehrfamilienhaus auf einer typischen Mehrfamilienhäuserstraße, wie sie überall zu finden waren – nichts Spektakuläres, aber grundsolide, wie Arndt feststellte.

Armin Grothendieck kam in seinem Rollstuhl aus seiner Wohnung und blieb an der obersten Treppe stehen. »Kommen Sie hoch, kommen Sie rein!« Er hatte eine freundliche, weiche Stimme und man konnte ihm anmerken, dass er es gewohnt war, zu sprechen. Er betonte jedes Wort extrem deutlich.

Sie stellten sich vor, tauschten höfliche Begrüßungsfloskeln aus und folgten ihm ins Wohnzimmer. Im Flur stach Arndt Knüppel in die Seite, was dieser mit einem unwilligen Blick kommentierte.

Arndt deutete auf die Garderobe, an der eine dunkelblaue Baseballkappe hing.

Der Kommissar winkte nur ab. Eine blaue Mütze allein reichte noch lange nicht, um ihn nervös zu machen. Außerdem war es extrem unwahrscheinlich, dass Grothendieck der Täter war – er erhoffte sich eher Informationen. Unbeeindruckt folgte der dem Mann im Rollstuhl.

Trotzdem tippte Arndt ihn noch mal an, dann ein weiteres Mal. Knüppel blieb stehen.

»Mütze!«, presste Arndt aufgebracht durch die Zähne und riss die Augen auf.

»Jaja«, flüsterte Knüppel zurück und wollte weitergehen.

Wieder rammte Arndt seinen langen, spitzen Finger in Knüppels Torso. »Blaue Mütze!«

»Ich hab schon verstanden.«

»Wie der Täter!«

»Oder einfach nur eine blaue Mütze wie tausend andere blaue Mützen.«

»Oder auch nicht.«

»Wahrscheinlich aber schon.«

»Genau! Wahrscheinlich! Nur wahrscheinlich!«

»Wär sehr doof, die hier hängen zu lassen, wenn wir uns schon ankündigen, meinst du nicht?«

»So narzisstisch, wie der Täter ist? Vielleicht will er ja geschnappt werden!«

»Hm.«

»Aber ... Blaue Mütze!« Fassungslos deutete Arndt auf die Garderobe.

Ohne weiteren Kommentar ließ Knüppel seinen Begleiter stehen und folgte Grothendieck. Als er sich ihm gegenübersetzte, musterte er ihn kurz, aber intensiv, wie er es immer tat, wenn er das erste Mal mit jemandem sprach, den er vorher noch nie gesehen hatte.

Grothendiecks Gesicht passte zum Eindruck, den Knüppel sofort von ihm gehabt hatte. Er hatte leicht krause Haare mit Rotstich, an den Seiten kürzer als oben, und eine hohe Stirn, dafür tief sitzende Ohren. Seine Augen waren relativ klein und standen eng zusammen, was durch eine markante Nase wieder wettgemacht wurde.

Kontinuierlich war ein kluges Schmunzeln auf seinen Lippen zu erkennen, die von einem gestutzten Vollbart – Knüppels nicht unähnlich – mit rötlicher Färbung umwachsen waren.

Kurz hatte Knüppel das merkwürdige Gefühl, dieses Gesicht schon einmal irgendwo gesehen zu haben, doch es war zu flüchtig, als dass er es greifen konnte. Um nicht im Gespräch unnötig abgelenkt zu werden, schob er den Eindruck beiseite.

Ohne dass Knüppel es ihm anmerkte, dachte Arndt in diesem Moment über exakt dasselbe entfernte Gefühl nach.

»Danke, dass Sie sich Zeit genommen haben, Herr Grothendieck«, begann der Kommissar.

»Kein Problem«, erwiderte Grothendieck. »Ich muss Seminararbeiten korrigieren. Da kommt jede Abwechslung recht.«

Knüppel lächelte, als würde er verstehen. Arndt lachte, weil er verstand.

»Von den Morden in der Stadt haben Sie ja wahrscheinlich schon in der Presse gehört«, sagte Knüppel.

»In der Tat. Man kann ja kaum irgendwo hinsehen, ohne davon bombardiert zu werden. Natürlich verstehe ich das Interesse, aber man kann es auch übertrieben. Jedenfalls habe ich mir schon gedacht, dass Sie deswegen hier sind.«

»Haben Sie das?«, fragte Knüppel.

»Natürlich, immerhin kannte ich beide Professoren. Da wäre ich an Ihrer Stelle auch hierhin gekommen. Außerdem wissen Sie doch mittlerweile bestimmt von der Veruntreuung der Fördergelder.«

»In der Tat.«

»Na dann: Fragen Sie ruhig.«

»Wie war das für Sie, als Sie herausgefunden haben, dass Ihnen mehr Geld zugestanden hätte, während Harmann und Köhler Sie gemeinsam verarscht haben? 'Tschuldigung für die Wortwahl, aber nichts anderes war es.«

Kurz nickte Grothendieck nur, als hätte Knüppel etwas ausgesprochen Wahres gesagt. »Verarscht trifft's da leider sehr gut. Natürlich hat mich das irgendwie aufgeregt – gleichzeitig hatte ich mich aber eben damit arrangiert, nur 400 Euro für meine Arbeit zu bekommen, immerhin haben die Professoren mich ja unter den Voraussetzungen eingestellt. Ist ja jetzt auch nichts Ungewöhnliches. Aber vollkommen moralisch einwandfrei ist das selbstverständlich nicht gewesen. Überlegen Sie mal, wie vielen jungen Gehandicapten man den Start ins Berufsleben hätte erleichtern können!«

»Haben Sie deshalb von Düsseldorf an die Uni in Essen gewechselt?«, fragte Arndt.

»Ja. Ich weiß nicht, ob ich das mit dem moralischen Ethos irgendwie zu ernst genommen habe, aber ich wusste, dass ich in einer Fakultät, in der so etwas passiert, nicht arbeiten kann und will. Genau das habe ich Köhler und Harmann auch gesagt. Dass ich sie hätte verpfeifen können, dass es nicht in Ordnung ist, was sie abziehen, die ganze Klaviatur des schlechten Gewissens. War ihnen relativ gleichgültig. Die waren nur froh, dass ich mich dazu entschlossen habe, zu gehen.«

Knüppel wollte wissen: »Haben Sie irgendwelche Probleme nach dem Wechsel gehabt? Mit der Fertigstellung Ihrer Doktorarbeit zum Beispiel?«

»Ganz im Gegenteil.« Grothendieck lächelte gelöst. »Hätte kaum besser laufen können: erst summa cum laude, dann nahtlos eine Stelle als Dozent an derselben Uni. Mir geht's super dort.«

»Hat es Sie nicht gewurmt, dass Sie wussten, dass die Professoren vermutlich damit weitermachen würden, Geld zu hinterziehen?«

»Schon, keine Frage. Aber zu diesem Zeitpunkt war ich mir selbst wichtiger – so egoistisch, wie das auch klingen mag. Ich wollte fertig werden und endlich lehren. Das war relevanter als die Verwicklungen an der Uni, die ich bewusst verlassen hatte. Außerdem konnte ich mir denken, dass Harmann und Köhler entweder mit dem Rektor unter einer Decke stecken oder der Rektor dafür gesorgt hätte, dass diese ganze Geschichte schön unter den Teppich gekehrt wird. Wäre nicht das erste Mal, dass so etwas vorkommt. Und für eine große Berichterstattung in den Medien hatte ich keine Energie – wenn es denn überhaupt jemanden interessiert hätte. Ich wollte nicht der arme, beispielhafte Behinderte sein, der für seine Rechte einsteht.«

»Da ist was dran.« Knüppel kratzte sich am Kinn. »Tut mir leid, dass ich Sie das fragen muss, aber es geht wirklich nicht anders, außerdem haben Sie mich auf die Idee gebracht: Seit wann sitzen Sie im Rollstuhl?«

»Sie wollen wissen, ob ich ein Motiv habe? Ob mich zum Beispiel der berüchtigt miese Autofahrer Professor Harmann angefahren hat und ich jetzt einen Grund zur Rache habe, wenn die ganze Veruntreuungsgeschichte mich schon kalt gelassen hat?«

»Genau.« Knüppel fand es angenehm, dass Grothendieck dermaßen direkt war. So etwas machte Gespräche immer einfacher.

Kräftig klopfte Grothendieck auf die Räder seines Rollstuhls. »Das Ding hier habe ich, seitdem ich sechs Jahre alt bin. Ungünstig von einem Spielgerüst gefallen. Blöd gelaufen, aber definitiv ohne Zutun von Harmann, Köhler oder sonst wem.«

»War es ein Zufall, dass Sie in Ihrer Dissertation eine These von Köhler zerpflückt haben?«, fragte Arndt. »Oder haben Sie sich bewusst eine Stelle gesucht, um wenigstens auf diese Weise ein bisschen Rache zu üben?«

»Der Umfang Ihrer Recherche beeindruckt mich. Das habe ich mittlerweile wirklich schon vergessen.« Er gluckste leise. »Aber natürlich habe ich mich schon gefreut, als sich mir die Chance geboten hat, das muss ich offen zugeben. Doch es war reiner Zufall. Köhler und Harmann waren ja, von allen moralischen Einschränkungen einmal abgesehen, leider großartige Wissenschaftler. Da bleibt es kaum aus, dass man mal über Texte von ihnen stolpert. Ebenfalls reiner Zufall war allerdings, dass Köhler meiner Meinung nach absoluten Stuss zusammengeschrieben hat. Allerdings würde ich – und das sage ich jetzt nicht nur, um keine Angriffsfläche zu bieten – dem Ganzen nicht allzu viel Bedeutung beimessen, denn wir Wissenschaftler sind schon ein komisches Völkchen, das es liebt, sich mit Kollegen zu streiten. Wahrscheinlich gibt es in jeder einzelnen Arbeit auf der Welt irgendeinen Angriff auf einen anderen Forscher. Ich denke, Köhler wusste Besseres mit seiner Zeit anzufangen, als jede beliebige Veröffentlichung zu lesen, um herauszufinden, wer mit seinen Theorien nicht einverstanden war – Geld hinterziehen zum Beispiel.«

»Wie kommt es eigentlich, dass Sie ausgerechnet Karl Arnold von der Veruntreuung erzählt haben?«, fragte Knüppel. »Sie waren doch sonst sehr zurückhaltend, was das betrifft.«

»Karl? Karl ist ein extrem guter Freund und das war er damals schon. Er ist einer der Wenigen, mit denen ich nach all diesen Jahren immer noch Kontakt halte.«

»Haben Sie sich mit ihm getroffen, seitdem er wieder kurz in der Stadt ist?«

»Noch nicht. Aber wir haben es geplant.«

»Und wie sieht's mit Ihnen und Hieronymus Bosch aus? Relevant für Ihre Forschung?«

»Das kam jetzt unerwartet«, merkte Grothendieck an.

»Freut mich.«

»Ist das Ihre Kontrollfrage? Die Frage, anhand derer Sie mit Ihren ermittlungserprobten Sinnen prüfen können, ob ich Ihnen vorher die Wahrheit gesagt habe?«

»Möglich.«

Grothendieck lachte. »Ach, Sie sagen's mir doch eh nicht. Also ganz ehrlich?«

»Immer gern.«

»Bosch mochte ich nie, mag ich nicht, und mache einen großen Bogen drum, wenn es sich vermeiden lässt. Zu der ganzen Diskussion um seine Kunst habe ich nichts Kluges beizusteuern. Da gibt's andere Leute, die weitaus mehr dazu sagen können.«

Kurz dachte Knüppel nach, ob er andere Fragen hatte. Doch da war nichts. Er glaubte Lorenz Grothendieck. Der Mann wirkte mit sich und der Welt im Reinen. Wenn er einen Groll hegte, war er ausgesprochen gut darin, es zu verstecken.

In diesem Moment hörte er, wie jemand die Haustür aufschloss – der ideale Zeitpunkt, um zu gehen.

»Vielen Dank für Ihre Zeit, Herr Grothendieck.« Er stand auf und schüttelte ihm die Hand. »Sie haben uns sehr geholfen.«

»Jetzt lügen Sie mich aber an, Herr Kommissar«, feixte Grothendieck.

Als Knüppel und Arndt sich umdrehten, stand plötzlich jemand vor ihnen, mit dem sie nicht gerechnet hatten: die exakte Kopie von Lorenz Grothendieck, bloß ohne Rollstuhl. Dieselben rötlichen Haare mit leichter Krause, derselbe Bart, dasselbe Gesicht.

»Hallo«, sagte er mit einer Stimme, die passenderweise exakt wie die von Grothendieck klang.

»Das ist mein Bruder Lars – Zwillingsbruder, wie Sie sich denken können. Leider hat er den wesentlich cooleren Namen abbekommen.«

Knüppel und Arndt grüßten freundlich, dann verließen sie die Wohnung. Auf dem Weg zum Wagen dachte der Kommissar noch einmal kurz darüber nach, dass ihm auch Lars Grothendieck extrem bekannt vorgekommen war. Es lag wohl an der verblüffenden Ähnlichkeit der Zwillinge.

Als sie die Türen geschlossen hatten, plapperte Arndt los: »Oh mein Gott! Oh mein Gott! Oh mein Gott!«

Knüppel verstand nicht so recht, warum sein Begleiter dermaßen außer sich war. »Was ist denn?«

»Zwillingsbrüder! Zwillingsbrüder!«

»Ist mir nicht entgangen, ob du's glaubst oder nicht.«

»Ja, aber verstehst du denn nicht, was das bedeuten könnte?«

»Da ich nicht so aufgeregt bin wie du: Nö.«

Arndt holte noch einmal tief Luft. »Das heißt, wir könnten es mit zwei Tätern zu tun haben!«

Kurz dachte Knüppel ernsthaft über diesen Vorschlag nach. Dann ärgerte er sich, dass er ernsthaft über diesen Vorschlag nachgedacht hatte. »Quatsch.«

»Wieso nicht? Lorenz Grothendieck hat immer noch Hass auf die Professoren, doch weiß, dass sein körperlicher Zustand ihm nicht erlaubt, Rache zu nehmen. Also bringt er seinen Zwillingsbruder irgendwie dazu, ihm zu helfen. Anschließend decken die beiden sich gegenseitig. Das perfekte Verbrechen!«

»Und wie bringt er seinen Zwillingsbruder dazu?«

»Reicht dir reine Bruderliebe nicht?«

»Nö. Und was soll das mit dem Bosch-Kram und den Todeswerk-Mails an die Presse?«

»Aufmerksamkeit darauf richten, was ihm widerfahren ist, und posthum den Ruf von Harmann und Köhler zerstören.«

»Ist doch Quatsch«, sagte Knüppel.

»Gar nicht. So! Das ist eindeutig etwas, das wir dem Team erzählen sollten!«

»Das übernimmst dann aber du, ich lache lieber. Ich hab selten was gehört, das mehr nach Seifenoper klang. Vielleicht ist Lorenz Grothendieck ja auch einfach nur der gute und Lars der böse Zwilling! Schalten Sie auch morgen wieder ein.«

Schnippisch winkte Arndt ab. »Mach dich ruhig über mich lustig. Ich ziehe hier nur alle Alternativen in Betracht.«

»So was in die Richtung hat Meyer-Landfried vorhin noch von wegen Kunzler gesagt. Ihr habt wesentlich mehr gemeinsam, als Meyer-Landfried gut finden würde.«

»Wieso sollte er das nicht gut finden? Außerdem sind Meyer-Landfried und ich ganz unterschiedliche Menschen, Knüppel! Oder findest du, wir sind uns wirklich so ähnlich? Sollten wir das problematisch finden, dass wir in manchen Dingen übereinstimmen? Ist das nicht gut? Irgendwie?«

Knüppel startete den Wagen und rief auf Valerie Kiels Handy an. Er wusste, dass sie mit Meyer-Landfried unterwegs war, während Winterfeldt die Identität der Leiche in der Rechtsmedizin bestätigen musste.

»Schieß los«, meldete sie sich mit ihrer tiefen Stimme.

»Wir haben den Fall gelöst.« Knüppel grinste. »Beziehungsweise: Arndt hat den Fall gelöst.«

»Du klingst nicht unbedingt überzeugend.«

»Grothendieck hat einen Zwillingsbruder und im Flur hängt eine blaue Mütze!«, kam es aus Arndt heraus.

Kurz herrschte Stille am anderen Ende der Leitung. Dann sagte Meyer-Landfried: »Da haben wir aber schon schlechtere Ideen verfolgt.«

Fassungslos blickte Knüppel zwischen dem siegessicheren Arndt und dem Telefon in der Mittelkonsole hin und her. »Wollt ihr mich eigentlich verarschen?«

Sofort kam krächzendes Lachen aus dem Lautsprecher, eindeutig von zwei Menschen.

»Und ich dachte schon ...« Knüppel war erleichtert.

Arndt hingegen verschränkte die Arme und starrte beleidigt aus dem Fenster, während sich die Ermittler langsam beruhigten.

Immer noch hörbar amüsiert sagte Valerie Kiel: »Das mit Elisabeth Harmanns Toyboy Erik Horn war leider nix. Sie hat nämlich vergessen, euch ausgerechnet ein sehr spannendes Detail zu erzählen. Erik Horn ist verheiratet und hat zwei Kinder. Haben wir auch überprüft und stimmt. Er war extrem erleichtert, dass wir ihn kurz vor Feierabend an seinem Arbeitsplatz abgefangen haben und nicht etwa zu Hause, und hat uns förmlich angefleht, nichts seiner Frau zu erzählen. Ihm liegt so ziemlich alles daran, die ganze Sache mit Elisabeth Harmann geheim zu halten. Unwahrscheinlich, dass er den ersten Prof umgebracht hat, und Köhler kannte er nicht einmal.«

»Hm«, machte Knüppel. »Find ich zwar irgendwie gut, dass wir immer mehr aussortieren, aber langsam hab ich das Gefühl, uns brechen die Verdächtigen weg. Wäre schön, wenn der Uni-Rektor sich verplappert. Seid ihr auf dem Weg?«

»Exakt«, bestätigte Meyer-Landfried. »Könnte bei dem Berufsverkehr dauern, bis wir wieder zurück sind.«

»Was für ein Glück, dass ich da noch eine Idee habe, was die Verdächtigen betrifft«, schaltete sich nun Arndt wieder ein.

»Ich bin gespannt«, sagte Kiel kichernd.

»Grothendieck hat die Uni gewechselt, bevor er seinen Doktor in Düsseldorf fertig hatte. Anfangs dachten wir ja noch, die Morde könnten darauf basieren, dass der Täter durch Harmann und Köhler einen schlechten Abschluss vorzuweisen hat. Aber was ist denn, wenn er auch die Uni gewechselt hat, bevor das überhaupt passiert ist, weil er Probleme mit den beiden Professoren hatte und ihnen aus dem Weg gehen wollte? Und wenn er jetzt – aus welchem Grund auch immer – Rache nehmen will?«

Meyer-Landfried stöhnte. »Das ist deine großartige Idee? Hast du eine Vorstellung davon, wie viele das wahrscheinlich sind? Wir haben gerade erst aussortiert und sollen jetzt wieder den Pool von Verdächtigen erweitern? Ausgerechnet jetzt?«

»Das hat er mir übrigens noch nicht verraten«, merkte Knüppel an. »Aber die Idee ist besser als nichts. So viele werden es schon nicht sein, wenn wir uns dazu noch auf Hieronymus Bosch konzentrieren. Hoffe ich zumindest.«

»Ich hab's doch geahnt«, sagte Meyer-Landfried zerknirscht. »Es wird eine lange Nacht.«

19

Mittlerweile war die Sonne untergegangen und wie üblich wirkte die Stadt sofort, als sei sie ausgestorben. Nur vereinzelte Passanten streiften durch die Straßen. Sie hatten sich mit Karl Arnold auf seinen Wunsch hin in einem Fast-Food-Restaurant in der Nähe des Hauptbahnhofs verabredet, was Knüppel ganz besonders recht war, denn er hatte Hunger.

Arndt rümpfte die Nase, als ihnen schon draußen der heiße Dunst aus gegrilltem Rindfleisch und Frittierfett entgegenschlug, der einfach weltweit exakt gleich roch. Gerade deswegen holte Knüppel sechs doppelte Cheeseburger, bevor er sich zum Verdächtigen und Arndt an einen der klebrigen, mit Krümeln panierten Tische setzte. Wortlos legte er vor jeden von ihnen zwei Burger.

»Find ich super von Ihnen, dass Sie uns einen ausgeben, wirklich!«, sagte Karl Arnold mit ernsthafter Begeisterung und riss sofort gierig das Papier auf, mit dem der Burger umwickelt war.

Arndt wiederum wusste nicht so recht, ob er protestieren oder akzeptieren sollte. Nach kurzer, stiller Diskussion mit sich selbst entschied er sich für Letzteres und faltete das Papier so behutsam auf, als befände sich darin eine empfindliche Postsendung.

»Gern«, antwortete Knüppel und nahm auch einen Bissen. Es war gut, dass Karl Arnold sich entspannte – obwohl seine leicht geröteten Augen, der etwas aus der Form gewucherte Dreitagebart und der kräftige Geruch nach Marihuana nahelegten, dass er sowieso ein eher entspannter Typ war. Deswegen war sich Knüppel sicher, dass bei Karl Arnold das Du hilfreicher sein würde, was ihm selbst natürlich ebenfalls entgegenkam. »Wäre es in Ordnung für Sie, wenn wir uns duzen? Ich finde das mit dem Siezen immer komisch.«

»Geht absolut klar für mich, Herr Kommissar. Karl. Aber weißt du ja schon.«

»Knüppel.«

»Cooler Name!«

»Danke. Wie kommt's eigentlich, dass wir uns hier treffen?«

Karl Arnold erwiderte mit vollem Mund: »Mein Kollege Henning, bei dem ich die zwei Wochen penne, in denen ich hier bin, hat Frauenbesuch. Da diktiert ja wohl allein der gute Ton, dass ich wegbleibe. Und bei meinen Eltern hätte ich das irgendwie komisch gefunden.«

Währenddessen traute sich Arndt vorsichtig an den ersten Burgerbissen.

Es war Jahrzehnte her, dass er überhaupt in Betracht gezogen hatte, in einem solchen Etablissement wie diesem hier zu essen, und über diese Jahrzehnte hatte sich in ihm die irrationale Furcht festgesetzt, dass es um das Menü geschmacklich so bestellt war, wie die lächerlich geringen Preise nahelegten. Umso erstauner war er, dass das saftige Fleisch zwischen den zwei weichen, süßlichen Brötchenhälften alles andere als übel zu sein schien.

»Weißt du, warum wir mit dir reden wollen?«, fragte Knüppel.

»Nicht so richtig, aber bestimmt irgendwas wegen Harmann und der ganzen Mordsache. Doch ich hab mir so gedacht: Wenn die Kripo anruft, dann wird das schon seinen Grund haben, da mach ich dann besser einen auf verantwortungsvollen Bürger.« Plötzlich grinste er. »Verantwortungsvoller Bürger mit Burger. Lustig!«

Das versprach schon jetzt, ein unterhaltsames Gespräch zu werden. Knüppel hoffte bloß, dass Karl Arnold trotz allem die Fragen zufriedenstellend beantworten würde.

»Ich schätze, du siehst nicht viel fern oder hörst Radio?«

»Richtig geschätzt. In Barcelona hab ich anderes zu tun und Henning guckt nur Filme auf VHS. Der kann sich davon nicht trennen. Find ich irgendwie niedlich.«

Er wusste also mit hoher Wahrscheinlichkeit exakt nichts davon, dass sich die Presse gerade auf den aktuellen Fall stürzte, was hieß, dass er vermutlich auch nichts davon wusste, dass Köhler tot war. Es änderte zwar nicht viel, aber genug, dachte Knüppel.

»Wir haben heute ein wenig mit deinem alten Kommilitonen Lorenz Grothendieck gesprochen.«

»Der Lorenz!« Karl Arnold nahm sich den zweiten Burger vor. »Da seid ihr mir ja zuvorgekommen, wir treffen uns erst nächste Woche. Was wolltet ihr denn von ihm?«

»Wir hatten ein paar Fragen zu der Veruntreuung von Geldmitteln an der Düsseldorfer Uni.«

»Na gut, das hab ich ja deinen Kollegen verraten, Herr Kommissar. Hätte mich jetzt auch gewundert, wenn ihr die Sache nicht verfolgt hättet. Immerhin wirkten deine Buddys da ziemlich versessen drauf. Hatte Harmanns Tod irgendwas damit zu tun?«

»Das versuchen wir gerade, herauszufinden.«

»Ach, deswegen habt ihr mit Lorenz gesprochen? Weil er ein Verdächtiger ist?« Karl Arnold lachte auf. »Nie im Leben der Lorenz! Wirklich nicht! Dafür ist der viel zu nett! Und mal ganz ehrlich, unter uns: Wie soll der das denn auch bitte machen?«

»Nach dem, was wir gehört haben, war Harmann nicht unbedingt dein Lieblingsdozent.«

»Wirklich komisch, wenn er ein riesengroßes Arschloch ist. Beziehungsweise war. Das habe ich auch deinen Kollegen schon so gesagt. Tut mir echt leid, dass er ermordet worden ist, aber das war einfach so, sorry.«

»Für deine Meinung musst du dich nicht entschuldigen«, sagte Knüppel. »Hast du wegen Harmann die Uni gewechselt?«

»Irgendwie Ja, irgendwie Nein.«

Weil Karl Arnold offensichtlich glaubte, er habe eine zufriedenstellende Antwort gegeben, fragte Knüppel nach: »Inwiefern?«

»Na ja, natürlich war der ganze Stress mit dem Seminar bei Harmann schon etwas nervig, aber es war ja eben nur ein Seminar in meinem Nebenfach. Durchrasseln wollte ich natürlich trotzdem nicht, aber mir war klar, dass es sich nicht vermeiden ließ. Ich hatte aber sowieso schon mit dem Gedanken gespielt, woanders hinzugehen. Deutschland, gerade Düsseldorf, ging mir irgendwie gegen den Strich, kann ich nicht genau erklären. Jedenfalls war das wohl der Tropfen, der das Fass zum Überlaufen gebracht hat, wie meine Omma immer so gern gesagt hat.«

»Und du nimmst es Harmann kein bisschen übel, dass du sinnlos Zeit investiert hast?«

»Ich fand das allgemein nicht okay, wie er so drauf war. Aber war eben sein Ding. Bisschen sinnlos, sich darüber zu beschweren, dass ein harter Prof hart ist, oder? Ich geh solchen Dingen eher aus dem Weg, wenn ich kann. Also bin ich einfach nach Barcelona. War eine meiner besten Ideen, ist toll da.«

Kurz wunderte sich Knüppel, warum er bisher so wenig von Arndt gehört hatte – bis er den verträumten Blick sah, mit dem der Kunsthistoriker seinen Burger wie eine Offenbarung anstarrte. Mittlerweile war auch er beim zweiten angekommen.

»Studierst du immer noch?«

»Jetzt klingst du wie meine Mutter, Herr Kommissar«, antwortete Karl Arnold. »Aber ja, ich studiere immer noch. Kann ja nicht jeder so ein Überflieger sein wie Lorenz.«

»Reines Interesse, keine Sorge.« Natürlich war das gelogen – teilweise zumindest. Doch so war sich Knüppel mittlerweile sicher, dass Karl Arnold kein vernünftiges Motiv hatte.

Seine akademische Karriere konnte man noch nicht akademische Karriere nennen, wenn er nicht einmal einen Abschluss hatte, weil er sich mit dem Studium so viel Zeit ließ.

»Hattest du eigentlich etwas mit Professor Köhler zu tun?«

»Nur kurz. Grundsätzlich war Köhler in Ordnung – abgesehen davon natürlich, dass er zusammen mit Harmann einen meiner besten Freunde abgezogen hat.«

Knüppel beschloss, dass es an der Zeit war, Karl Arnold schrittweise an den momentanen Ermittlungsstand heranzuführen, um vollkommen auszuschließen, dass er etwas mit den Morden zu tun hatte. Zum jetzigen Zeitpunkt waren die Fragen nur noch Routine zum Ausschluss.

»Köhler ist auch tot. Auch ermordet. Wahrscheinlich vom gleichen Täter.«

Fassungslos ließ sich Karl Arnold nach hinten gegen das Rückenteil der Bank fallen. »Köhler ist tot? Ey, Herr Kommissar, was ist denn hier los? Zwei Morde? Und das ausgerechnet in so einer verpennten Stadt wie Krefeld? Das ist doch nicht normal!«

»Auf jeden Fall ungewöhnlich«, sagte Knüppel.

»Dabei habe ich Köhler erst vor ein paar Tagen noch gesehen! Und jetzt ist er tot? Das ist einfach nur komisch. Ich krieg grad so'n bisschen Panik, Herr Kommissar, wirklich!«

»Du hast Köhler gesehen?«, fragte Knüppel. »Wann und wo?«

»Im Supermarkt um die Ecke von Henning. Ich wollte ein bisschen was zum Essen einkaufen, und da stand er dann auf einmal. Eigentlich hatte ich vor, Hallo zu sagen, weil wie gesagt, Köhler war grundsätzlich in Ordnung, aber dann war auf einmal jemand bei ihm, der sich plötzlich ziemlich laut mit ihm gestritten hat. Das war doch ziemlich peinlich, da hab ich mich dann lieber rausgehalten.«

Innerhalb von einer Sekunde hatte sich das komplette Gespräch verändert. Knüppel und Arndt lehnten sich in Richtung Karl Arnold, beide plötzlich angespannt. Mit dieser Wendung hatte niemand gerechnet.

»Kannst du beschreiben, wie diese Person aussah? Und worüber hat sie sich mit Köhler gestritten?«

»Schwer zu sagen, wie der Kerl aussah, Herr Kommissar. Er hatte eine blaue Mütze auf, von seinem Gesicht hab ich nicht viel gesehen. Er stand mit dem Rücken zu mir. Sonst war er einfach ein normaler Typ – nicht sonderlich groß, nicht sonderlich klein. Warum fragst du? Ist das wichtig?«

Knüppel fuhr sich mit der flachen Hand über den Schädel.

»Aber es war eindeutig ein Mann?«

»Auf jeden Fall.«

»Worüber haben die beiden geredet?«

»Viel habe ich nicht mitbekommen, hab mich ja dann verzogen. Sie hatten auf jeden Fall schnell die Aufmerksamkeit des halben Ladens. Der Mützenmann hat den Prof begrüßt, dann hat der Prof sofort gemeint: ›Ach,

Sie! Haben Sie also endlich einen Job gefunden?‹ Ich glaube, er meinte das gar nicht böse oder so, sondern wollte den Kerl mit der Cap nur aufziehen. Aber der ist direkt abgegangen: ›Wie können Sie nur denken, dass ich hier arbeite!‹ So was in die Richtung hat er gesagt. Köhler hat sich dann die ganze Zeit Mühe gegeben, ihn zu beruhigen, war ihm alles auch richtig peinlich. Verständlich. Aber der Kerl hat sich einfach nicht beruhigt und die ganze Zeit weitergebrüllt, irgendwas von Genie und davon, dass niemand erkannt hat, wie brillant er ist, aber dass er es der Welt noch beweisen wird, vor allem Köhler.«

»Und dann?«, fragte Arndt nun.

»Dann hat Köhler abgewunken und ihn einfach stehen lassen, um zu bezahlen. Mützenmann ist dann rausgerauscht. Damit war das Elend zum Glück vorbei.«

Knüppel und Arndt sahen sich an, dann klopfte Knüppel mit den Knöcheln auf den Tisch. »Du kannst dir gar nicht vorstellen, wie sehr du uns gerade geholfen hast, Karl.«

»Echt?«, erwiderte dieser. »Cool!«

»Wir müssen dann.« Knüppel stand auf und steuerte auf den Ausgang zu, doch Arndt hielt ihn zurück.

»Noch einen Burger?«, fragte er.

Knüppel grinste. »Nicht für mich. Aber die Zeit haben wir noch.«

»Gut.« Damit eilte Arndt zum Tresen.

In diesem Moment rief Karl Arnold: »Ey, Herr Kommissar!«

Knüppel drehte sich um.

»War das hier gerade ein Verhör?«

***

»Weißt du, was aufregender ist als eine Seifenoper-Theorie über Zwillingstäter?«, fragte Knüppel.

Arndt hatte zwar eine vage Vermutung, was jetzt kommen würde, aber er tat dem Kommissar den Gefallen. »Nein. Was?«

»Eine grobe Täterbeschreibung, die mir sagt, dass wir einen Mann suchen.«

»Mag sein. Ich finde aber trotzdem, das heißt immer noch nicht, dass meine Idee so abwegig ist, wie du sie hinstellst. Vielleicht hatte der Täter ja wirklich Hilfe.«

»Na ja. Du musst zugeben, dass es schon mehr als unwahrscheinlich ist.«

»Davon bin ich immer noch nicht überzeugt.«

»Jemand, der dermaßen von sich selbst eingenommen ist, teilt bestimmt nicht den Ruhm von so kreativen Morden.« Knüppel fand sein Argument mehr als einleuchtend.

»Meyer-Landfried wäre stolz auf dein Profiling.« Arndt wiederum war sehr stolz auf seine Spitze.

»Sturer Sack.«

»Selber.«

Knüppel deutete auf das Autotelefon. »Einmal Val, bitte.«

Arndt presste die Eins. »Bin ich deine Telefonistin?«

Grinsend löste Knüppel kurz den Blick von der Straße.

»Offensichtlich.«

Sofort meldete sich Valerie Kiel: »Schieß los.«

»Erst ihr«, sagte Knüppel.

»Sind gerade auf dem Rückweg und stehen, wer hätte es gedacht, im Stau. Wir haben Schneider so richtig in die Zange genommen, aber er hat versichert, dass er nichts von der Veruntreuung von Geldmitteln wusste. Leider war er auch sehr überzeugend dabei, denn er klang, als wäre so etwas für ihn der absolute Dealbreaker. Er hätte Harmann und Köhler sofort rausgeworfen, wenn er davon Wind bekommen hätte, hat er gesagt – was das jetzt nach der Geschichte mit der sexuellen Belästigung über seine moralischen Maßstäbe aussagt, will ich mal nicht kommentieren. Jedenfalls hat er vollkommen fertig in seinen Unterlagen geblättert und vor sich hin gemurmelt, ob wir uns auch ganz sicher seien und dass Köhler ja allein weitergemacht haben müsse, nachdem Harmann emeritiert sei. Er fand das unvorstellbar fürchterlich, dass das Geld der Uni woanders als geplant gelandet ist. Und als er dann gemerkt hat, dass wir ihn genau deshalb verdächtigen, die Morde begangen zu haben, wäre er fast in Tränen ausgebrochen. Grauselig.«

»War wirklich erbärmlich«, merkte Meyer-Landfried an. »Uns bleibt wohl wirklich nichts anderes übrig, als die Verdächtigen zu erweitern, wie es die Kunstwurst vorgeschlagen hat.«

»Ich sitze hier und höre dich«, sagte Arndt.

»Ich weiß.«

»Dann wird's euch wahrscheinlich freuen, zu hören, dass wir eine grobe Täterbeschreibung haben.« Die Zufriedenheit strahlte aus jedem von Knüppels Worten.

Kurz herrschte Schweigen, dann sagte Kiel: »Wir treffen uns im Büro.«

20

Unwillig und etwas gröber als nötig schob sich Knüppel an den Journalisten vorbei, die ihm und Arndt Kameras und Mikrofone in die Gesichter hielten. Zwar lag ihm ein »Kein Kommentar« auf der Zunge – allein, um Staden zu ärgern –, doch er wusste, dass die Presse Aufnahmen ohne nennenswerte Aussage nicht verwenden würde. Ein kleines »Kein Kommentar« wiederum würde wieder eine Lawine von bescheuerten Vermutungen lostreten, und darauf hatte Knüppel einfach keine Lust. Als sich die Aufzugtüren schlossen, atmete er tief aus.

»Passiert so etwas öfter bei Mordfällen?«, fragte Arndt.

»Zum Glück nicht. Sonst würden Kiel, Winterfeldt und Meyer-Landfried schon längst den Journalistenkiller von Krefeld suchen.«

Die Türen öffneten sich und Johannes Staden stand vor ihnen. Knüppel begrüßte ihn nicht.

Dafür sagte der Pressesprecher: »Super, dass keiner von euch da ist, um Fragen zu beantworten.«

Knüppel schob sich auch an ihm vorbei. »Telefone. Tolle Erfindung.«

Obwohl Staden offensichtlich eigentlich den Lift hatte nehmen wollen, folgte er ihnen. »Ich war so frei, mir ein paar Gedanken zum Täter zu machen. Und ich bin mir nicht sicher, ob ihr dem Mörder nicht vielleicht etwas mehr Intelligenz zusprecht, als er überhaupt hat. Vielleicht ist ihm ja nur ein Buch mit Gemälden in die Hände gefallen und jetzt hat er sich einfach ein paar Elemente zusammengeklaubt, die er hübsch fand, und stellt sie nach. Fertig. Keine verborgene Agenda, keine Hinweise, nur ein Wahnsinniger ohne Kunstgeschmack.«

Ohne, dass der Pressesprecher es sah, verdrehte Knüppel die Augen. Dann blieb er stehen. »Das ist deine Theorie, Staden?«

»Ja. Klingt simpel, ich weiß, aber meist sind es die simplen Erklärungen, die stimmen.«

»Hast du das denen da draußen auch erzählt?«

»Noch nicht«, sagte Staden. »Aber ich ziehe es durchaus in Betracht.«

»Mach das. Dann habt ihr Nervensägen was, über das ihr euch unterhalten könnt, und wir haben endlich Ruhe, in die Richtungen zu ermitteln, die wesentlich mehr Sinn machen«, sagte Knüppel.

Ohne ein weiteres Wort drehte sich Staden um und nahm den Aufzug nach unten.

Im Büro roch es nach zu vielen Menschen und abgestandenem Kaffee. Knüppel öffnete ein Fenster. Die grauen Wolken vor dem schwarzen Himmel hatten etwas Beruhigendes an sich, das er sich gern etwas länger angesehen hätte, doch dafür fehlt ihm gerade leider die Zeit.

»Der forensische Bericht ist da.« Arndt hielt Knüppel einen Ordner entgegen, der auf Knüppels Schreibtisch gelegen hatte.

Routiniert überflog Knüppel die Seiten. »Kröte ist eine Erdkröte ... Die blaue Faser ist aus Baumwolle ... Stammt also wahrscheinlich von der Mütze des Täters ... Handelsüblicher Sekundenkleber ... Silikatreiches Segmentgestein, also einfach nur ein blöder Kiesel ... und der Fingerabdruck auf dem Gürtel des Toten ist Harmanns. Sonst nichts Nennenswertes.«

Entschlossen klappte er die Mappe wieder zu. »Super. Viel Arbeit für nix. Gibt tausend Möglichkeiten, wie ein Fingerabdruck von Leiche Nummer eins auf den Gürtel von Leiche Nummer zwei kommt, aber keine davon spielt eine Rolle. Ich denke, wir können Zombie-Harmann als Täter ausschließen.«

Mit einem Zwinkern sagte Arndt: »Aber auch nur, weil er tiefgekühlt ist.«

Das Telefon klingelte, es war Agnes. Knüppel hob ab: »Lautsprecher, Agnes.«

»Lautsprecher, Knüppel«, kam zurück. »David sollte gleich wieder bei euch sein, er ist schon vor einer Weile gefahren.«

»Trifft sich gut, Val und Malte sind auch unterwegs.«

»Also: Wie zu erwarten, war die scharfe Gewalteinwirkung auf den Torso das, was zum Tod geführt hat. Allerdings fühle ich mich jetzt wesentlich wohler damit, das zu sagen, weil ich nachgesehen habe. Der Täter hat 21 Mal mit etwas offensichtlich Schmalem und Spitzem auf Köhler eingestochen, ein Messer ist wahrscheinlich. War eine ziemlich wilde Angelegenheit, den Großteil der Zeit war das Opfer allerdings schon tot. Zum Glück. Gleiches gilt für Entfernung der Schädelplatte und Festkleben der Kröte – alles posthum. Ansonsten war Professor Eugen Köhler ein ausgesprochen gesunder Mann mit einem für sein Alter überdurchschnittlich funktionstüchtigen Herzen. Bestimmt Läufer, allgemein sehnige, definierte Muskulatur. Ganz im Gegensatz zu Harmann übrigens. Aber das spielt ja alles keine Rolle gerade.«

»Ein Zeuge hat vermutlich den Täter gesehen, Agnes, wir haben eine grobe Beschreibung. Die wilden Stiche passen jedenfalls zu dem Streit, den er zwischen Köhler und dem Mörder beobachtet hat.«

»Eine Beschreibung ist gut. Ihr seid nah dran, oder?«

»Ich denke. Müssen aber noch mal ordentlich stemmen heute Nacht.«

In diesem Moment hörte er die drei vertrauten Stimmen der anderen Ermittler im Gang. »Das Team ist hier. Danke, Agnes. Geh schlafen.«

»Ruft an, wenn ihr Hilfe braucht«, sagte Stankowiak. »Egal wann.« Damit legte sie auf.

»Was Neues?«, fragte Valerie Kiel, als sie mit den anderen beiden Ermittlern den Raum betrat. Routiniert bildete sich ein kleiner Kreis.

»Nichts, was uns hilft«, antwortete Knüppel. »Leider auch nicht von Agnes.«

»Na ja.« Sie zuckte mit den Schultern. »Wie gehen wir jetzt vor?«

»Wie wär's, wenn wir den Supermarkt, in dem Karl Arnold den Streit beobachtet hat, nach Material der Überwachungskameras fragen?«, schlug Winterfeldt vor. »Dann haben wir direkt ein Bild des Täters!«

»Grundsätzlich super«, antwortete Kiel. »Aber die Kette kennen wir leider schon: Alles Attrappen, keine Kamera ist echt.«

»Im Ernst?«

»Im Ernst. Aber keinem verraten.«

Knüppel sagte: »Ein Background-Check zu den Grothendieck-Zwillingen wäre nicht verkehrt.«

»Ach was?« Arndt machte sich noch größer, als er sowieso schon war, und klang überaus zufrieden. »Aber meine Idee mit zwei Tätern ist bescheuert?«

»Ich will nur ausschließen, dass du recht haben könntest.« Knüppel grinste. »Davon abgesehen ist es wahrscheinlich sinnvoll, wenn wir die Liste der Verdächtigen erweitern, wie Arndt vorgeschlagen hat: Leute, die zwar Köhler und Harmann kannten, aber den Abschluss an einer anderen Uni als Düsseldorf gemacht haben.«

»Hoffentlich liege ich damit nicht falsch«, sagte Arndt, »aber ich bin mir so gut wie sicher, dass unser Täter irgendeine Art von Abschluss hat. Außerdem wäre es viel zu viel Arbeit, wenn wir noch all diejenigen miteinbeziehen würden, die den Abschluss nicht geschafft haben – selbst wenn es Sinn ergeben würde, dass der Mörder auch in diesem Fall den beiden Professoren die Schuld gibt.«

»Schuld ist ein gutes Stichwort«, sagte Knüppel. »Für irgendetwas macht der Täter die Professoren verantwortlich – vielleicht für akademisches Versagen, vielleicht für sein Leben im Allgemeinen. Für uns heißt das: Alle Unregelmäßigkeiten sind wichtig. Unregelmäßiges Einkommen, unregelmäßige Ausgaben, häufige Umzüge, unstetes Privatleben ... Ihr kennt den Drill.«

»Wenigstens haben wir eine grobe Beschreibung, mit der wir das alles abgleichen können«, sagte Meyer-Landfried. »Obwohl die gröber kaum sein konnte.«

Entschlossen nickte David Winterfeldt und legte eine Packung Koffeintabletten auf den Tisch. »Gut, dass ich uns ein paar von Bartelinks Drogen organisiert habe.«

***

In den nächsten zehn Stunden sprach das Team kaum. Anfangs war Arndt noch überrascht, wie flüssig die verschiedenen Arbeitsschritte ineinandergriffen, ohne dass die Ermittler reden mussten. Dann fügte er sich allerdings auch ohne Schwierigkeiten ein und arbeitete ebenso konzentriert und still wie die anderen. Den Großteil der Nacht verbrachte er damit, Meyer-Landfrieds Unterlagen zu Lorenz und Lars Grothendieck zu überprüfen, hauptsächlich handelte es sich um Kontoauszüge, die teilweise Jahre zurückreichten. Es war eine Arbeit, die ihm trotz ihrer eher stumpfen Natur erstaunlich leichtfiel und die schnell eine Art ritueller Monotonie entwickelte. Obwohl ihm klar war, dass er wahrscheinlich müde sein musste, war er hellwach. Das Gefühl, der Lösung des Falls immer näher zu kommen, war sehr belebend – allerdings trug auch die hohe Konzentration von Koffein in seiner Blutbahn dazu bei.

Kiel, Knüppel und Winterfeldt brüteten währenddessen vor endlos langen Listen auf ihren Bildschirmen und versuchten, anhand der wenigen Informationen, die sie hatten, mögliche Verdächtige zu etablieren. Nach etwa sechs Stunden gingen sie dazu über, langsam auszusortieren. Viele Namen konnten sie aufgrund von legitimen Alibis streichen, so waren viele der Menschen auf ihren Listen beispielsweise zu den Tatzeiten nicht in der Stadt gewesen oder entsprachen eindeutig nicht der sehr vagen Täterbeschreibung.

Knüppel hatte gerade die sechste oder siebte Kanne Kaffee geholt, als Meyer-Landfried das lange Schweigen brach: »Ich habe was.«

Es war ein Satz, der die Trance auflöste, in der sich die Ermittler die Nacht über befunden hatten. Valerie Kiel streckte sich und David Winterfeldt stand zum ersten Mal seit dem vorherigen Abend auf, um seinen Nacken kreisen zu lassen.

»Erst habe ich mich auf Lorenz Grothendieck konzentriert, weil man ja nie vorsichtig genug sein kann. Allerdings war da alles sehr unspektakulär. Auf dem Papier haben Lorenz und sein Zwillingsbruder vollkommen unterschiedliche Leben: Lorenz ist Akademiker, Lars ist Handwerker. Deswegen muss ich zugeben, dass ich mir anfangs nicht allzu viel von den Unterlagen zu Lars erhofft habe, was uns etwas bringt. Allerdings habe ich in seinem Kontoverlauf etwas ganz besonders Interessantes entdeckt: Lars Grothendieck und Hannah Burgdorfer waren im April dieses Jahres zusammen in einem hübschen Luxushotel in Prag. Auf Burgdorfers Konto taucht davon nichts auf, weil Grothendieck – ganz der Gentleman – alles bezahlt hat. Das Hotel hat mir grad die Bestätigung über die Buchung eines Doppelzimmers in dem Zeitfenster geschickt. Es hat ein bisschen gedauert, bis ich die Verbindung gesehen habe, aber jetzt macht es natürlich auch Sinn, dass die beiden monatlich die gleiche Geldsumme an die gleiche Verwaltungsgesellschaft überweisen. Sie sind zusammen.«

»Deswegen kamen mir die Gesichter der Zwillinge so bekannt vor«, murmelte Knüppel eher zu sich selbst. »In Burgdorfers Flur hingen Fotos.«

»Nur, weil sie gemeinsam ein paar Tage in einem Doppelzimmer in Prag verbracht haben, heißt das doch noch lang nicht, dass sie zusammen sind«, sagte Arndt mit etwas trotziger Stimme.

»Ach nein?« Meyer-Landfried verschränkte die Arme. »Sondern?«

Jetzt war das Bild zweier sich streitender Kleinkinder perfekt, fand Knüppel. »Von mir aus können die zwei auch nur den Münsteraner Tatort zusammen geguckt haben. Der Punkt ist, sie kennen sich, und das wussten wir bisher nicht. Was wir bisher nicht wussten, ist neu, und neu ist gut.«

»Immer wieder Burgdorfer«, merkte Valerie Kiel an. »Da kann doch was nicht stimmen.«

»Oder es ist wirklich der blödeste Zufall, den es gibt«, sagte David Winterfeldt, »und sie hat ähnlich viel Pech wie diese Kunsthändlerin und gerät einfach immer wieder in Verdacht. Ein bisschen zugutehalten müssen wir Burgdorfer, dass diese Information bisher für unsere Ermittlungen nicht wirklich eine Rolle gespielt hat.«

»Aber es ist schon ein großer Zufall, dass keiner von den dreien, weder die Zwillinge noch Burgdorfer, überhaupt diese Verbindung erwähnt haben, findest du nicht?«, fragte Meyer-Landfried. »Mit Sicherheit kennt Lorenz Grothendieck dann auch Hannah Burgdorfer, und bestimmt haben sich die beiden irgendwann einmal zufällig über ihre Unizeit unterhalten und herausgefunden, dass sie beide ihre Probleme mit Harmann und Köhler hatten. Oder der Bruder hat es mitbekommen und die beiden einander vorgestellt. Oder, oder, oder.

Auf jeden Fall klingt das für mich nach einer mehr als guten Konstellation, in der sich drei Leute gegenseitig decken.«

»Ich hab doch von vornherein gesagt, dass zwei Täter wahrscheinlich sind!«, brauste Arndt auf. »Und ihr habt alle gelacht! Du wahrscheinlich am lautesten, Meyer-Landfried! Und jetzt ziehen wir auf einmal drei in Betracht und finden das nicht weit hergeholt? Euch soll mal einer verstehen!«

»Der Unterschied ist«, sagte Meyer-Landfried, »dass sich dieses Mal die Motive gegenseitig potenzieren. Außerdem haben wir jetzt zusätzlich harte Fakten. Du hattest nichts als eine Idee aus einer Vorabendsendung.«

»Ich hatte die blaue Mütze an der Garderobe!«

»Ganz ruhig, ihr Kampfhähne«, fuhr Knüppel dazwischen. »Arndt und ich machen uns noch einmal auf den Weg zu unserer guten Freundin Burgdorfer. Vielleicht haben wir ja Glück und erwischen auch gleich Lars Grothendieck. Wenn sie den gleichen Vermieter haben, wohnen sie zusammen. Dann fragen wir einfach dezent nach, warum sie uns diese spannende Info bisher vorenthalten haben.«

Zum ersten Mal seit Stunden sah Arndt auf die Uhr. Es war kurz vor acht. »Verdammt! Warum ist es denn schon so spät? Beziehungsweise früh? Gar nicht gut! Überhaupt nicht gut!« Schnell sprang er von seinem Stuhl auf.

»Was denn?«

»Ich muss einen Kurs an der VHS geben! Kunstanalyse von klassischen Werken! Um viertel vor neun! Da muss ich auftauchen! Bis ihr mich hier nicht offiziell beschäftigt, darf ich den Job auf keinen Fall verlieren, sonst lynchen meine Eltern mich!«

»Er klingt so süß jung, wenn er so spricht«, bemerkte Valerie Kiel.

»Mich beschäftigt eher der Part mit dem offiziell beschäftigen«, sagte Knüppel und zwinkerte.

»Lustig! Jaja, sehr lustig!« Arndt war außer sich. »Was ist denn jetzt? Ich kann mich doch nicht zweiteilen! Aber die ganze Sache mit Burgdorfer und den Zwillingen interessiert mich so!«

»Fahr zur VHS und gib deinen Kurs. Wenn du dir noch mitten in der Ermittlung einen neuen Job suchen musst, hat keiner hier was gewonnen. Dann nehm ich eben Malte mit.«

»Ist ja wohl auch das Mindeste, wenn ich das schon entdeckt habe«, sagte dieser mit offener Gehässigkeit in Arndts Richtung.

»Von mir aus.« Arndt blickte drein wie ein geprügelter Hund. Gleichzeitig musste er wirklich weg, denn selbst wenn er es sich nicht gern eingestand, hatte er eine Art von Verpflichtungsgefühl gegenüber seinen Schülern. »Aber ruft an, wenn es etwas Neues gibt. Bitte!« Damit rannte er aus dem Büro.

Kurz blickte das Team ihm hinterher, dann sagte Meyer-Landfried: »Den kann man sich auch bescheuerter nicht ausdenken.«

Knüppel deutete mit dem Kopf zur Tür und sagte zu ihm: »Auf geht's.« Dann wandte er sich zu Kiel und Winterfeldt: »Sorry, dass ich euch mit dem Papierkram allein lasse.«

»Muss ja auch jemand machen«, sagte Winterfeldt und klang vollkommen überzeugend neutral dabei.

»Fügt unsere Listen zusammen und sortiert aus. Sobald Malte und ich wieder da sind, machen wir zusammen weiter.«

»Wird gemacht, Boss!«, antwortete Winterfeldt.

Auf dem Weg nach draußen fragte Knüppel: »Wie oft soll ich dir noch sagen, dass du mich nicht so nennen sollst?«

21

Selbst durch die Sprechanlage klang Hannah Burgdorfers Stimme verschlafen: »Schon wieder Sie? Ernsthaft?«

Knüppel starrte bloß unbewegt in die Kamera, bis der Türöffner summte.

»Es ist so schön, zu sehen, dass es noch so etwas wie ursprüngliche Sympathie zwischen zwei Menschen gibt.« Meyer-Landfried war überaus amüsiert.

Knüppel wiederum freute sich weder sonderlich darauf, mit Hannah Burgdorfer sprechen zu müssen, noch darüber, dass sie schon wieder als Verdächtige infrage kam. Außerdem machte ihm der Schlafentzug zu schaffen, allen Aufputschversuchen zum Trotz. Also machte er nur: »Hm.«

Oben stand Burgdorfer im Morgenmantel in der offenen Tür. Obwohl es auch für sie mehr als einen Grund gegeben hätte, sich nicht unbedingt über die Anwesenheit der Polizisten zu freuen, hatte sie schnell ihr übliches, süßliches Selbst aufgelegt. »Kommen Sie rein.«

Nachdem Meyer-Landfried an ihr vorbei in die Wohnung gegangen war, die deutlich nach dem schweren, synthetischen Parfüm Burgdorfers roch, stellte sie sich Knüppel in den Weg. »Vermutlich werden wir nie die besten Freunde, Herr Kommissar, trotzdem möchte ich mich für mein Verhalten auf der Wache entschuldigen. Für gewöhnlich bin ich nicht so störrisch, aber zu meiner Verteidigung muss ich sagen, dass Sie eine Art an sich haben, die mich wirklich auf die Palme bringen kann.«

Knüppel wunderte sich über diese unerwartet kooperative Art von Burgdorfer und blieb wortkarg: »Geht vielen so.«

»Aber das kann ich Ihnen wohl kaum verübeln, immerhin ist es Ihr Job. Und scheinbar machen Sie ihn gut – vielleicht etwas zu gründlich, wenn Sie mich fragen. Denn mittlerweile habe ich Ihnen alles gesagt, was ich weiß. Aber ich bin gespannt, worüber Sie dieses Mal reden wollen.«

»Ist Ihr Freund da?«, fragte Knüppel unmittelbar. Über Burgdorfers Gesicht schlich ein Hauch von Sorge. »Ja. Wieso?«

»Gut.« Knüppel folgte Meyer-Landfried ins Wohnzimmer, der schon in einem der Sessel Platz genommen und seinen kleinen Notizblock gewissenhaft auf seinem Schoß platziert hatte.

Ihm gegenüber saß Lars Grothendieck, der ebenfalls einen Morgenmantel trug, neben ihm auf einem kleinen Beistelltisch stand eine dampfende Tasse Kaffee. Halb verdeckt von der Zeitung, die er las, konnte Knüppel erkennen, dass auf seinem Schoß die Kater Diego und Rivera lagen. Beide starrten den Kommissar aus schmalen Augen an, doch wenigstens verhielten sie sich bisher ruhig.

»Herr Kommissar«, begrüßte Lars Grothendieck ihn. »Womit haben wir die Ehre?«

Knüppel setzte sich in den Sessel neben Meyer-Landfried und nahm sich vor, ein aufmerksames Auge auf die zwei Kater zu halten. Hannah Burgdorfer setzte sich neben ihren Lebensgefährten.

»Wir haben noch ein paar Fragen.«

Lars Grothendieck lachte herzlich und klang dabei exakt wie sein Zwillingsbruder. »Dass Sie nicht nur auf einen Kaffee vorbeigekommen sind, habe ich mir schon gedacht.« Trotzdem machte er keine Anstalten, den Ermittlern einen Kaffee anzubieten, was Knüppel unhöflich fand, obwohl er sowieso keinen genommen hätte.

Burgdorfer blickte mittlerweile drein wie ihre Haustiere und schien sich bewusst im Hintergrund halten zu wollen. In diesem Moment glitt der hellere der zwei Kater von Lars Grothendiecks Schoß wie eine merkwürdige fellige Flüssigkeit – Knüppel wusste nicht, ob es Diego oder Rivera war und es war ihm auch egal – und bewegte sich lautlos auf sie zu. Knüppel richtete sich schon darauf ein, angegriffen zu werden, als der Kater, ohne ihn aus den Augen zu lassen, auf Meyer-Landfrieds Schoß sprang. Kurz buckelte er in Knüppels Richtung, dann rollte er sich schnurrend auf den Oberschenkeln des zweiten Ermittlers zusammen.

Obwohl der Kater eine Spur von hellbraunen Haaren auf Meyer-Landfrieds Cabanjacke hinterlassen hatte, lächelte dieser mild und begann, das Tier sanft hinter den Ohren zu kraulen.

»Sehen Sie, Herr Kommissar?«, fragte Hannah Burgdorfer. »Ich habe doch schon das letzte Mal gesagt: Für gewöhnlich sind die beiden ganz anders. Vor allem Diego ist eigentlich exakt so wie bei Ihrem Kollegen. Merkwürdig, dass ausgerechnet Sie das Problem zu sein scheinen.«

Es sah Meyer-Landfried ähnlich, dass er mit Katzen umgehen konnte, dachte Knüppel. Durch den aufmerksamen Kater direkt in seiner Nähe fühlte er sich, als sei er derjenige, der verhört wurde. Kurz verfluchte er Meyer-Landfried dafür, ihm in den Rücken gefallen zu sein, bevor er diesen unberechtigten Eindruck beiseiteschob.

»Wir finden sehr interessant, dass Sie zusammen sind.«

»Interessant, weil Sie sich allgemein für die Beziehungen anderer Leute interessieren?«, fragte Lars Grothendieck mit feixendem Unterton. »Oder interessant, weil Sie nicht wussten, dass Hannah zufällig Lorenz kennt?«

Wenigstens dachte er mit. Knüppel antwortete: »Letzteres. Allerdings frage ich mich, warum Sie uns dieses Detail vorenthalten haben, es aber jetzt erwähnen.«

»Ganz ehrlich?«, fragte Lars Grothendieck.

Knüppel nickte, obwohl er wusste, dass Sätze, die mit »Ganz ehrlich« anfingen, meist alles andere waren als ganz ehrlich.

»Bis Sie gerade geklingelt haben, haben Hannah und ich nicht in Betracht gezogen, dass es für Sie in irgendeiner Weise relevant sein könnte und es deswegen auch vergessen, zu erwähnen. Allerdings war ja sofort klar, dass Sie irgendeinen Grund haben werden, um hier so früh am Tag aufzuschlagen, da konnten wir uns den Rest einfach zusammenreimen. Aber wir machen nun wirklich kein Geheimnis daraus, dass wir zusammen sind.

Deswegen finde ich, dass Sie uns schlecht ankreiden können, Sie nicht mit Informationen zu bombardieren, an die wir im entsprechenden Moment selbst nicht gedacht haben. Immerhin hatten Sie Hannah in U-Haft und haben Sie als Verdächtige verhört – da kann man schon mal etwas vergessen. Und als wir uns bei Lorenz in der Wohnung gesehen haben, wäre es ja wohl wirklich komisch gewesen, wenn ich mich Ihnen direkt als Hannahs Freund vorgestellt hätte, nicht wahr?«

Auf gewisse Weise war er ähnlich verbale Schmierseife wie Hannah Burgdorfer. Die beiden hatten sich wohl gesucht und gefunden, dachte Knüppel. »Trotzdem ist es schon merkwürdig, dass Sie sich überhaupt nichts haben anmerken lassen. Immerhin hatten wir zu diesem Zeitpunkt Frau Burgdorfer erst vor ein paar Stunden aus dem Gewahrsam entlassen. Ein bisschen gewurmt haben muss Sie das doch, plötzlich vor mir zu stehen.« Knüppel machte eine bewusste Pause und fixierte erst Grothendieck, dann Burgdorfer. Beide sahen konsequent freundlich aus und schwiegen.

»Sie machen nur Ihren Job, Herr Kommissar«, antwortete Lars Grothendieck schließlich.

»Das heißt aber, Sie wussten, wer ich bin?«

»Ja.«

»Das sagt mir, dass Sie zwei eine gesunde Beziehung haben und viel miteinander reden.«

Lars Grothendiecks stoisches Lächeln war ungebrochen. »Das, worauf Sie hinauswollen, sagt mir wiederum, dass Sie immer noch händeringend nach dem Täter suchen und jede noch so kleine Möglichkeit erforschen, die sich Ihnen bietet.«

»Wann ist Ihnen aufgefallen, dass Lorenz Grothendieck Probleme mit exakt denselben Professoren gehabt hat, die Ihnen das Leben so schwer gemacht haben?« Diese Frage war für Hannah Burgdorfer bestimmt und Knüppel lehnte sich ein wenig nach vorn. »Oder hat es Ihr Freund herausgefunden?«

»Wir waren gemeinsam essen, vor etwa zwei Jahren. Lars und ich kennen uns jetzt seit dreieinhalb.« Demonstrativ nahm sie seine Hand. »Und natürlich redet man im Laufe eines solchen Abends auch über die Vergangenheit und da haben Lorenz und ich diese lustige Parallele in unseren Lebensläufen entdeckt. Wir haben uns kurz über die Professoren aufgeregt, dann darüber gelacht und damit war die Sache vergessen. Ich kann mich nicht daran erinnern, dass wir danach jemals wieder darüber geredet hätten.«

»Weiß Ihr Freund denn von all Ihren Problemen, Frau Burgdorfer?« Knüppel hielt die Frage nach Burgdorfers sexueller Beziehung zu Köhler und dem fehlgeschlagenen Versuch einer solchen mit Harmann bewusst offen. Er war ja kein Unmensch.

»Natürlich, Herr Kommissar«, antwortete Hannah Burgdorfer durch ihr Zuckerlächeln. »Lars und ich wissen alles übereinander und vertrauen uns voll und ganz.«

»So sehr, dass Sie zusammen mit Lorenz Grothendieck zwei Morde begehen würden, weil sie wissen, dass Sie sich gegenseitig decken können?« Es war Meyer-Landfried, der diese kritische Frage stellte, wie Knüppel zufrieden feststellte. Offensichtlich war er immer noch aufnahmefähig, obwohl er ganz im Bann von Diego zu sein schien und einfach nicht aufhörte, mit verträumtem Gesichtsausdruck den Kater anzuhimmeln.

»So sehr nun auch wieder nicht.« Lars Grothendieck versuchte sich an einem heiseren Lachen, Hannah Burgdorfer sah ihn mit krausgezogener Stirn an.

»Dann haben Sie doch bestimmt kein Problem damit, für eine Gegenüberstellung mitzukommen, oder? Wie es der Zufall nämlich so will, haben wir einen Zeugen, der den Täter gesehen hat.« Meyer-Landfrieds Stimme war entschlossen und offen, ließ aber keinen Zweifel an seiner Absicht zu. Kurz beglückwünschte Knüppel sich selbst, er hatte ihn gut ausgebildet.

Wieder tauschten Burgdorfer und Grothendieck einen kurzen Blick aus. Dann sagte sie: »Selbstverständlich. Alles, was Ihnen bei der Aufklärung des Falls hilft.«

In diesem Moment klingelte Knüppels Handy. Er stand auf und ging in den Flur, bevor er aufs Display sah. Es war Johannes Staden.

»Knüppel, wir haben die nächste Leiche. Kiel und Winterfeldt sind schon unterwegs. Dieser Wahnsinnige hat direkt der Presse die Adresse gegeben, bevor wir überhaupt die Chance hatten, den Toten zu finden. Das ist der ultimative Publicity-Albtraum.«

Knüppel presste Daumen und Zeigefinger auf seine Nasenwurzel. »Wissen wir schon, wer es ist?«

»Kommt einfach schnell.«

***

Auf der Straße vor dem Wohnhaus standen Übertragungswagen der verschiedensten TV-Sender bis auf die angrenzende Hauptstraße und Reporter drängten sich mit ihren Kameramännern und Fotografen in Richtung Absperrung, um ja die Eingangstür so groß wie möglich im Bild zu haben. Wäre es nicht zynisch gewesen, hätte Knüppel angemerkt, dass es aussah, als würden sie auf einen Prominenten warten.

Schweigend bahnte er sich einen Weg durch die Menschenmassen, Meyer-Landfried folgte ihm. Knüppel hoffte, dass sie wenigstens bis zur Absperrung niemand erkennen würde, denn in diesem Fall würde es noch länger als sowieso schon dauern, bis sie endlich an den Tatort gelangten.

Er zog die Strickmütze tiefer ins Gesicht. Glücklicherweise waren die Journalisten um sie herum dermaßen mit sich selbst beschäftigt, dass es die beiden Ermittler wirklich schafften, unauffällig zu bleiben.

Wie zu erwarten, begann sofort das Blitzlichtgewitter, als sie unter dem Absperrband durchtauchten, doch das war Knüppel egal, denn einige Sekunden später schloss er die Haustür hinter sich und sperrte die aufdringlichen, lauten Fragen und das Geknipse aus. Jetzt konnte er wieder denken.

Vor der Wohnung warteten Kiel und Winterfeldt auf sie. Kiel roch dezent nach kaltem Rauch. Offensichtlich ging ihr der Fall nahe, doch Knüppel wusste, dass sie sich so etwas, genau wie er, nur ungern eingestand, also würde er sie nicht darauf ansprechen. In ihrem monochromen Outfit sah sie wieder aus, als sei sie gerade von einer Vernissage gekommen. Winterfeldt neben ihr wirkte hingegen, als habe er nach einem anstrengenden Training gerade erst geduscht – Ersteres war ausgesprochen unwahrscheinlich, Letzteres wahrscheinlich Tatsache.

»War irgendwer vor uns an der Leiche?«, fragte Knüppel sofort.

»Wir gehen nicht davon aus«, antwortete Valerie Kiel, »die Tür war zumindest zu. Aber das heißt ja leider nicht, dass sich einer von denen da unten nicht trotzdem irgendwie Zutritt verschafft hat. Wir mussten ein paar von ihnen aus dem Treppenhaus entfernen, bevor wir abgesperrt haben. Also sollten wir wahrscheinlich damit rechnen, dass Bilder von der Leiche im Netz kursieren könnten.«

»Macht ja jetzt auch keinen Unterschied mehr, wenn sie sowieso davon wissen. Solange niemand irgendwo DNA verteilt hat, bin ich schon zufrieden.«

»Das sagst du auch nur, weil du bisher die Leiche noch nicht gesehen hast«, merkte Winterfeldt an.

»So schlimm?«, fragte Meyer-Landfried mit ernsthaft besorgter Stimme.

Kiel und Winterfeldt antworteten nicht.

»In einer Stunde kommen Grothendieck und Burgdorfer für eine Gegenüberstellung mit Kunzler ins Präsidium«, sagte Knüppel. »Ich hab ihnen gesagt, sie sollen pünktlich sein. Wir hätten sie auch selbst gebracht, aber das hier war erst mal dringender.«

»Ich sag gleich jemandem Bescheid«, antwortete Valerie Kiel. »Notfalls kann sich der Staden drum kümmern. Bis der mit Reden fertig ist, sind wir schon längst zurück.«

»In Ordnung«, bestätigte Knüppel, dann betrat er die Wohnung.

Die Kollegen der Spurensicherung wiesen ihm den Weg, vor der Leiche blieb er stehen. Damit hatte auch er nicht gerechnet.

Er verschränkte die breiten Arme und nahm die Eindrücke auf, wie er es immer machte. Es roch nach Blut, vor allem nach Blut, aber auch ein wenig nach frisch geschlagenem Holz und nur minimal nach einem vollkommen gewöhnlichen Aftershave, das dem Opfer oder dem Täter gehören konnte, so genau konnte er diesen weit entfernten Hauch nicht definieren.

Anstatt in seinem Rollstuhl saß Lorenz Grothendieck auf einem Heuballen. Anstelle seiner Arme und Beine waren da dicke, knorrige Äste. Was das sollte, wusste Knüppel beim besten Willen nicht, aber er wusste, dass er Arndt fragen würde. Allerdings war eine Tatsache klar, und dafür brauchte er weder die Spurensicherung noch die Rechtsmedizin, war eines: Lorenz Grothendieck war hier umgebracht worden. Unter dem Heuballen befand sich eine riesige Blutlache, die immer noch glänzte und vermutlich warm war, so frisch sah sie aus. In der Ecke des Raums konnte Knüppel Grothendiecks Rollstuhl erkennen, auf dessen Sitzfläche die abgetrennten Gliedmaßen lagen. Diese wiederum musste und wollte er sich nicht allzu lang ansehen.

Ebenfalls merkwürdig – abgesehen von den Ästen in Grothendiecks Körper – war die Tatsache, dass die Lider der Leiche geschlossen waren. Das musste der Mörder getan haben.

Doch es war zu früh für Mutmaßungen. Für solche Details brauchte er die Expertise von Stankowiak und Bartelink. Gerade ging es nur um Beobachtungen und darum, möglichst viele Details aufzunehmen, ohne sich davon ablenken zu lassen, dass es unter normalen Umständen ausgesprochen grausame Details waren. Über die Jahre war Knüppel gut darin geworden, möglicherweise störende Regungen aus seinem Inneren einfach auszublenden, wenn es sein musste.

»Schon was gefunden?«, fragte Knüppel in den Raum hinein.

Bartelink, der gerade kleine Kärtchen in der Nähe des Rollstuhls auf dem Boden auslegte, drehte sich um. »Eine Menge. Muss ich aber alles noch überprüfen.«

»Alles klar.«

Meyer-Landfried stellte sich neben Knüppel. »Oh man ...«

Knüppel nickte und schwieg. Manchmal war es selbst nach Jahren in der Todesermittlung überraschend, was Menschen mit anderen Menschen anstellen konnten.

Dann schlug Meyer-Landfried den Kragen seiner Cabanjacke hoch und legte los: »Geschlossene Augen sind auf jeden Fall ein Zeichen von Reue, gar keine Frage.

Entfernung von Körperteilen allerdings? Da würde ich sagen, eindeutig ein ritueller Hintergrund. Oder absolute Eskalation, Abrutschen in den Wahnsinn, als würde er uns beweisen wollen, dass er immer noch einen draufsetzen kann, immer mehr und mehr, ohne dass wir etwas dagegen machen können. Vielleicht wollte er auch genau das am Opfer demonstrieren: Dass er jemanden, der körperlich sowieso eingeschränkt ist, noch mehr entmachten kann, als sich jemand wie du und ich überhaupt vorstellen kann. Er will uns Abgründe zeigen, die wir ...«
Knüppel drehte sich weg. »Ich rufe Arndt an.«

22

Leichtfüßig sprintete Arndt aus dem Seminarraum, schloss die Tür hinter sich und nahm den Anruf an.

Es war Knüppel. »Du musst kommen.«

»Ich kann nicht. Tenhagen hat mich bei der VHS-Leitung verpfiffen, weil ich das letzte Mal mit dir frühzeitig gegangen bin und den Kurs sich selbst überlassen habe. Jetzt habe ich eine mündliche, nicht gerade freundliche Verwarnung und verliere meinen Job hier, wenn ich das noch mal mache. Und das kann ich mir momentan nicht erlauben. Sorry!«

»Hm«, machte der Kommissar. »Kannst du ja nix für – also nicht wirklich zumindest. Dann check mal bitte deine Mails.«

Sofort schoss Adrenalin durch Arndts Körper. »Schon wieder?«

»Schon wieder.«

Schnell öffnete er das E-Mail-Programm. Wieder wartete dort eine Mail von der merkwürdigen Adresse, wieder hatte sie keinen Betreff, dafür einen Anhang. »3«. Arndt war sich nach dem letzten Mal nicht sicher, ob er das Foto dieses Mal unbedingt sehen wollte. »Ist da, genauso wie immer, dieses Mal heißt der Anhang natürlich ›3‹. Reicht das? Kannst du mir beschreiben, wie es aussieht? Und wer ist es überhaupt?«

»Lorenz Grothendieck«, antwortete Knüppel. »Und ich denke leider, dass es sinnvoller ist, wenn du es dir selbst ansiehst, bevor ich ein Detail vergesse, das irgendwie extrem relevant ist. Tut mir echt leid, Arndt.« Er klang wirklich, als würde er es bedauern. »Immer, wenn ich mir so etwas ansehen muss, versuche ich, meinen Kopf vollkommen leer zu machen und erst einmal nur das aufzunehmen, was da ist – keine Wertungen, keine Gefühle. Nachdenken kann man noch danach. Hilft.«

»Etwas Ähnliches habe ich gerade noch meinen Schülern über Kunstanalyse erzählt.« Arndt schluckte. »Allerdings finde ich es nicht unbedingt beruhigend, dass du mich gerade mental darauf vorbereiten willst, das Bild anzusehen. Muss ja übel sein.«

Knüppel schwieg, also öffnete Arndt das Foto im Anhang.

Er musste ein Geräusch von sich gegeben haben, das ihm nicht aufgefallen war, denn Knüppel erinnerte ihn: »Nicht denken, nur gucken.«

Als Arndt sich an die Menge von Blut an und um Lorenz Grothendieck gewöhnt hatte und die Tatsache ignorieren konnte, dass ihm seine Gliedmaßen fehlten, war es merkwürdig beruhigend, was Knüppel gesagt hatte. Es half wirklich. Aufmerksam flogen Arndts Augen über das Foto und sofort tauchten in seinem Kopf Assoziationen und Erinnerungen auf, die von der Tatsache ablenkten, dass er gerade einen Toten betrachtete – und davon, dass der Mörder offenbar großes Interesse daran hatte, dass er genau das tat.

»Gut, reicht«, sagte Knüppel.

Erleichtert schloss Arndt das Mail-Programm.

»Jetzt zum Eigentlichen: Was soll das? Passt das zur bisherigen Vorgehensweise des Täters? Wie viel davon ist Hieronymus Bosch?«

Bewusst konzentrierte sich Arndt darauf, nicht zu überdenken. Mittlerweile wusste er, dass Knüppel ihm auch dann folgen konnte, wenn er seine Gedanken etwas unsortiert formulierte. »Das sind zwei Gemälde miteinander vermischt, und zwar auf extrem merkwürdige Weise, aber das muss ich wohl nicht dazu sagen. Einmal, ganz offensichtlich, ›Der Heuwagen‹, dieses Mal die Mitte der Innenseite. Der Wanderer, von dem ich dir erzählt habe, ist auf der Außenseite desselben Triptychons. Die Äste wiederum sollen wahrscheinlich eine Anspielung sein auf die Höllendarstellung im ›Garten der Lüste‹ – schon wieder.«

»Gut«, sagte Knüppel, »sehr gut. Und was soll das alles?«

»Bezüglich des Heuwagens gab es ein flämisches Sprichwort: ›De wereld is een hooiberg – elk plikt ervan, wat hij kan krijgen.‹ Die Welt ist ein Heuwagen, jeder pflückt so viel davon, wie er kann. In Boschs Darstellung ist das sehr bildlich umgesetzt: Der Heuwagen ein riesiges, monströses Gefährt, dem im Hintergrund eine große Gruppe von Menschen folgt. Er fährt nach rechts, wo auf die Figuren wieder einmal eine höllische Szenerie wartet. Die meisten der im Vordergrund dargestellten Figuren versuchen, entweder mit Heugabeln oder bloßen Händen Heu daraus zu reißen. Dafür steigen sie übereinander, prügeln sich, morden sogar. Ganz typisch für Bosch herrscht auf dem Gemälde großes Chaos, unter einem Rad des Wagens droht zum Beispiel ein Mann zerquetscht zu werden, wofür sich keiner der Umstehenden interessiert. Natürlich gibt es wieder überall religiöse Anspielungen wie Nonnen, Mönche, Engel und Teufel, aber ich würde so weit gehen, zu sagen, dass dieses Element für uns gerade keine Rolle spielt. Jedenfalls habe ich bei Grothendieck nichts gesehen, was auf etwas Religiöses hindeutet.«

»Meyer-Landfried hat was von Ritualen gefaselt.«

»Ich denke, das können wir auch direkt verwerfen. Für Rituale sind die einzelnen Elemente vom Mörder viel zu wild durcheinandergewürfelt – Rituale sind streng, vorgegeben, erlauben keine Freiheiten. Das hier ist das genaue Gegenteil, denke ich. Hier tobt sich jemand vollkommen mit dem aus, was ihm gerade stimmig erscheint. Egal, ob es im historischen oder bildlichen Kontext Sinn ergibt oder nicht.«

»Passt auf jeden Fall zu den anderen Morden.«

Was das betraf, war Arndt sich nicht so sicher. »Einerseits Ja, andererseits Nein. Viele Kunsthistoriker haben Boschs ›Heuwagen‹ als Verbildlichung des Übergangs von Mittelalter zu eher aufgeklärter Renaissance interpretiert, was ich auch für sinnvoll halte. Das Weltbild zu dieser Zeit verändert sich stark, Menschen suchen nach mehr Selbstbestimmung und allgemein nach mehr, gleichzeitig verliert die Kirche an Macht und auf gewisse Weise verfallen auch die alten Moralvorstellungen. Es ist ein chaotischer Zustand, den nicht alle unbeschadet überstehen. Allerdings glaube ich, dass der Mörder hier alles noch viel bildlicher und stumpfer dargestellt hat als Bosch: Wenn wir davon ausgehen, dass der Heuballen, auf dem Grothendieck sitzt, entweder der Heuwagen selbst oder nur ein Teil davon sein soll, ist es mit Verweis auf die vorherigen Morde nicht sonderlich weit hergeholt, dass der Täter zeigen will, dass Grothendieck einen Teil desselben Heuballens – vielleicht akademische Anerkennung und Karriere – wollte wie er selbst. Und jetzt hat Grothendieck diesen Teil, kann aber nichts mehr damit anfangen, weil er tot ist. Der Mörder gesteht dem Opfer posthum ein wenig Anerkennung zu, sorgt aber gleichzeitig dafür, dass Grothendieck nicht mehr davon profitieren kann.«

Knüppel schwieg, offensichtlich dachte er nach. Dann murmelte er: »Wie du so spontan auf so was kommst ... Aber klingt sinnvoll.«

»Finde ich nicht!« Arndt war aufgebracht.

»Wieso?«

»Weil das alles so ziellos ist! Selbst wenn wir davon ausgehen, dass es stimmt, was ich gesagt habe, dass der Heuballen ein Symbol dafür ist, dass Grothendieck und der Mörder ähnlich gierig wie die Figuren im Gemälde nach einem ähnlichen Ziel gestrebt haben, erklärt das noch lange nicht die Äste! Ich denke, es spielt auf den berühmten Baummenschen an – davon gibt es einige Skizzen mit unterschiedlichen Details, die bekannteste Darstellung stammt wie gesagt aus Höllenflügel des ›Garten der Lüste‹. Aber niemand weiß, was Bosch mit diesem Baummensch ausdrücken wollte! Manche seiner merkwürdigen Ideen kann man kontextuell oder sogar historisch deuten, wie zum Beispiel den Heuwagen mit dem entsprechenden Sprichwort, aber der Baummensch? Große Leere, für immer mysteriös! Es ist eine eiförmige Gestalt mit menschlichem Gesicht, deren Baumstammbeine in Schuhen stecken, die eindeutig Boote sind. Im hinteren Bereich ist der eiförmige Körper aufgebrochen und man sieht eine Szene mit kleinen Figuren – im ›Garten der Lüste‹ ist es eine Kneipenszene, in einer anderen Skizze eine Runde von Kartenspielern. Wahrscheinlich soll es das lasterhafte Innere offenlegen, vielleicht aber auch nicht. Dann trägt der Baummensch immer noch einen Hut, auf dem sich ebenfalls kleine Figuren befinden, Menschen und Monster gleichermaßen. Einmal ist es ein Mühlstein mit Dudelsack, einmal ein Weinkrug, aus dem eine Leiter ragt.«

»Und daraus soll jemand schlau werden?«

»Keiner wird daraus schlau und ich bin mir sicher, dass sich unser Mörder auch nur einredet, er würde verstehen, was das alles bedeuten soll. Mir kommt es so vor, als würde er sich immer mehr von den Interpretationen entfernen, die in der kunstgeschichtlichen Forschung vorherrschen. Dazu passen auch die geschlossenen Augen von Grothendieck! Wie sollen wir denn die Blickrichtung auslegen, wenn wir keine Blickrichtung haben?«

»Das fand ich auch sofort komisch«, sagte Knüppel. »Allerdings hab ich gehofft, dass du damit was anfangen kannst.«

»Leider nein.« In Arndts Kopf herrschte ein ähnliches Chaos wie auf den Gemälden von Hieronymus Bosch. Bildliche Versatzstücke vermischten sich mit Textstellen, die er vor einer halben Ewigkeit einmal gelesen hatte, und Satzbruchstücken aus seinen eigenen Forschungsartikeln, die er vor einer halben Ewigkeit einmal geschrieben hatte. Er war froh, dass er Knüppel seine Gedanken schon mitgeteilt hatte, denn gerade fühlte er sich überaus erschöpft. Vermutlich war es nur der Schlafentzug.

»Meyer-Landfried meinte, geschlossene Augen sehen Profiler meist als Reue.«

»Möglich.« Wirklich zufrieden war er mit dieser Auslegung der Tatsachen nicht, aber gerade hatte er leider auch keine bessere parat.

»Danke«, sagte Knüppel schnell. »Damit können wir arbeiten. Ruf an, wenn dir noch was einfällt – und sobald du dich loseisen kannst, komm ins Präsidium. Es wird Zeit, dass wir diesen Bescheuerten kriegen.«

»Auf jeden Fall«, verabschiedete Arndt sich, dann legte er auf.

Matt ließ er sich mit dem Rücken gegen die Wand neben der Tür sinken und schloss kurz die Augen, um einige Male tief durchzuatmen. Oft konnte er so sein grundsätzlich überaktives Hirn beruhigen. Zum Glück war die VHS zu dieser Tageszeit sowieso so gut wie ausgestorben. Die meisten Kurse fanden abends statt und die wenigen Menschen, die sich gerade im Gebäude befanden, waren beschäftigt. Die Gänge lagen verlassen und still da und halfen dabei, dass Arndt sich beruhigte.

Allerdings hielt diese Ruhe nicht lang an.

Plötzlich erinnerte sich Arndt an ein Detail aus seiner eigenen Dissertation. Es war weit über 10 Jahre her, dass er sie geschrieben hatte, und wenn er es sich ganz ehrlich eingestand, hatte er den Großteil seiner eigenen Argumentation schon längst vergessen – er hatte im Laufe der Zeit sein Glück an dermaßen vielen unterschiedlichen Dingen versucht, sich an so vielen Fachrichtungen erprobt, dass kaum Platz war für Erinnerungen an das Vergangene. Natürlich wusste er immer noch, wie er eine gefühlte Ewigkeit lang uralte, vergilbte Bestiarien in der Uni-Bibliothek gewälzt und sich durch zähe Wissenschaftstexte gekämpft hatte, um brauchbare Zitate für seinen eigenen, zähen Wissenschaftstext zu finden, aber das war es dann auch schon. Er kannte noch sein Thema – »Der Einfluss von Bestiarien auf Hieronymus Bosch« – und seine Grundthese, mehr aber auch nicht.

Doch auf einmal kam da irgendetwas aus den Tiefen seines Unbewussten an die Oberfläche, das er als irrelevant einsortiert hatte, sowohl während des Schreibens der Dissertation als auch in der direkten Folge ihrer Veröffentlichung.

Ein Autor, den er nur ganz am Rande zitiert hatte, ein einziges Mal, war entgegen der vorherrschenden Meinung der Forschung davon überzeugt gewesen, dass die Blickrichtung in Boschs Werken exakt gar nichts aussagte.

In einer winzigen Exkursion, die nicht mehr als zwei oder drei Absätze lang war, hatte sich Arndt damit beschäftigt, für wie falsch er diese Meinung genau hielt. Für ihn war es nur eine merkwürdige Randerscheinung gewesen, auf die er hatte eingehen müssen, um zu verdeutlichen, dass er sich auch mit Gegenmeinungen beschäftigt hatte. Danach hatte er seine Argumentation fortgesetzt und diese weit hergeholte These hinter sich gelassen.

Allerdings konnte er sich beim besten Willen nicht mehr an den Namen des entsprechenden Autors erinnern.

Also zückte er sein Smartphone und öffnete eine Suchmaschine für wissenschaftliche Texte. Da er der Tradition gemäß eine Kopie seiner Dissertation der Bibliothek seiner Alma Mater gestiftet hatte, hoffte er, dass sie mittlerweile ebenso digitalisiert war wie viele andere Texte.

Und er hatte Glück. Nach kurzem Suchen fand er auf dem Server der Universitäts- und Landesbibliothek Düsseldorf seine eigene Doktorarbeit zwischen einer beeindruckenden Vielzahl von Veröffentlichungen zu Hieronymus Bosch.

Hektisch, mit zitternden Fingern und beschleunigtem Puls blätterte er an Absatz über Absatz vorbei, bis er schließlich ungefähr in der Mitte seiner Arbeit die Textstelle gefunden hatte, an die er sich so plötzlich erinnert hatte.

Sie stammte aus einer Arbeit namens ›Sinn und Unsinn der kunsttheoretischen Analyse von Hieronymus Bosch‹.

Dort hatte er ein eingerücktes Zitat im Wortlaut des ursprünglichen Autors angeführt: »*In dieser Konsequenz bin ich der festen Überzeugung, dass den Bildelementen Hieronymus Boschs von der Forschung zu viel Bedeutung beigemessen wird. Das beste Beispiel hierfür ist die lächerlich weit verbreitete These, die Blickrichtung der dargestellten Figuren würde Aufschluss über irgendetwas erlauben, das über den eigentlichen Bildgegenstand hinausdeutet. Doch mehr als schlecht argumentierte Annahmen mit Versuchen, Bosch in einen vagen, übergeordneten Kontext der historischen Tradition von Bildaufbau und -symmetrie einzuordnen, konnte hier bisher kein Forscher liefern. Gleichzeitig sind es dieselben Autoren, die – paradoxerweise – immer wieder betonen, dass Bosch solche stumpfen, simplizistischen Einordnungen bewusst transzendiert, was wiederum eine Annahme ist, die ich teile und die man meiner Meinung nach als Tatsache festhalten kann. Daher steht in logischer Konsequenz fest: Die Blickrichtung der Figuren bei Bosch bedeutet nichts. Sie ist nicht die vielgesuchte Erleuchtung, um einen mystischen Maler besser zu verstehen, sondern ein weiteres Geheimnis in der nur für Eingeweihten zugänglichen Welt des Hieronymus Bosch.«*

Arndt scrollte nach unten. Als er den Namen des Autors in den Fußnoten las, versteifte er sich.

Dann sagte plötzlich eine vertraute Stimme hinter ihm: »Hat ja auch wirklich lang genug gedauert.«

23

Mit starr nach vorne gerichtetem Blick kämpften sich Knüppel und das Team vorbei an Kameras und Mikrofonen.

»Wie kann es sein, dass Ihnen der Mörder immer einen Schritt voraus ist?«

»Was haben Sie vor, um ihn endlich zu schnappen?«

»Wie viele Verdächtige gibt es überhaupt?«

»Wo ist Ihr Berater, der Kunsthistoriker?«

»Was genau haben die Morde mit Hieronymus Bosch zu tun?«

»Wozu brauchen Sie überhaupt einen Berater? Sollten Sie nicht selbst am besten wissen, wie man einen Serienkiller zur Strecke bringt?«

»Wie viele Menschen müssen noch sterben, bevor Sie das Todeswerk endlich unterbinden?«

Keiner der Ermittler sagte etwas, alle vermieden Blickkontakt. Vollkommen stoisch der Arbeit nachgehen war das Einzige, was sie gerade tun konnten. Johannes Stadens Idee, offen und sympathisch mit den Journalisten zu reden, war allein deswegen hinfällig, weil jede Antwort gerade eine neue Frage nach sich ziehen würde – ein endloses Gespräch. Und Polizisten, die an einem bestimmten Punkt einfach ein Interview beendeten, waren weitaus schlimmer als ein kleines »Kein Kommentar«, denn in einem solchen Fall würde der Frage, die zum Beenden des Interviews geführt hätte, übertrieben viel Bedeutung von der Presse beigemessen werden.

Also schoben sich Knüppel und die anderen durch den Menschenauflauf vor dem Eingang des Präsidiums und sprachen erst wieder, als sich der Aufzug in Bewegung gesetzt hatte – nur, um ganz sicherzugehen.

»Die Leichen sind das Schlimmste am Job«, sagte Meyer-Landfried. »Direkt danach kommt die Presse.«

Auf dem Flur zum Büro marschierte ihnen Iris Tietgen entgegen. »Kunzler sitzt in Ihrem Büro und isst Kekse. Ich habe ihm durch das Fenster im Erdgeschoss an der Rückseite des Büros geholfen, weil die Journalisten wirklich ekelhaft zudringlich geworden sind. Der arme Mann wollte nur seine Arbeit machen. Konnte ich nicht mitansehen.«

»Waren Hannah Burgdorfer und Lars Grothendieck schon da für die Gegenüberstellung mit ihm?«, fragte Knüppel.

»Ja. Wir haben ihnen beiden blaue Mützen und Sonnenbrillen aufgesetzt, aber Kunzler hat nur den Kopf geschüttelt. Das allerdings sehr entschlossen.«

»Und wo ist Staden? Den könnten wir gerade gebrauchen, um diesen Menschenauflauf da draußen unter Kontrolle zu bringen.«

Ein Hauch von Irritation schlich sich auf Iris Tietgens Gesicht. »Das habe ich mich gerade auch schon gefragt. Er hat vor ein paar Stunden gesagt, er werde eine Pressekonferenz zur dritten Leiche vorbereiten, doch seitdem habe ich ihn nicht mehr gesehen.«

»Hm«, machte Knüppel. »Wir haben Arndt informiert. Er kommt gerade nicht aus der VHS weg, hatte aber einige, gute Ideen. Wir arbeiten jetzt die Listen mit Verdächtigen durch. So traurig das mit Grothendieck ja ist, so sehr hilft es uns, die Verdächtigen einzugrenzen.«

»Hoffentlich, Knüppel.« Iris Tietgen berührte kurz seine Schulter – eine für ihre Verhältnisse mehr als verzweifelte und persönliche Geste. »Ich hoffe, wir kriegen den Kerl, bevor er noch jemanden umbringt.«

»Auf jeden Fall, Chef«, versprach Winterfeldt geradeheraus, obwohl er es besser nicht versprechen sollte, wie Knüppel sofort dachte.

»Gut. Informieren Sie mich bei jeder neuen Entwicklung.«

Wie angekündigt saß Harald Kunzler an Knüppels Seite des Schreibtischs und aß gemächlich Kekse von einem kleinen Teller. Dabei achtete er pingelig darauf, nicht daneben zu krümeln.

Mit einem breiten Lächeln begrüßte er das Team. »Hallo Valerie. Hallo Malte. Hallo David. Hallo Knüppel. Soll ich hier weggehen? Möchtest du sitzen?«

Knüppel winkte ab. »Mach's dir ruhig bequem, Harald, wir haben genug Stühle hier.« Schwer ließ er sich in einen davon fallen. Er war müde, sehr müde sogar, doch er wusste, dass es den anderen ebenso ging. Also würde er sich ebenso wenig darüber beschweren wie sie – ungeschriebenes Polizisten-Gesetz. Langsam rollte er sich im Schreibtischstuhl zu Harald Kunzler. »Iris meinte, keiner von den beiden Verdächtigen hinter der Scheibe hat das Auto auf deinen Rasen gefahren?«

Kunzler schüttelte den Kopf. »Nein. Die sahen überhaupt nicht so aus. Aber ich fand das lustig.« Er kicherte. »Die fanden das mit den Kappen total doof, hab ich genau gesehen. Auch lustig fand ich, wie Iris mir durchs Fenster unten geholfen hat. Sie wollte nicht, dass ich an den lauten Menschen am Eingang vorbei muss, hat sie gesagt.«

»Da mussten wir grad durch«, sagte Knüppel. »Ich wünschte, ich wäre auf die Idee mit dem Fenster hinten gekommen.«

»Hättest du mich gefragt, hätte ich es dir gesagt.«

Knüppel nickte. »Bleib einfach hier, Harald, und hab kein schlechtes Gewissen. Besser, du verbringst einen entspannten Tag hier oben, als dich da unten stören zu lassen. Valerie, Malte, David und ich müssen nur ein bisschen arbeiten.«

»Wisst ihr denn schon, wer der Mann ist?«

»Noch nicht. Und das ärgert mich ganz schön.«

Wieder kicherte Kunzler. »Das glaub ich dir.«

»Mich regt es unglaublich auf, dass ich das Gefühl habe, der Mörder will uns mehr und mehr in die Scheiße reiten«, schaltete sich Valerie Kiel ein. »Jetzt haben wir einen dritten Toten und immer noch keine Ahnung. Absoluter Dreck ist das, wirklich!«

»Wir packen das, Val«, sagte ausgerechnet David Winterfeldt mit beschwichtigendem Ton in der Stimme. »Wir sind gut. Sehr gut sogar.«

»Recht hat er, der junge Bursche«, bestätigte Meyer-Landfried. »Sobald wir die Ergebnisse von Bartelink und Stankowiak haben, kriegen wir ihn.« Dann machten sich alle an die Arbeit und verfielen in dieselbe Stille, die heute Nacht geherrscht hatte.

Knüppel beschloss, eine Kanne Kaffee zu kochen. Während das heiße Wasser durch Pulver und Filter kroch und sich der entspannende Duft von Präsidiumskaffee ausbreitete, dachte er nach.

Arndts Meinung, dass der Mörder sich mehr und mehr seinen eigenen Setzkasten aus Elementen von Hieronymus Bosch zusammenbaute, beunruhigte ihn. Das machte alles komplizierter, als ihm lieb war, und sorgte dafür, dass der Täter noch schwerer greifbar wurde als sowieso schon.

Die Frage war nur, ob er das absichtlich machte, um die Ermittler zu verwirren, oder ob es von vornherein ein Teil seines Plans gewesen war, den Knüppel sich sogar mental konsequent weigerte, als »Todeswerk« zu bezeichnen. Er hatte keine Lust, eine Serie von Morden in ein kleines Wort zu pressen, das sich zu allem Überfluss noch der Mörder selbst ausgedacht hatte.

Als der Kaffee durchgelaufen war, nahm Knüppel die beinahe übervolle Kanne und ging zurück ins Büro. Erst goss er Kunzler eine Tasse ein, danach sich selbst.

Dann setzte er sich und nahm die Liste mit den Verdächtigen, die sie in dieser Nacht bisher etabliert hatten. Es war ähnlich wie mit Fall-Unterlagen, in deren Gegenwart er manchmal einfach wartete: Er wusste nicht so recht, wonach er suchte, aber irgendwo anfangen musste er ja und für gewöhnlich half es ihm dabei, sein Gehirn zu mehr oder weniger vernünftigen Ideen anzuregen.

Auf Seite zwei der umfangreichen Liste sprang ihm plötzlich ein Name ins Auge. Sofort breitete sich ein außerordentlich schlechtes Gefühl in ihm aus, dessen Herkunft er sich erst nicht erklären konnte. Er wusste nur, dass der Name ihm bekannt vorkam. Langsam stellte er die Kaffeetasse ab und studierte mit zusammengekniffenen Augen die Aneinanderreihung von Buchstaben, als würde das allein reichen, damit ihm einfiel, was irgendwo in ihm darauf wartete, entdeckt zu werden.

»Was ist?«, fragte Valerie Kiel auf einmal. Es war unmöglich, ihre Intuition zu täuschen.

Dann fiel es Knüppel ein, wo er den Namen schon einmal gehört hatte, und sofort intensivierte sich das schlechte Gefühl um ein Vielfaches. Es war die ganze Zeit direkt vor ihm gewesen. Er brauchte einige Sekunden, bis er sich mental an den Ort begeben konnte, an den er sich auch an Tatorten zurückzog. Die Erkenntnis hatte ihn einfach zu unerwartet überrannt. Dann gelang es ihm, die Emotionen zu verdrängen.

»Warum steht Manfred Tenhagen auf der Liste?«

Valerie Kiel hämmerte auf den Tasten ihres Keyboards herum. Dann las sie vor: »Manfred Tenhagen, geboren 1967, also 48 Jahre alt. Ehemaliger Student der Kunstgeschichte, Philosophie und Germanistik an der Uni Düsseldorf, hatte Kurse bei Harmann und Köhler, war bis kurz vor dem Magister-Abschluss dort. Abschluss im unteren Mittelfeld. Danach einige Jahre an der Uni Dortmund, bis er dort seinen Doktortitel geholt hat. Thema: ›Sinn und Unsinn der kunsttheoretischen Analyse von Hieronymus Bosch‹. Ebenfalls eine unterdurchschnittliche Note. Im Anschluss daran wird's unübersichtlich: mehrmals innerhalb von Europa umgezogen, offensichtlich von Lehrberuf zu Lehrberuf. Erst Universitäten und Fachhochschulen, dann nur noch die verschiedensten Volkshochschulen in Deutschland und das auch mehr als sporadisch.«

Knüppel musste aktiv gegen aufsteigende Panik kämpfen. Das kam sonst nie vor. »Bild?«, fragte er.

Kiels Finger flogen über die Tastatur. Mittlerweile waren Winterfeldt und Meyer-Landfried aufgestanden und hatten sich langsam mit besorgten Gesichtern genähert.

Die Ermittlerin drehte den Bildschirm in Knüppels Richtung. Darauf war ein hagerer Mann mit aus der Form gewachsener Kurzhaarfrisur und hohen Geheimratsecken zu sehen. Er hatte eine lange, kauzige Nase, einen breiten Mund und schmale Lippen, seine Augen waren eiförmig und dunkel, die dichten Augenbrauen darüber zusammengewachsen.

Er sah nicht aus wie jemand, der Menschen nackt in Harfen hängte, ihnen die Schädel aufschnitt oder die Gliedmaßen entfernte. Das war meistens so.

»Harald«, sagte Knüppel nur. »Kann das der Mann mit dem weißen Transporter gewesen sein?« Er deutete auf den Bildschirm.

Kunzler sah auf und legte kritisch den Kopf schräg. »Schwer zu sagen, Knüppel.«

»Stell ihn dir mit Sonnenbrille und blauer Mütze vor.«

Die Falte zwischen Kunzlers Augenbrauen vertiefte sich, sofort sah er hoch konzentriert und wesentlich älter als sonst aus – wie ein erboster Weihnachtsmann. Er dachte nach, doch sagte nichts.

Knüppel atmete durch. »Ich will dich zu nichts drängen, Harald, aber wenn das auch nur irgendwie der Mann sein könnte, den du gesehen hast, weiß ich, wer das ist und wir müssen sofort los.«

Die Stille im Raum wurde angespannt. Auch Valerie Kiel stand wie von selbst auf, als würde sie nur darauf warten, endlich losrennen zu können.

Endlich sagte Harald Kunzler: »Das war der Mann.«

Nun sprang auch Knüppel auf. Während er in den Flur sprintete, rief er: »Arndt ist in Gefahr!«

24

»Weißt du, dass nie jemand freiwillig hierhinkommt? Selbst meine Schüler mögen es hier nicht.« Tenhagen ging vor ihm auf und ab und wedelte dabei mit einem Messer herum. »Undankbares Pack, allesamt! Wenn die wüssten, bei wem sie lernen dürfen! Da ist die Umgebung doch sekundär.«

Arndt schielte auf die Seile, mit denen Tenhagen ihn an den Stuhl gefesselt hatte. Leider wusste der Mörder, wie man vernünftige Knoten band. Bis auf ein kleines, vergittertes Fenster gab es in diesem muffigen Kellerraum der VHS nichts, was überhaupt nahelegte, dass da draußen das Leben einfach weiterging. Obwohl es Arndt gehörig missfiel, spürte er Panik in sich aufsteigen – doch er nahm sich vor, Tenhagen nicht die Genugtuung zu geben, sie auch zu zeigen.

»Kannst du dir überhaupt vorstellen, wie es ist, wenn ein Genie wie ich einfach nicht als solches erkannt wird, Gruyter?« Kurz sah er Arndt an. »Natürlich nicht, warum frage ich auch? Um das zu wissen, müsstest du ja erst einmal ein Genie sein.«

Er schnaubte, dann ging er wieder auf und ab. »Ich habe gekämpft, gekämpft, gekämpft, wieder und wieder, Gruyter! Und keiner hat mir eine realistische Chance eingeräumt – sogar der Doktortitel war ihnen allen egal. Doch ich bin zu stur, um mich von so etwas unterkriegen zu lassen. Ich wusste, dass meine Arbeiten zu Hieronymus besser sind als alles, was da draußen sonst rumfleucht. Viel besser! Viel klüger! Dass es nur Neid war, der mir entgegengeworfen wurde. Neid vom ach so tollen Professor Harmann darauf, dass ich schon als Student besser das Fachgebiet überblicken konnte, als er es jemals geschafft hat. So viel Neid von Köhler, so viel Gehässigkeit. Doch dann war es so einfach, sie zu überwältigen. Wie dumme Rehe haben sie darauf gewartet, was ich mit ihnen vorhabe, zu irritiert, um zu reagieren. Ich musste mir nicht einmal Mühe geben, damit sie mit mir gekommen sind. Eine kleine, niedliche Klinge und sie waren starr vor Angst. In solchen Situationen zeigt sich dann wohl die wahre Natur des Menschen. Jedenfalls war es mehr als befriedigend, wie Überheblichkeit plötzlich einfach verpufft ist.«

Er sah Arndt direkt in die Augen. »Und dann gab es da immer noch dich und Grothendieck. Unerwartete, direkte Angriffe von so kleinen Fischen wie euch. Großkotze, die der Meinung waren, sie wissen es besser als ich, und die ganz offensichtlich nichts Besseres mit ihrer Zeit zu tun hatten, als meine Texte in den Dreck zu ziehen. Die in einem lässigen Halbsatz meine wichtigsten und klügsten Thesen einfach abwinken wie die Brabbeleien eines dummen Kindes, anstatt meiner Dissertation die Aufmerksamkeit zu geben, die sie verdient hat! Als ob man so mit Gedanken solchen Ausmaßes umgehen könnte! Was sind das denn für wissenschaftliche Standards?«

Langsam begann Arndt, zu verstehen – zumindest so weit, wie man jemanden wie Tenhagen verstehen konnte.

»Heißt das, du hast dir ernsthaft die Mühe gemacht, jede neue Veröffentlichung zu Hieronymus Bosch danach zu durchforsten, ob jemand deine Texte erwähnt? Wirklich jede?«

»Auf dem aktuellen Stand der Forschung zu bleiben, sollte für einen echten Wissenschaftler keine Mühe sein, Gruyter. Aber wie solltest du das auch nachvollziehen mit deinen niedlichen Schnitzkursen?«

Vielleicht war es in seiner Situation nicht das Klügste, doch Arndt wurde wütend: »Du unterrichtest Töpfern, Tenhagen!«

»Nur übergangsweise! Und weil mir nichts anderes übrig bleibt! Als ob mich das intellektuell auch nur ansatzweise ausfüllt. Selbst, wenn man sein Leben der Lehre verschreibt, muss man etwas essen, Gruyter.« Er blieb wieder stehen und sagte eher zu sich selbst als zu Arndt: »Wenn schon niemand mein Lebenswerk verstehen will, müssen sie wenigstens mein Todeswerk verstehen.«

»Das hast du schon genauso der Presse geschrieben. Du wiederholst dich.«

»Niemand hat die Muße, mir zuzuhören, und den Mut, sich von den vorherrschenden Ideen zu lösen. Es ist wie immer in der Geschichte: Das in seiner Zeit verkannte Genie, dessen Weitsicht erst viel später wertgeschätzt werden kann. Eigentlich hätte ich es besser wissen müssen. Aber so ist das eben als Idealist. Da denkt man wohl, dieses Mal wird es anders sein, dieses Mal sehen sie es.« Kratzig lachte er auf. »Doch dieses Mal werde ich dafür sorgen, dass alles anders wird. Wenn sie kapieren, was ich mit euch inszeniere, wird es ihnen wie Schuppen von den Augen fallen, dass ich als Einziger verstanden habe, worum es bei Bosch wirklich und ausschließlich geht: um die Bestrafung von Ungerechtigkeit.«

Obwohl er mehrere gute Argumente gehabt hätte, um auch diese These von Tenhagen zu zerpflücken, schwieg Arndt dieses Mal. Erstens hatte er keine Lust auf eine ziellose Diskussion mit jemandem, der sich sowieso im Recht sah, und zweitens wurde Tenhagen deutlich unruhiger und hektischer. Arndt musste kein Experte für Kriminologie oder Psychologie sein, um zu verstehen, dass das keine gute Entwicklung war.

»Wahrscheinlich wärt ihr alle schon viel früher auf die Idee gekommen, mich hinter dem Todeswerk zu vermuten, wenn ihr nur die Augen aufgemacht hättet. Aber offensichtlich habt ihr euch wieder in der Interpretation von Nebensächlichkeiten verloren und nicht auf das Eigentliche geachtet. Direkt mit der Nase daraufstoßen musste man euch, damit ihr überhaupt in die richtige Richtung denkt! Lächerlich ist das! Und so etwas nennt sich Ermittler! Aber na ja, vermutlich sollte ich mich darüber nicht beschweren, so hatte ich mehr Zeit für Details.« Wieder lachte er. »Weißt du eigentlich, wie einfach es war, nicht nachzuvollziehende Mails an dich zu schicken, Gruyter? Ein paar Proxy-Server im Ausland und die Sache war geritzt! Da habt ihr dann wahrscheinlich direkt ein digitales Wunderkind in Betracht gezogen, habe ich recht? Dann noch ein wenig Vorsicht an den Körpern und ihr wart sofort aufgeschmissen. Alles stumpfer Menschenverstand: Fingerabdrücke, DNA, das alles. Dafür muss man kein Experte sein. Wie in den Krimis im Fernsehen, das reicht schon! Ist das nicht lächerlich? An der Nase herumgeführt habe ich euch, ohne Experte auf dem Gebiet zu sein. Kannst du dir dann erst vorstellen, wie genial ich in einem Feld bin, mit dem ich mich mein Leben lang beschäftigt habe?«

Tenhagens Gedankensprünge wurden größer und schneller, wie Arndt besorgt feststellte. Er musste ihn irgendwie entschleunigen, wenn er eine Chance haben wollte. Also beschloss er, die Wahrheit etwas zu beschönigen, um ihn abzulenken: »Hinter Harmann haben wir auf den Tatortfotos eine Tür mit Eulenmotiv entdeckt. War es Absicht, dass du uns damit von Anfang an in die Richtung von Karl Arnold geleitet hast? Immerhin war er es, der uns letztendlich genau den Täter beschreiben konnte: dich.«

»Wer?« Sofort hielt Tenhagen inne.

Offensichtlich hatte ihn diese Feststellung irritiert – Arndt hoffte bloß, dass es eine effektive Art der Irritation war und nicht etwa, dass sie dafür sorgte, dass Tenhagen noch unruhiger wurde.

»Niedlich, dass du glaubst, du würdest es so leicht in meinen Kopf schaffen. Als ob ihr eine Täterbeschreibung habt! Und dann noch von jemandem, von dem ich noch nie gehört habe. Dann wären deine Beamtenfreunde doch schon längst hier, Gruyter. Aber ich bin mir sicher, dass sie immer noch über ihren Unterlagen brüten und sich fragen, was hier eigentlich vor sich geht und wie sie mich kriegen.« Dann lachte der Mann mit dem Messer. »Seht ihr? Schon wieder habt ihr euch von euren bescheuerten Interpretationen fehlleiten lassen! Eulentür? Sehr guter Witz, Gruyter, sehr gut, wirklich! Du hast Humor, das muss ich dir lassen! Und das in deiner Situation! Als ob ich mich mit solchen offensichtlichen Hinweisen aufhalte. Es ging um Harmann und um Harmann allein, losgelöst von der Umgebung. Ist das denn so schwer zu verstehen?«

»Und warum hast du ihn dann ausgerechnet vor seinem eigenen Haus platziert?«

Kurz dachte Tenhagen nach und tippte sich mit der Messerspitze ans Kinn. »Es erschien mir passend. Ich habe versucht, mich in Hieronymus hineinzufühlen, seine überragende Intuition zu kanalisieren, und dann ist es einfach passiert. Das mit Köhler auf der Wiese am Polizeipräsidium hingegen war natürlich kalkuliert. Ich musste euch ja irgendwie auf die Sprünge helfen. Das war ja traurig mit anzusehen.«

»Hast du deswegen den anderen auch diesen James-Bond-Bösewicht-Monolog gehalten, bevor du sie umgebracht hast? Weil wir Verständnishilfe brauchen?« Arndt biss sich auf die Zunge. Tenhagens Art trieb ihn in den Wahnsinn, er konnte sich die bissigen Anmerkungen einfach nicht verkneifen. Doch leider war es streng genommen sowieso egal: Entweder er hatte gleich ein Messer irgendwo im Körper, oder er würde hier rauskommen – egal, wie das Gespräch mit Tenhagen verlief.

Tenhagens Mimik veränderte sich, das schiefe Grinsen verschwand. Er kam einen Schritt näher. Als er weitersprach, klang er wesentlich leiser als zuvor, bedrohlicher: »Mach dich ruhig darüber lustig. Das bestätigt mich nur darin, dass ich mir genau den Richtigen ausgesucht habe. Eigentlich wollte ich dich vor Grothendieck töten, ganz der Chronologie entsprechend, doch es war einfach zu praktisch, dass du plötzlich mit diesem grobschlächtigen Kommissar unterwegs warst. Die Chance, das zu benutzen, konnte ich mir unmöglich entgehen lassen.«

Was er erzählte, machte immer weniger Sinn für Arndt. Teilweise war es garantiert darauf zurückzuführen, dass Tenhagen immer inkohärenter wurde, teilweise aber wohl auch darauf, dass die Panik langsam überhandzunehmen drohte und Arndts Aufnahmefähigkeit trübte.

Tenhagen sprach weiter: »Nachdem ihr es mir dermaßen schwer gemacht habt, ist es ja wohl das Mindeste, was ihr machen könnt. Mir zuhören. Mir zuhören und wenigstens versuchen, zu verstehen. Ich habe mich aufgeopfert für das größere Wohl, für die Lehre, für die Inhalte, für die Wissenschaft – aber das wolltet ihr ja alle nicht hören. Am Ende wollte keiner mehr etwas davon hören. Nicht einmal Christine.«

Christine? Wer war Christine? Arndt wollte fragen – allein, um Zeit zu schinden –, doch die Worte blieben ihm im Hals stecken. Tenhagens Gesicht war mittlerweile nur wenige Zentimeter von seinem Gesicht entfernt, die Messerklinge bedrohlich nah vor seinem Hals.

»Aber weißt du was?« Tenhagen grinste schief. »Mittlerweile ist mir das egal. Sie werden alle erkennen, was ich kann und wer ich bin. Ihr habt alle noch überhaupt nichts gesehen. Das, was ich mit den dreien vor dir gemacht habe, war nur der Auftakt. Immerhin bist du derjenige, der mir beinahe ebenbürtig ist – beinahe nur. Für dich habe ich mir deshalb etwas ganz Besonderes ausgedacht.«

Er trat einen Schritt zurück und hob das Messer, Arndt schloss die Augen.

In diesem Moment schlug die Tür mit einem lauten Krachen auf.

»Waffe fallen lassen, Tenhagen.« Es war Knüppel. Mit gezückter Pistole zirkelte er nach links.

Sofort folgte ihm das komplette Team, ebenfalls mit Waffen, und bildete einen Halbkreis um Tenhagen und Arndt.

Hinter ihnen im Türrahmen blieb Peter Dragov stehen. In seinem Gesicht war deutlich Schock abzulesen.

Tenhagen trat einen Schritt zurück und ließ das Messer langsam sinken. Er sah an den Ermittlern vorbei und sprach sofort Dragov an: »Et tu, Brute? Selbst hier kann man sich auf niemanden verlassen. Verrat, wohin man auch blickt. Typisch!«

Dragov antwortete: »Das ist nicht in Ordnung, was du hier machst, Manfred. Ich wollte den Polizisten erst nicht glauben, wollte gar nicht verstehen, warum sie überhaupt danach fragen, wo du bist. ›Ein netter Kerl ist er‹, habe ich gesagt. ›Etwas anstrengend manchmal, vielleicht auch ein wenig exzentrisch, aber doch kein Mörder! Niemand, der zu so etwas fähig ist.‹« Er schüttelte den Kopf. »Und das Schlimmste daran ist: Ich habe es auch noch wirklich geglaubt.«

»Hättest du mir nicht wenigstens noch eine halbe Stunde geben können? Eine halbe Stunde!« Tenhagen wurde wütend.

Die Falte zwischen Knüppels Augenbrauen vertiefte sich. »Langsam ist meine Geduld erschöpft, Tenhagen. Letzte Warnung. Waffe weg!«

Arndt war überrascht, wie aufgebracht der Kommissar klang. Diesen Ton in seiner Stimme hatte er bisher kein einziges Mal gehört.

»Das läuft gerade nicht nach Plan! Überhaupt nicht!« Tenhagen gestikulierte wild herum. »Gruyter ist Teil des Ganzen, der Schlussakkord! Und jetzt zerstört ihr alles so kurz vor der Vollendung! Ohne ihn macht das Todeswerk überhaupt keinen Sinn!« Dann hob er das Messer und starrte Arndt aus leeren Augen an. »Sterben muss er trotzdem.«

Ein Schuss fiel, Tenhagen wurde zurückgeworfen, das Messer fiel klirrend zu Boden. Er war am Oberarm getroffen.

Sofort war Knüppel bei ihm, presste noch im Sprint die Finger auf Nase und Augen des Mörders und brachte ihn so in einer flüssigen Bewegung zu Boden. Dann verdrehte er ihm die Arme auf den Rücken und legte ihm Handschellen an.

»Guter Schuss, Malte«, lobte Knüppel seinen Kollegen. »Verdammt guter Schuss.«

Wortlos steckte dieser die Waffe zurück in das Halfter und nahm seine steife, militärische Körperhaltung ein. Valerie Kiel und David Winterfeldt lösten währenddessen Arndts Fesseln.

Dann stand er auf. Erleichtert klopfte Winterfeldt ihm auf die Schulter, bevor Knüppel ihm den vor Schmerzen jammernden Tenhagen übergab, Kiel begleitete ihren Schützling nach draußen.

»Woher wusstet ihr ...«, wollte Arndt fragen.

»Er stand auf der blöden, neuen Liste«, unterbrach ihn Knüppel. »Wir waren die ganze Zeit so nah dran.«

Ohne, dass Arndt damit rechnete, umarmte Knüppel ihn plötzlich, nur um ihn eine Sekunde später wieder von sich zu drücken. Mit zufriedenem Lächeln nickte er, dann folgte er Kiel und Winterfeldt.

Zurück blieben nur Meyer-Landfried und Arndt.

Langsam ging Arndt auf den Ermittler zu, der ihm gerade das Leben gerettet hatte. Die richtigen Worte in einer solchen Situation zu finden, war nicht unbedingt leicht. Wo setzte man an? Gab es ein soziales Protokoll für eine solche Konstellation? Wie oft kam so etwas wohl

vor? Sagte man überhaupt irgendetwas oder war Schweigen die angemessene Reaktion?
 Letztendlich fiel ihm nur ein Wort ein. »Danke.«
 Für einen Augenblick glaubte Arndt, ein Lächeln auf Meyer-Landfrieds starren, schmalen Lippen zu erkennen. Doch dann erwiderte der Polizist bloß: »Jaja.« Damit drehte er sich um und ließ Arndt hinter sich wie ein Actionheld die Explosion.

25

Das Team trank gemeinsam Kaffee im Beobachtungsraum hinter der verspiegelten Scheibe. Vielleicht musste man einen Fall lösen, um dieses Gebräu erträglich zu finden, dachte Arndt, denn plötzlich schmeckte es nicht mehr ganz so ekelhaft wie noch zu Beginn, als er dort gesessen hatte, wo gerade Manfred Tenhagen mit verbundenem Oberarm und seinem Anwalt saß.

Seitdem Knüppel das abschließende Verhör beendet hatte, wiederholte Tenhagen kontinuierlich in geringer Variation, dafür mit quengeligem Ton: »Ich verstehe das nicht. Wo ist die Presse? Wo?«

Dabei sah der Mörder dermaßen verloren aus, dass es Arndt fast leidtat – aber eben nur fast.

Sie hatten ihn durch dasselbe Fenster auf der Rückseite ins Präsidium geschafft, durch das auch Kunzler geklettert war, um vor den Journalisten zu flüchten. Währenddessen hatte Knüppel die Presse vor dem Haupteingang abgelenkt – dafür hatte er sich gern hergegeben. Eine ganz besondere Mitteilung habe er, hatte er gesagt, und sie hatten sich um ihn geschart wie um einen Politiker nach der Neuwahl. Dann hatte er eine ganz besonders lange Kunstpause gemacht, bis er sich sicher sein konnte, dass Tenhagen unbemerkt ins Gebäude gelangt war. »Aber dazu später mehr.« Es hatte mehrere Minuten gedauert, bis er durch die aufgebrachte Menge den Haupteingang erreicht hatte, doch dieses Mal hatte er einfach nicht aufhören können, zu grinsen.

Stapfen kündigte Iris Tietgen an, dann ging die Tür auf. Ihr folgte Johannes Staden, der sich still in die Ecke stellte und starr in den Verhörraum sah.

»Verzeihen Sie vielmals, dass ich nicht bei dem Verhör dabei sein konnte. Die Ereignisse haben sich plötzlich überschlagen und mein Telefon hat gar nicht mehr aufgehört, zu klingeln. Sämtliche Pressevertreter wollten ein Statement von mir, weil angeblich einer unserer Kommissare gesagt hat, es gebe etwas zu berichten, aber

›dazu später mehr‹. Können Sie sich das vorstellen?«
Iris Tietgen warf Knüppel einen strafenden Blick zu, dann blieb sie vor der Scheibe stehen und musterte Tenhagen. »Das ärgert ihn alles so richtig. Sehr gut.« Wieder wandte sie sich zu den Ermittlern. »Großartige Arbeit. Großartig, dass wir ihn endlich haben. Großartig, dass Herrn van Gruyter nichts passiert ist. Großartig, dass Sie überhaupt alle unverletzt sind. Und nur, damit ich heute auch wirklich beruhigt schlafen kann: Wir sind uns absolut und ohne Zweifel sicher, dass Tenhagen der Mörder ist und da draußen nicht noch eine zweite oder dritte Version von ihm los ist?«

»Absolut«, bestätigte Knüppel. »Er hat gestanden und wir haben alle Indizienbeweise, die ihn ganz eindeutig verurteilbar machen: den weißen Van, die blaue Mütze, die Fotos der Tatorte auf seinem Computer. Alles hieb- und stichfest. Und für einen Komplizen ist er viel zu sehr von sich selbst eingenommen.«

»Ich wiederhole mich, aber in diesem Fall finde ich es angemessen: großartig.« Iris Tietgen schenkte sich eine Tasse Kaffee ein. »Haben Sie den gemacht, Knüppel?«

Der Kommissar nickte nur.

»Riecht man.« Dann zuckte sie mit den Schultern und nahm einen großen Schluck. »Ich schätze, so bekloppt, wie Tenhagen ist, macht sein Motiv nicht wirklich viel Sinn?«

»Richtig absurd wird es eigentlich erst, wenn es um das geht, was er mit der Inszenierung der Leichen ausdrücken wollte«, warf Arndt ein. »Meiner Meinung nach hatten wir da zwar genau die richtigen Ideen, aber seiner Meinung nach war die eigentliche Bedeutung immer noch ›zu komplex für unsere Primatenhirne‹, wie er es ausgedrückt hat.«

David Winterfeldt sagte: »Gleichzeitig war er so mit den Leichen und dem beschäftigt, was er mit ihrer Inszenierung ausdrücken wollte, dass er nicht einmal darauf geachtet hat, was im Hintergrund passierte. Dass hinter Harmann diese Eulentür zu sehen war, war reiner Zufall. Er hat einfach nicht darauf geachtet.«

»Tenhagen ist längst nicht das Genie, das er glaubt zu sein. Es war auch wieder einmal ein völlig triviales Motiv«, erläuterte Meyer-Landfried. »Machtverlust, mehr nicht. Von mir aus noch ein wenig vermischt mit enttäuschter Liebe.«

»Was ihn offensichtlich komplett aus der Spur geworfen hat, war der Moment, in dem seine Frau vor ungefähr einem Jahr die Scheidung eingereicht hat«, sagte Valerie Kiel. »Christine Tenhagen. Sie ist sicher bei ihrer Familie in Polen – wir hatten schon die Befürchtung, sie könnte das erste Opfer gewesen sein, aber zum Glück war dem nicht so. Jedenfalls ist sie mit Tenhagen knapp zehn Jahre lang durch halb Europa gezogen, während er offenbar gedacht hat, ausgerechnet der nächste, zeitlich begrenzte Lehrauftrag würde derjenige sein, der ihm zu der akademischen Anerkennung verhilft, die er glaubt, verdient zu haben.«

»Dabei ist es ganz schöner Schwachsinn, was er zusammengeschrieben hat.«

Zufrieden, es so ausgedrückt zu haben, lehnte sich Arndt zurück.

»Auf jeden Fall sei es ihr schließlich zu viel gewesen, hat Christine Tenhagen am Telefon gesagt. Er habe einfach nicht einsehen wollen, dass er keine Chance mehr habe, noch irgendwo wissenschaftlich Fuß zu fassen. Dazu kam, dass er sowieso nicht unbedingt verträglich mit den meisten anderen Lehrkräften war und sich dementsprechend selbst torpediert hat, was eine mögliche Verlängerung des Arbeitsvertrags betraf. Er ist eben einfach ein unerträglich eingebildeter Klugscheißer! In einem letzten Versuch, ihre Beziehung noch zu retten, hat Christine Tenhagen einen festen Wohnsitz vorgeschlagen, woraufhin Manfred Tenhagen wohl vollkommen ausgerastet ist. Er müsse dorthin gehen, wohin ihn die Lehre hin verschlage, und erst, wenn er einen Lehrstuhl innehabe, könne er sesshaft werden. War natürlich unrealistisch. Also hat Christine Tenhagen sich von ihm getrennt.«

»Und dann hat er Schuldige für sein eigenes Versagen gesucht. Wirklich nicht sonderlich innovativ, da haben Sie in der Tat recht, Herr Meyer-Landfried.« Laut schlürfte Iris Tietgen den starken Kaffee. »Von mir aus verstehe ich noch, warum er sich an den Professoren rächen wollte. Aber was bitte hatten denn Lorenz Grothendieck und Herr van Gruyter damit am Hut?«

»Wir waren von Anfang an so nah dran und doch so weit weg«, sagte Knüppel. »Das geht mir auch ein bisschen auf den Keks. Aber es war so ein winziges Detail, dass wir es einfach nicht sehen konnten: Sowohl Grothendieck als auch Arndt haben in wissenschaftlichen Texten die verqueren Ideen von Tenhagen erwähnt – und das nicht gerade positiv.«

»Muss man durch«, warf Arndt ein. »So ist das eben.«

»Jedenfalls war das für Tenhagen der Tropfen, der das Fass zum Überlaufen gebracht hat. Er hat sowieso alles zu Hieronymus Bosch gelesen, in der absurden Hoffnung, dass endlich jemand sein Genie erkennt, und dann setzte sich das genaue Gegenteil durch.«

»Dass ihn nur zwei andere Forschungstexte überhaupt diskutiert haben, zeigt übrigens, wie irrelevant seine Thesen von Anfang an waren.«

»Er wollte Arndt eigentlich auch vor Grothendieck töten, hat er gesagt, denn er hatte sich eine strenge Chronologie auferlegt. Harmann war der Erste, der es ihm ach so schwer gemacht hat, Köhler kurz darauf, dann kam Arndt und schließlich der Jüngste, nämlich Grothendieck. Aber dann hab ich Arndt aus der VHS abgeholt, um ihn zu einem Gespräch mit Verdächtigen mitzunehmen, und Tenhagen ist auf die tolle Idee gekommen, das für seinen Vorteil zu benutzen.«

»Dieser Kerl ist wirklich absolut bescheuert. Wir werden der Presse so wenig von seinen verzerrten Ideen erzählen, wie überhaupt möglich ist. Wenn es nach mir geht, ist er einfach nur ein Wahnsinniger und mehr nicht.«

Es war ausgerechnet Johannes Staden, der gerade gesprochen hatte.

Für einen Moment schwieg das Team, als sei dieser kleine Moment der Vernunft von Johannes Staden ein hochsensibles Tier, das sie nicht verschrecken wollten.

»Aber was sollte das mit den Fotos per Mail?«, fragte Iris Tietgen dann. »Die hat er Herrn van Gruyter doch schon vorher geschickt.«

»Genau das habe ich ihn auch gefragt«, antwortete Arndt, »er hatte nämlich etwas von ›beinahe ebenbürtig‹ erwähnt, als ich da gefesselt vor ihm saß und seinem Schwachsinn zuhören musste. Jedenfalls war er der Überzeugung, dass meine Doktorarbeit – natürlich abgesehen davon, dass ich ihn darin verrissen habe – gar nicht übel war und ich derjenige sein könnte, der am ehesten verstehen könnte, was sein ›Todeswerk‹ bedeuten soll.« Kurz hielt er inne und sah ausgesprochen irritiert aus. »Ich weiß immer noch nicht so recht, was ich davon halten soll.«

»Es ist gruselig«, warf Meyer-Landfried ein. »Einfach nur gruselig.«

»Aber du kannst nichts dafür.« Mit gnädigem Lächeln tätschelte Valerie Kiel seinen Unterarm.

Iris Tietgen stürzte den letzten Rest ihres Kaffees hinunter und verzog das Gesicht, als würde es sich dabei um starken Alkohol handeln. Dann stand sie auf. »Jedenfalls weiß ich, wie ich zu all dem stehe. Herr van Gruyter war eine große Bereicherung für diesen Fall und ich werde anregen, Sie auf regelmäßiger Basis als Berater heranzuziehen.«

Arndt strahlte wie ein Kleinkind zu Weihnachten.

»Nur daran, dass sie fast gestorben wären, müssen wir noch arbeiten.«

26

So gut hatte Knüppel seit Langem schon nicht mehr geschlafen. Mittlerweile war die Sonne schon wieder untergegangen. Für gewöhnlich verschlief er nicht gern den gesamten Tag, doch nach den Strapazen der letzten Tage war es offensichtlich genau das gewesen, was er gebraucht hatte. Nachdem sie Tenhagen offiziell inhaftiert hatten, konnte er den Fall ablegen wie einen zu schweren Rucksack. Endlich war es geschafft. Er strich über seinen frisch glattrasierten Bowlingkugelschädel.

Dementsprechend blendend war seine Laune, als er den Astra auf der schmalen Straße vor Arndts Haus parkte. Natürlich wohnte Arndt selbst im guten Stadtteil Verberg noch einmal im ganz besonders guten Teil. Seine riesige Villa stand direkt an der engen 90-Grad-Kurve der einspurigen Anliegerstraße, war mehrere Meter weit von der Fahrbahn entfernt und dicht von hohen Hecken und Eisenzäunen umgeben.

Zwar war Knüppel kein Experte, doch der weiße, hohe Klotz mit den dunklen Fensterrahmen sah aus, als habe er einmal einem Architekten gehört. Lage und Bausubstanz ließen darauf schließen, dass das Gebäude bereits einige Jahrzehnte hier stand, doch trotzdem sah es immer noch ausgesprochen modern aus. Hinter dem offen stehenden Eingangstor führte ein Kiesweg eine kleine Steigung bis zum Haus hoch, wo er einen makellosen Kreis um ein makellos grünes Wiesenstück beschrieb. Es war einer dieser merkwürdigen, kleinen Kreisverkehre, die Knüppel nur von repräsentativen Landhäusern aus amerikanischen Filmen kannte. Die einzige Abzweigung des Weges führte zu einer langen Doppelgarage, die für Knüppels Geschmack eindeutig zu schmal war.

Ruhig war es hier und roch gut nach dem nahen Stadtwald. Wenigstens hatten die Igel zumindest mehrere halbwegs angenehme Versteckmöglichkeiten auf Arndts Grundstück, obwohl sie natürlich nicht annähernd so gut waren wie in seinem eigenen Garten, dachte Knüppel. Doch im Vergleich zu Arndts Nachbarn konnte man die Umgebung dieser Villa wenigstens als ausreichend für Igel bewerten – nicht igelfreundlich, aber igelannehmbar sozusagen.

Gemächlich stieg er die fünf steilen Treppen zum Eingang hoch. Gerade, als er mit dem Fingernagel die Qualität der Fassade überprüfen wollte, öffnete sich die Tür.

Vor ihm stand eine ältere Frau, die definitiv nicht einmal 1,50 Meter groß war. Sie war feingliedrig und hatte ihre grauen, dünnen Haare zu einem eleganten Knoten auf ihrem Kopf gebunden. Mit hellen, klugen Augen musterte sie Knüppel.

Dann sagte sie mit einer Stimme, die weitaus kräftiger als ihre Erscheinung war: »Sie müssen der Kommissar sein.« Kurz hielt sie inne, dann boxte sie Knüppel mit erstaunlicher Wucht gegen die Schulter, nur um ihn sofort danach zu umarmen. »Es ist genau das mit meinem lieben Arndt passiert, was ich befürchtet habe: Er ist in Gefahr geraten. Fast gestorben! Eigentlich müsste ich wirklich böse auf Sie sein, Herr ...« Sie machte die typische Pause, die Menschen immer machten, wenn sie sich ansatzweise höflich nach seinem Namen erkundigen wollten.

»Knüppel«, antwortete der Kommissar. »Einfach Knüppel, nix mit Herr.«

Die kleine, graue Frau trat einen Schritt zurück, dann hielt sie ihm ihre Hand entgegen. »Martha Messmer. Ich halte das Leben von Arndt fern. Hat eigentlich auch hervorragend geklappt, bis Sie aufgetaucht sind.«

Knüppel versuchte sich an einem Lächeln und schüttelte Martha Messmers Hand. Auf der einen Seite wirkte sie wie eine wundervolle, warme Frau, auf der anderen Seite hatte sie eine elegante Strenge an sich, die ihn ein wenig an seine verstorbene Urgroßmutter erinnerte.

»Er hat uns sehr geholfen«, versuchte er sich an einer Erklärung.

»Ich weiß«, antwortete Martha Messmer sofort, »das ist ja das Problem. Ich fürchte, er hat Blut geleckt. Verzeihen Sie mir bitte dieses möglicherweise geschmacklose Wortspiel. Und ich weiß nicht, wie ich das finden soll.«

Weil sie wirkte, als würde sie mit sich selbst ringen, beschloss Knüppel, einfach schweigend abzuwarten. Darin war er gut.

Schließlich fuhr Martha Messmer fort: »Einerseits scheinen Sie mir in Ordnung zu sein – und immerhin haben Sie mit Ihren Kollegen dafür gesorgt, dass Arndt noch lebt. Andererseits weiß ich nicht, ob Arndt dafür gemacht ist. Ermitteln.« Sie beugte sich zu Knüppel und fuhr leiser fort: »Ehrlich gesagt weiß ich nicht, ob er überhaupt für irgendetwas wirklich gemacht ist.«

Es war Zeit für Ehrlichkeit. »Ich kann Ihre Sorge verstehen, Frau Messmer. Hatte ich auch. Eigentlich arbeite ich lieber allein, wenn es geht. Doch Arndt hat sich gut geschlagen. Verdammt gut.«

Martha Messmer bedachte ihn mit einem strengen Blick.

Es dauerte einige Sekunden, bis Knüppel wusste, wieso. »Verzeihung. ›Sehr gut‹ wollte ich natürlich sagen.«

Wohlwollend nickte die kleine Frau.

Dann fragte Knüppel: »Darf Arndt jetzt zum Spielen rauskommen?«

»Kommt ganz darauf an, ob Sie ihn noch mal umbringen lassen wollen.«

»Heute nicht. Wir gehen zu Bonkers, trinken ein Bier auf die Verstorbenen und lassen den Fall hinter uns. Machen wir immer so. Wollen Sie mit?« Knüppel deutete auf seinen Wagen. »Im Astra ist Platz genug.«

Kritisch sah sie an Knüppel vorbei und zog die Stirn kraus, als sie das blaue Kastengefährt entdeckte. »Das nächste Mal vielleicht.« Damit drehte sie sich um und ließ Knüppel vor der offenen Türe stehen.

Als Arndt endlich herauskam, grinste Knüppel immer noch.

»Ist was?«, fragte der lange Mann.

»Nö, nö«, antwortete der Kommissar, »nix, nix.«

Als sie im Wagen saßen, holte Arndt etwas aus seiner Manteltasche und hielt es Knüppel hin. »Ich hab dir einen Günther gehäkelt.«

Es war ein Igel aus weichem Garn, kleiner als eine Handfläche, dunkelbraun mit heller Schnute und aufgenähten schwarzen Knopfaugen. Er sah zwar ein wenig aus wie ein Tannenzapfen mit Gesicht, aber trotzdem war eindeutig erkennbar, dass er einen Igel darstellen sollte. Knüppel nahm das Stofftierchen an sich und wusste nicht so recht, was er sagen sollte. Es war so ... niedlich.

Nach einigen, stillen Sekunden fragte er: »Du kannst häkeln?«

Arndt zuckte mit den Schultern. »Ich habe dir doch von Anfang an gesagt, dass ich mich schnell langweile. Da beschäftigt man sich eben mit allem möglichen.«

Kopfschüttelnd startete Knüppel den Motor. »Du bist echt ein komischer Kerl.«

**

Hänschen Bonkers war vollkommen in seinem Element. Wie ein fleißiger Wirt polterte er von Gast zu Gast und kümmerte sich mit großem Enthusiasmus darum, dass keiner von ihnen jemals nur eine Minute ohne Getränk vor sich verbringen musste – und natürlich auch, dass er selbst immer etwas zu trinken hatte. Die Theke war zu einer kleinen Bar umfunktioniert worden, hinter der der alte Bonkers aus einem großen Fass Bier zapfte und eine Weinflasche nach der anderen entkorkte.

Es war weit nach Feierabend und obwohl der ganze Laden leer war, saß das gesamte Team in der Mitte eng gedrängt an zwei zusammengeschobenen Tischen. Valerie Kiel, David Winterfeldt und Malte Meyer-Landfried stießen gerade das bestimmt sechste oder siebte Mal mit Stankowiak, Bartelink, Kunzler und Knüppel an. Selbst Johannes Staden wirkte für seine Maßstäbe ausgelassen und hob jedes Mal sein Glas.

Nur wenig von ihnen entfernt, aber mit bewusstem Abstand, saßen der angeheiterte Arndt und die ebenfalls angeheiterte Iris Tietgen. Mit roten Wangen beugte Tietgen sich immer wieder zum Kunsthistoriker, um sofort darauf laut lachend ihren Kopf nach hinten zu werfen. Das Team verstand zwar über die allgemeine Lautstärke, die Hänschen Bonkers produzierte, kein Wort davon, was Arndt mit ausladender Gestik erzählte, doch es schien ausgesprochen komisch zu sein.

»Muss ich eigentlich verstehen, was da los ist?«, fragte Meyer-Landfried amüsiert.

»Was wo los ist?«, wollte Bartelink wissen. Er schlief trotz der fortgeschrittenen Stunde überraschenderweise zwar nicht, schien aber nur körperlich wach zu sein.

»Die Chefin und der Kunsthistoriker«, sagte Valerie Kiel mit leicht lallender Stimme. »Irgendwo da ist ein schlechter Witz versteckt.«

»Ich will gar nicht drüber nachdenken«, sagte Meyer-Landfried. »Das Bild bekomme ich sonst nie wieder aus meinem Kopf. Ich will nicht zur psychologischen Betreuung.«

Hart schlug Agnes Stankowiak ihm auf den Oberarm. »Hey! Das ist meine Freundin, über die du da redest! Also halt die Klappe, du Miesepeter!«

Knüppel lachte leise, weil es wirklich dermaßen drollig klang, wenn Agnes Stankowiak fluchte. Es war kaum auszuhalten.

Gerade, als Hänschen Bonkers schon wieder sein Glas füllen wollte, klopfte von außen jemand an die Scheibe. Aufgrund des wabernden Gefühls in seinem Kopf und der Reflexionen auf dem Glas dauerte es etwas länger als sonst, bis Knüppel seinen Blick so ausrichten konnte, wie er wollte.

Doch diese wallenden roten Haare würde er jederzeit und überall erkennen. Lena Mangold lächelte ihn erwartungsvoll an.

Also klopfte Knüppel auf den Tisch und stand auf. »Ich muss. Sorgt mir dafür, dass der Lange gut zu Hause ankommt, sonst bekomme ich Ärger von seinem Butler.«

Wieder kicherte Iris Tietgen nur. Offenbar fand sie nicht nur Arndt gerade wahnsinnig unterhaltsam.

»Arndt hat einen Butler?«, fragte Winterfeldt fassungslos.

»Nein, so ist das nun auch wieder nicht«, sagte Arndt sofort aufgebracht. »Also ...«

Auf dem Weg nach draußen klopfte Knüppel auf die riesige Schulter von Bonkers. »Danke, Hänschen. Rufst du am Ende Taxen für euch alle? Geht auf mich.«

»Dat is mal ne nette Geste, Herr Kommissar!«, verabschiedete sich der Metzger.

»Tschüss, Knüppel!«, rief Harald Kunzler hinter dem Kommissar her.

Knüppel hob nur die Hand, seine Arme und Beine fühlten sich sehr schwer an. Dann trat heraus in die eiskalte Winterluft. Sofort spürte er, wie sich die Wirkung des Alkohols intensivierte – doch zum Glück hatte Lena Mangold bereits ihren Arm um seine Hüfte gelegt.

»Dann wollen wir Sie wohl mal nach Hause bringen, Herr Kommissar«, sagte sie mit ihrer wunderbaren, rauchigen, tiefen Stimme.

Valerie Kiel beobachtete die beiden aufmerksam dabei, wie sie sich langsam vom Laden entfernten. Als Arndt seine ausschweifende Erzählung kurz unterbrach, fragte sie: »Denkt Knüppel wirklich, wir wüssten nichts davon?«

ENDE

Danke

Mein größtes Dankeschön gilt Ihnen, lieber Leser. Jaja, ich weiß, ich bin ein Schleimer. Aber es ist nun einmal so, dass es extrem sinn- und spaßbefreit ist, ein Buch zu schreiben, das letztendlich niemand liest. Ich hoffe, Sie mochten Knüppel und Arndt.

Meiner Meinung nach ist es für Krimis extrem wichtig, dass sie an einem konkreten Ort spielen. Und weil ich nun einmal ein fauler Sack bin und mich ungern für die Arbeit weiter von meinem Schreibtisch entferne, als unbedingt sein muss, habe ich mich als Handlungsort einfach für die Stadt entschieden, in der ich zu diesem Zeitpunkt seit anderthalb Jahren wohne.

Allerdings würde ich mich wirklich freuen, wenn Sie mich nicht in die Regionalkrimi-Ecke stecken – nichts gegen Regionalkrimis, ganz im Gegenteil, doch es ist einfach nicht das, was ich schreiben will oder kann. Ich bin immer noch neu in Krefeld und als alteingesessenes Ruhrpottkind auch erst durch meine Frau und ihre Familie so richtig mit dem Niederrhein in Berührung gekommen.

Außerdem habe ich für ein vollkommen realistisches Abbild dieser merkwürdigen und großartigen Stadt eindeutig zu viel fiktionalisiert, so gibt es z.B. Bonkers (leider) nicht.

Zum Glück hatte ich aber jede Menge Hilfe, weswegen ich jetzt so tun kann, als würde ich mich hier wirklich auskennen.

Vielen Dank an Acor Hans-Peter Kniely von der Polizei Krefeld für Kaffee, Geduld und gute Antworten. Sie sind nicht ansatzweise wie Johannes Staden. Versprochen.

Ebenfalls jede Menge Dank für lange Gespräche über die ideale Entsorgung von Leichen geht an Roland, den einzig wahren Knüppel. Danke auch an Nic, Christoph, Otto und die ganze Crew der Schule für Selbstverteidigung auf der Wiedstraße für die effektivste Ablenkung davon, imaginäre Menschen umzubringen: Zu lernen, echte Menschen schwer zu verletzen. Kida!

Danke an Mary, an Lisa und den besten Buddy Jay, an Kristin und Felix für regelmäßige soziale Kontakte, die mich aus meiner Höhle nach draußen in die Welt zwingen.

Danke an meine lieben Schwiegereltern Sabine und Helmut fürs Vorablesen und eure verlässliche, immer ehrliche Meinung – und dafür, dass ihr nie kommentiert, dass Katha fünf Bücher in der Zeit schreibt, in der ich eines schaffe.

Danke an Jogi fürs Jogi-Sein. Mjölk.

Und zu guter Letzt: Danke an meine großartige Frau Katha. Ohne dich hätte ich das alles hier weder versucht noch geschafft.

Über das Drumherum

Heute geht ja nichts mehr ohne Social Media – kann man gut finden oder nicht, ich bin da unentschlossen. Für Ankündigungen und gelegentliche Ablenkung jedenfalls ist es mehr als praktisch, deswegen können Sie mich auf Facebook finden, wenn Sie immer up to date seien wollen. Ich gebe mir auch ganz viel Mühe, relativ regelmäßig zu posten, ohne Ihre Timeline mit Anfragen für *Candy Crush* vollzuspammen. Bloß gelegentliche Igel-Bilder müssen Sie ertragen können. In der eBook-Version gibt's an dieser Stelle einen praktischen Link, auf den Sie jetzt einfach klicken könnten – aber Sie stehen ja offensichtlich auf Papierschnitte. Finde ich irgendwie charmant.

Außerdem habe ich richtig professionell sogar die Homepage www.persander.com – hier können Sie sich eine Welt ohne Facebook vorstellen und neben Infos zu Neuerscheinungen auch meine Kontaktdaten finden. Oder Sie nehmen für Letzteres den direkten Weg über autor.-persander@gmail.com und lassen mich so wissen, wie toll Sie meine Geschichten genau finden. Noch besser eignet sich dafür allerdings eine Rezension auf der Seite des Online-Shops Ihrer Wahl. Sagen Sie dort aber bitte Ihre ehrliche Meinung, pure Schleimereien gehen direkt an mich.

Falls Sie dieses Werk auf semi-legale Weise von einem entfernten Bekannten im Internet ausgeliehen haben, sind Sie jetzt offiziell Teil des Per-Sander-Street-Teams. Herzlichen Glückwunsch! Empfehlen Sie mich Ihren Freunden, Arbeitskollegen, Geschwistern, Eltern und wahllosen Fremden in der U-Bahn – und zwar gefälligst laut und oft. Ich wäre sehr gern der Autor mit den bekloppten, schreienden Fans.
Wenn Promo nicht so Ihr Ding oder der Druck einfach zu überwältigend sein sollte, können Sie sich aus diesem

überraschenden Vertrag mit mir befreien, indem Sie meine nächste Geschichte einfach kaufen. Hilft mir. Wirklich.
Falls Sie allerdings nicht mögen, was und wie ich erzähle, schweigen Sie mich einfach tot. Das ist völlig in Ordnung für mich.

Auf jeden Fall danke ich Ihnen herzlich für Ihre Zeit. Das meine ich ausnahmsweise vollkommen ernst. Ich hoffe, wir sehen uns bald in irgendeiner Form wieder.

Über den Autor

Per Sander, geb. 1985, heißt eigentlich gar nicht Per Sander, mag den Namen allerdings als Autorenpseudonym. Es kann sein, dass er Germanistik und Anglistik in Düsseldorf studiert hat und mit seiner Frau am Rhein lebt, vielleicht ist das aber auch gelogen. Möglicherweise hat er nach Jobs als Journalist, Texter, Ghostwriter und einigen Jahren im Einzelhandel genug von Menschen im Allgemeinen und angefangen, all diese furchtbaren und höchst traumatischen Erlebnisse in Form von Krimis zu verarbeiten – diese wiederum sind garantiert reine Fiktion, machen ihm jedoch ordentlich Spaß.

Mehr von Knüppel und Arndt

HEXENZUNGE

Der unheimlichste Fall für Knüppel und Arndt

Kriminalgeschichte

Knüppel liebt den Herbst, aber Halloween nicht. Arndt ist Halloween egal, doch er verabscheut mieses Wetter. Jetzt sitzen sie in einem abgelegenen Gasthaus fest, weil ein heftiger Sturm tobt. Wenigstens gibt es Bier. Das freut denKommissar, hebt Arndts Stimmung allerdings nur geringfügig. Damit der Kunsthistoriker ihm nicht zu sehr auf die Nerven geht, erzählt Knüppel von seinem bisher unheimlichsten Fall: Einer fehlgeschlagenen Hexenverbrennung auf einem Krefelder Friedhof, ausgerechnet in der Nacht zu Halloween …

Printed in Germany
by Amazon Distribution
GmbH, Leipzig